Corina Ehnert

Eine WG zum Verlieben

Band 1

»Alex«

Corina Ehnert

Eine WG zum Verlieben

Band 1

»Alex«

Liebesroman

édition el!es
Internet: www.elles.de
E-Mail: info@elles.de
Umschlaggestaltung und Satz: graphik.text Antje Küchler
ISBN 978-3-932499-82-1

Kapitel 1

Ich stopfte die Klamotten der letzten Nacht unsanft in die Waschmaschine. Daß nicht nur meine Sachen, sondern auch bald mein ganzes Leben in den Schleudergang geraten sollte, wußte ich zu diesem Zeitpunkt noch nicht. Und wenn ich an die letzte Nacht dachte, lag diese Vermutung sogar absolut fern.

Während die Maschine meine Wäsche monoton im Kreis herum schleuderte und dabei sachte brummte, frühstückte ich einen schwarzen Kaffee und zwei Aspirin. Um ein Uhr hatte ich mich endlich aus dem Bett geschält. Mein Körper beschwerte sich zwar noch heftig über den gestrigen Abend, und mein Schädel schien geradezu zu explodieren, trotzdem schaffte ich es nicht, mein Dauergrinsen abzustellen.

Ich hielt den Zettel mit der hastig aufgeschriebenen Telefonnummer fest in der Hand, als ob ich fürchtete, ihn zu verlieren. Erst in letzter Sekunde hatte ich mich daran erinnert, sonst wäre er inzwischen bei 40 Grad weichgespült.

Nun jedoch war er für meine Glückseligkeit verantwortlich. Denn er gehörte zu der Frau, deren Lippen gestern sanft die weiche Haut an meinem Hals berührt hatten. Es war mehr ein Streicheln gewesen als ein gewöhnlicher Kuß. Wenn sich Nackenhaare sträuben und sich ein feiner Schauer über den gesamten Körper legt und dabei der Herzschlag aus dem vertrauten Takt zu geraten droht, ist das alles andere als gewöhnlich.

Wortlos von der Verursacherin so vieler Emotionen stehengelassen zu werden, ist allerdings noch viel weniger gewöhnlich. Sie hatte sich abrupt von mir gelöst und war gegangen, und ich war mit meinen aufgeregten Gefühlen zurückgeblieben.

Sie hatte mir den Zettel mit der Telefonnummer unauffällig in die Hosentasche gesteckt – was ich erst auf dem Nachhauseweg registriert hatte – und er war jetzt der Auslöser für mein Hochgefühl. Bedeutete es doch, daß sie mich wiedersehen wollte. Und ich wollte sie auch wiedersehen.

»Du siehst verliebt aus«, riß Thea mich aus der Erinnerung an die vergangene Nacht und holte mich unsanft in die Gegenwart zurück.

Mein Lächeln wurde ungewollt breiter, und ich löste den Blick von dem kleinen Stück Papier.

Thea lehnte im Türrahmen zur Küche und sah mal wieder aus, als wäre sie frisch der Altkleidersammlung entsprungen. Ihre Jeans waren zerrissen, und sie trug ein T-Shirt mit langen Ärmeln unter einem mit kurzen. Letzteres zwar in hübschem Zartrosa, dafür hatte es aber wahrscheinlich noch nie ein Bügeleisen gesehen. Locker an ihrer Schulter hing wie immer eine Umhängetasche, gefüllt mit Farben und Pinseln.

Sie studierte an der Kunsthochschule und war anscheinend wieder auf dem Weg zu einem verrückten Projekt. Anders konnte ich ihre Arbeiten mit gutem Gewissen nicht mehr bezeichnen. Ich hielt mich zwar selbst für alles andere als spießig, aber was Thea unter Kunst verstand, war mir einen erheblichen Tick zu gewagt.

»So? Ich sehe verliebt aus?« fragte ich so unschuldig wie möglich und heftete die Nummer behutsam an die Pinnwand neben dem Kühlschrank.

Thea musterte mich nochmals, als wollte sie ihren Eindruck dadurch bestätigen. »Kein Zweifel. Du hast einen riesigen Kater, strahlst aber bis über beide Ohren«, stellte sie fest und betrat nun die Küche.

Ich schielte argwöhnisch auf die verräterische Schachtel Aspirin.

Meine Mitbewohnerin legte die Tasche ab und ließ sich erwartungsvoll auf einen der Küchenstühle sinken. Angesichts dieser Neuigkeiten mußte ihr Projekt erst einmal zurückstehen.

Ich hielt es für zwecklos, mein Gefühlsleben weiterhin zu verheimlichen. In einer WG war es schließlich sowieso nur eine Frage der Zeit, bis sich Geheimnisse von selbst lüfteten. Darum beschloß ich, Thea die Geschichte lieber gleich aus erster Hand zu erzählen, bevor sich meine Mitbewohnerinnen noch in detektivischer Kleinarbeit eine verdrehte Version erarbeiteten.

Also wandte ich mich von der Pinnwand ab und gesellte mich zu ihr.

»Erzähl, Alex.« Thea brannte darauf, mehr zu erfahren. Interessiert stützte sie ihr Kinn auf beide Fäuste.

Ich erzählte ihr ausführlich, was sich gestern abend ereignet hatte.

»Wie gut, daß du allein unterwegs warst«, sagte sie schließlich, als ich geendet hatte, und schmunzelte vor sich hin.

Tatsächlich wagte sich unsere WG meistens nur gemeinsam ins Nachtleben. Daß ausgerechnet gestern keine der drei anderen Zeit gefunden hatte, war ein seltener Zufall gewesen. Es war längst nicht mehr so, daß wir nur zusammen wohnten, nein, wir waren mittlerweile richtig dicke Freundinnen geworden.

Kurz nach der WG-Gründung hatte es bei weitem nicht danach ausgesehen, denn wir waren grundverschieden. Sah man mal von dem Detail ab, daß wir allesamt Frauen lieben, verband uns ansonsten wenig. Doch gerade diese Gegensätzlichkeiten machten das Ganze mittlerweile so harmonisch.

Da war zum einen Thea, mit ihrer Begeisterung für Kunst und ihren immer ausgeflippten Ideen. Eine Gabe, für die wir sie gleichzeitig liebten und haßten. Irgendwann hatte sie geglaubt, unserer Küche durch den Einsatz von viel Farbe eine – wie sie es nannte – völlig neue Sphäre verleihen zu müssen. Sie war regelrecht schockiert, daß wir anderen die Verwendung von Neongelb mit Pink als nicht sonderlich ästhetisch empfanden und ihre nächtliche Aktion keineswegs mit Beifall rühmten. Einige Zeit lang hatten wir ernsthaft mit dem Gedanken gespielt, sie aus der WG zu werfen. Jetzt besitzen wir eben eine sphärische Küche. Was auch immer das sein mag. Trotz aller Ausgeflipptheit ist Thea in unserer turbulenten Wohnwelt eine Art gute

Seele und ruhiger Pol zugleich. Sie nimmt sich Zeit, hört zu, tröstet, und sie glättet die Wogen, wenn mal wieder die Fetzen fliegen.

Franzi dagegen studiert Mathematik. Die ganzen Zahlen und Formeln sind uns anderen suspekt, aber Franzi ist zum Glück keine, die nur in Gleichungssystemen lebt. Im Gegenteil. Mit ihren kurzen dunklen Haaren, dem athletischen Körper und einem sagenhaften Casanovablick ist sie ein regelrechter Frauenschwarm. Dauernd hat sie One-Night-Stands und stellt dann am berühmten Morgen danach nicht selten unter Beweis, wie hart sie doch sein kann. Viele haben in der Vergangenheit hoffnungslos ihr Herz an sie verloren und mußten sehr schnell feststellen, daß sie sich nicht gern binden läßt. Manchmal wirkt sie cool und abgebrüht, doch im Grunde ist ihr Herz größer als der Atlantische Ozean. Man muß nur gut aufpassen, darin nicht zu ertrinken.

Paula wird von uns anderen manchmal auch liebevoll Mrs. Tackelschuh genannt. Natürlich nur, wenn sie gerade nicht in Hörweite ist. Sie ist angehende Juristin und legt mit peinlicher Genauigkeit Wert auf ihr Äußeres. Kleidung, Accessoires, Parfum und hochhackige Schuhe müssen selbst auf dem Weg zum Mülleimer sorgsam aufeinander abgestimmt sein. Was nicht immer ganz leicht ist, denn bei so vielen Variationsmöglichkeiten können dabei schon mal Stunden vergehen. Sie ist wirklich ein kleiner Snob und eine richtige Zicke obendrein. Ihre Gabe, in einer aufbrausenden, stürmischen Art immer für Abwechslung zu sorgen, macht sie aber dennoch liebenswert. Und wenn die Katze die Krallen erstmal einzieht, sind auch ihre Pfoten samtig weich.

Ich selbst werde von den anderen manchmal als Schöngeist bezeichnet. Klar, ich kann gut den ganzen Nachmittag auf dem Balkon sitzen und ein Buch lesen oder mir ein neues Stück im Theater ansehen. Trotzdem bin ich auch langen Partynächten nicht abgeneigt, spiele leidenschaftlich gern Handball und flüchte mich nicht nur wegen meines Geographiestudiums oft und gern in die Natur. Aber der Begriff ›Schöngeist‹ geht mir dann doch wirklich zu weit.

»Hallo«, erklang es fröhlich.

Ich drehte den Kopf zur Tür und erkannte Paula, die strahlend im Flur stand und in die Küche spähte. Wie immer verbreitete sie von der ersten Sekunde an eine aufgeregte Heiterkeit, die alles andere für einen Moment in den Hintergrund drängte. Also unterbrachen wir auch jetzt unser Gespräch, um zu erfahren, was Paula so erregte.

Dicht hinter ihr tauchte Franzis Gesicht auf. Sie unterdrückte mühsam ein Grinsen, wobei ihre Mundwinkel gelegentlich nach oben auszureißen drohten. Ein eindeutiges Indiz dafür, daß wir uns auf etwas gefaßt machen mußten.

»Wir haben etwas besorgt«, begann Paula auch schon euphorisch und kam mit dem obligatorischen Klack-Klack-Klack ihrer Schuhe zu uns an den Küchentisch. Dabei flog ein zarter Hauch ihres neuen Chanel Parfums an mir vorbei.

In mir machte sich erwartungsvolle Vorfreude breit. Paulas Laune und Franzis Gesicht ließen auf einen Knaller hoffen. Paula kramte begeistert in ihrer Handtasche und wurde dabei fast hektisch. Nach kurzem Suchen plazierte sie schließlich ein Cremedöschen direkt vor mir auf den Küchentisch.

Thea und ich starrten auf die Creme. Ich hatte einen spektakulären Einkauf, ein gigantisches Sonderangebot oder zumindest irgend etwas Außergewöhnliches erwartet, aber doch nicht ein Döschen Creme, das allerdings, wenn man dem Preisschild Glauben schenkte, sündhaft teuer gewesen war.

Im ersten Moment war ich fast ein wenig enttäuscht, hatte doch alles nach einer interessanteren Angelegenheit ausgesehen. Ein einfaches Döschen paßte nicht zu Paulas Laune. Auch Thea zog irritiert eine Augenbraue hoch.

Als wir nach einer Weile immer noch keinen Kommentar abgaben, nahm Paula die Creme in die Hand und hielt sie demonstrativ vor sich in die Höhe. Dann begann sie leidenschaftlich zu erklären, so als ob sie uns etwas Lebenswichtiges mitteilen müßte: »Das ist die originale Tagescreme der U.G. Pflegeserie. Damit werde ich bei meinem Date heute abend eine wundervoll geschmeidige und reine Haut haben.«

In meinen Hinterkopf schlich sich die vage Erinnerung an negative Hautreaktionen, die als Nebenwirkung durch besagte Creme verursacht wurden. Skeptisch sah ich zu Paula, die immer noch begeistert das Döschen anhimmelte.

»Mußte nicht die gesamte Produktserie vom Markt genommen werden, weil sie durch sämtliche dermatologische Tests gefallen war?« fragte nun Thea, die wohl ebenso mißtrauisch war wie ich.

Paula ließ nach diesem Kommentar bestürzt die Cremedose nach unten sinken. »Also hört mal. Franzi hat vorhin auch schon damit angefangen. Ich glaube allerdings, sie haben der Pflegeserie großes Unrecht getan. Jedenfalls schwört eine Freundin von mir darauf und hat mir gütigerweise ein Döschen aus ihrem Vorrat abgetreten«, erklärte sie genervt und packte die Creme hastig zurück in ihre pinkfarbene Handtasche.

Für sie war das Thema damit erledigt. Ich wußte, daß es keinen Sinn machen würde, ihr weiter von der Verwendung dieser Creme abzuraten, und unterließ so jegliche Anstalten in dieser Hinsicht. Auch wenn vor meinem inneren Auge eine Paula mit puterrotem Gesicht auftauchte.

»Du hast ein Date?« fragte ich also. In ihrem Redefluß war dieses Detail beinahe untergegangen. Nun strahlte sie wieder.

»Glaubt es oder glaubt es nicht. Sie macht den gleichen Fehler zweimal«, entfuhr es Franzi belustig, und auch sie betrat jetzt die Küche. Sie sah heute mal wieder blendend aus. Nicht mal halb so overdressed wie Paula, trug sie ihren gewohnt sportlich-legeren Stil, der in seiner Natürlichkeit bestach.

Ich wußte sofort, auf was sie anspielte. Paula hatte vor einigen Wochen ein Blind Date mit einer Frau aus dem Internet gehabt. Sie hatten sich in einem Lesbenchat kennengelernt, und Paula war auch damals euphorisch gewesen. Als sich dann allerdings bei der Verabredung herausstellte, daß die andere nicht halb so gut aussah, wie sie sich ursprünglich beschrieben hatte, und zu allem Übel auch noch ziemlich schnell zur Sache kommen wollte, hatte Paula die Flucht ergriffen und sich geschworen, derartige Experimente nicht zu wiederholen.

»Bist du dir sicher, daß du da heute abend hingehen möchtest?« hakte ich vorsichtig nach. Es gefiel mir nicht, daß Paula – die zwar immer einen so festen Stand auf ihren Pfennigabsätzen hatte, ansonsten aber recht wankelmütig sein konnte – sich schon wieder auf ein derartiges Treffen eingelassen hatte.

Schließlich wollte ich nicht, daß meine Freundin erneut so bitterlich enttäuscht werden würde, wie bei ihrem letzten Blind Date. Ich erinnerte mich noch gut an ihre Tränen, wie wir zu dritt um sie herum saßen und sie trösten mußten, und wie lange sie dennoch darunter gelitten hatte.

»Mit Nico ist es anders, Alex. Sie ist so ...«, seufzte Paula und breitete die Arme aus.

Ich wünschte mir sehr, daß sie Recht behalten würde.

»Na, dann haben wir ja jetzt schon zwei frisch Verliebte«, warf Thea ein, die sich jeglichen Kommentar zu der Blind-Date-Geschichte sparte, und schielte zu mir herüber.

Es war mir ein wenig peinlich. Warum mußte sie das auch gleich ausplaudern?

»Was? Unsere Alex macht auf Julia und Julia?« fragte Franzi überrascht und goß sich Kaffee ein. Lässig lehnte sie an der Küchenzeile und sah mich erwartungsvoll an.

Ich blieb stumm.

Thea sprach weiter. »Ja, sie hat gestern nacht diese ...« Sie blickte hilfesuchend zu mir.

Mir fiel auf, daß ich bis jetzt noch gar nicht ihren Namen erwähnt hatte, obwohl ich an nichts anderes mehr dachte. »Katrin«, warf ich ein.

Thea sprach sogleich weiter. »Katrin kennengelernt und stand vorhin total verträumt mit ihrer Telefonnummer in der Hand vor der Waschmaschine.«

Das mußte ein wirklich komisches Bild abgegeben haben, was mir erst jetzt klar wurde.

»Und, wie ist sie so?« mischte sich nun auch Paula in das Gespräch ein.

Drei Augenpaare ruhten auf mir und warteten auf eine Antwort, selbstverständlich möglichst detailgenau.

»Wundervoll«, sagte ich nur und stand auf. Ich wollte ihnen Katrin nicht beschreiben. Mit ihr verband ich das herrliche Gefühl, das seit der letzten Nacht in mir wohnte, und diesen sagenhaften Kuß. Was ich heute fühlte, konnte ich nicht in Worte fassen. Es gab keine, die meine Empfindungen treffend hätten umschreiben können. Ich erinnerte mich noch an alles: die Art, in der sie mich angesehen hatte, wie sie sich bewegt hatte, jede winzig kleine Geste war mir so präsent. Allein wenn ich nur an sie dachte, war ich augenblicklich wieder entflammt. Es wäre nicht ausreichend gewesen, allein Katrins Äußeres zu beschreiben.

»Und jetzt entschuldigt mich, aber ich muß zum Handball«, behauptete ich und ging aus der Küche, während ich noch Laute der Enttäuschung hinter mir vernahm.

Ich hatte an diesem Nachmittag zum Glück ein Spiel, zwar würde ich jetzt etwas zu früh da sein, doch das nahm ich billigend in Kauf. So konnte ich wenigsten den drei Inquisitorinnen in der Küche entrinnen. Und es würde sicherlich auch nicht schaden, wenn ich mich einige Minuten länger einwarf.

Ich verschwand schnurstracks in meinem Zimmer und packte gemächlich meine Tasche. Heute abend würde ich Katrin anrufen. Ich hatte bereits jetzt Sehnsucht nach ihr, obwohl ich sie erst so kurz kannte. Gab es das? Liebe auf den ersten Blick? Liebe auf den ersten Kuß?

Während ich in Gedanken versunken auf der Suche nach einem Tapeverband für meine Handgelenke war, klopfte es an der Tür.

»Ja«, rief ich, und Thea steckte den Kopf herein. Ich war froh, daß es nicht Paula war. Sie hatte die penetrante Angewohnheit nachzuhaken. Thea würde mich nicht weiter bedrängen.

»Du fährst doch sicher mit dem Auto?« fragte sie vorsichtig.

Ich nickte wortlos und fand endlich den Verband.

»Würdest du mich vielleicht noch schnell zu Marlons Atelier bringen? Ich bin nämlich nach dem ganzen Geplauder schon so spät dran«, bat sie in der Gewißheit, daß ich es ihr sicher nicht abschlagen würde.

Meine Mitbewohnerinnen wußten mittlerweile, wann für gewöhnlich meine Handballspiele anfingen, und somit war ihr sicherlich auch nicht entgangen, daß ich früh dran war. Ich stopfte das Tapeband in meine Tasche und schulterte sie.

»Ja, sag mir nur, wie ich fahren muß«, sagte ich und verließ zusammen mit ihr das Zimmer.

Thea hielt mich am Arm fest. »Tut mir leid, daß wir dich so ausgefragt haben«, entschuldigte sie sich, während wir im Flur standen. Ihr ausgeprägtes Harmoniebedürfnis meldete sich mal wieder zu Wort.

»Schon gut«, beschwichtigte ich sie und lächelte. »In mir herrscht im Moment einfach etwas Gefühlschaos. Ich möchte das erst richtig ordnen«, erklärte ich meine Verschwiegenheit.

Nach einem kurzen »Tschüß« in Richtung Küche, gingen wir zusammen die Treppe hinunter, und ich konzentrierte meine Gedanken auf das bevorstehende Spiel.

Nach dem Spiel kam ich sehr gutgelaunt zurück nach Hause. Wir hatten 30:25 gewonnen, und ich hatte wieder einmal ausgezeichnet getroffen. Doch darüber konnte ich mich nicht lange freuen. Als ich zur Tür hereinkam, ahnte ich bereits, was passiert sein mußte.

Aus der Küche vernahm ich heftiges Schluchzen, während Franzis Stimme unentwegt beruhigend auf Paula einredete. Für ein mißglücktes Date war es eindeutig noch zu früh. Ich stellte achtlos meine Tasche im Flur ab und betrat alarmiert die Küche.

Franzi hatte liebevoll die Hände auf Paulas Knie gelegt, während sie vor ihr in der Hocke saß und verzweifelte Versuche unternahm, sie zu trösten. Die coole Franzi war unter diesen Umständen nicht wiederzuerkennen. Wäre eine ihrer ständigen Verehrerinnen hier gewesen, hätte die versucht, erneut ihr Herz zu erobern.

Franzis Zärtlichkeiten waren allerdings auch bitter nötig. Die U.G. Creme hatte Wirkung gezeigt. Allerdings konnte nicht von ›wundervoll geschmeidig‹ und ›rein‹ die Sprache sein. Statt dessen überzogen unzählige rote Pusteln Paulas Gesicht, und ich fühlte mich an einen schlechten Horror-Film erinnert. Wäre es nicht ausgerechnet Paula gewesen, hätte ich wahrscheinlich laut losgelacht. So war mir im Moment aber eher zum Mitheulen zumute.

Die kleine Mrs. Tackelschuh saß da wie ein Häufchen Elend, obwohl sie doch gehofft hatte, an diesem Abend der Liebe ihres Lebens zu begegnen. Ich ging zu ihnen an den Tisch. Paula sah nicht auf, sondern weinte unverändert weiter.

»Ach, Paula«, brachte ich heraus und legte meine Arme von hinten um sie. Die gute Stimmung vom Handballspiel hatte sich vollkommen verflüchtigt. Warum hatte ich nur zugelassen, daß sie diese bescheuerte Creme benutzte? Ich hatte es doch geahnt. Aber für Wenn und Aber war es nun leider bereits zu spät.

Sie kuschelte ihr gezeichnetes Gesicht an meine Schulter. »Aber bei ... Inge ist ... das nicht ... passiert«, preßte sie trotzig und unter größten Schwierigkeiten hervor. Weil sie so sehr weinte, mußte sie nach jedem zweiten Wort jämmerlich nach Luft schnappen.

»Paula, du kannst doch das Treffen auf einen anderen Tag verschieben«, schlug Franzi vor und sah mich hilfesuchend an. Sie wußte inzwischen nicht mehr weiter. Aber in der momentanen Situation war das auch kein Wunder.

»Ja, Paula. Aufgeschoben ist doch nicht aufgehoben«, bekräftigte ich Franzis Vorschlag, glaubte aber nicht, mit diesem Sprichwort bei ihr etwas zu erreichen.

»Ich habe ja nicht mal ihre Telefonnummer. Das Treffen ist doch schon um acht, und was für einen Grund sollte ich denn haben, um so kurz vorher noch alles platzen zu lassen«, heulte sie völlig verzweifelt.

Jetzt noch einen Grund erfinden zu können, der nicht allzusehr nach einer billigen Ausrede roch, war tatsächlich nicht ganz leicht.

»Ich werde Nico nie treffen und wahrscheinlich bis an mein Lebensende einsam bleiben«, jammerte Paula in voller Überzeugung.

Ich schmunzelte in mich hinein. Paula lebte immer zwischen Begeisterungssturm und Vollkatastrophe, und wenn sie mal wieder glaubte, die Welt würde gleich untergehen, war sie einfach nur niedlich.

Allerdings schien ihr diese Nico wirklich viel zu bedeuten, doch das war bei ihrer letzten Internetbekanntschaft auch der Fall gewesen. War es überhaupt möglich, jemanden über das Internet richtig kennenzulernen? Geriet man nicht automatisch in Versuchung, sich schöner, klüger und unwiderstehlicher zu machen, als man wirklich war? Schließlich bot diese virtuelle Plattform genügend Spielraum, um die Tatsachen zu ... beugen. Man mußte sich da nur an Paulas letztes Treffen erinnern.

»Sag doch so was nicht, Paula. Du bist eine bezaubernde

Frau«, versuchte ich sie zu trösten und streichelte mit den Händen über ihre Schultern.

»Bezaubernd!« schrie sie auf und schlug meine Hände von sich.

Ich wußte gar nicht, wie mir geschah.

Sie sprang auf und geriet so richtig in Fahrt. »Ich sehe aus wie eine Kröte! Nennst du das bezaubernd?« fuhr sie fort und lief aufgebracht auf und ab.

Ich wäre von selbst nie auf diesen gemeinen Vergleich gekommen, aber als sie es jetzt so sagte . . .

»Wir brauchen eine Lösung«, murmelte sie vor sich hin, während ich mich allmählich fast ein kleines bißchen vor ihr fürchtete.

»Paula, beruhige dich doch wieder«, sagte Franzi, wagte es aber auch nicht, in Paulas Nähe zu kommen, ihr stechender Blick war Abschreckung genug.

Paula ging einige Sekunden auf und ab, ohne deutlich ruhiger zu werden, dann blieb sie abrupt stehen.

»Alex«, sagte sie energisch und setzte ein unheilverkündendes Lächeln auf. »Alex, wir wohnen hier jetzt seit zwei Jahren zusammen, wir sind praktisch wie Schwestern.«

In mir machte sich ein ungutes Gefühl breit. Es gefiel mir nicht, wie sie unser Verhältnis betonte. Außerdem hatte ihre Stimme einen seltsam flötenden Klang angenommen.

»Du weißt, daß ich in einer Notsituation bereit wäre, einiges auf mich zu nehmen«, fuhr sie fort und sah mich eindringlich an.

Ich nickte in schlimmer Erwartung. Was hatte sie bloß vor? Ich malte mir inzwischen schon die kuriosesten Situationen aus. Allesamt unangenehm.

»Weißt du, Franzi ist dafür einfach nicht geeignet, und Thea ist nicht da. Du bist also meine letzte Hoffnung«, sprach sie weiter.

Franzi runzelte die Stirn, wartete aber Paulas Erklärung ab. Es gefiel ihr offenbar nicht, pauschal als nicht geeignet bezeichnet zu werden. Mein schlechtes Gefühl hatte sich mittlerweile verschlimmert, und ich verschränkte nervös die Arme vor dem Bauch.

»Alex, Franzi ist in der Szene zu bekannt und hat auch einen recht ...» Sie hielt inne und blickte zu Franzi, auf deren Gesicht sich ungeduldige Erwartung abzeichnete. »Einen eindeutigen Ruf«, entschied sich Paula letztlich und blieb damit so neutral wie nur möglich. Es war kein Geheimnis, daß Franzi gern mal Frauen abschleppte. So was sprach sich natürlich auch schnell herum.

»Und was hat das jetzt mit mir zu tun?« fragte ich, während leichte Panik in mir aufkeimte. Meiner Stimme war die Angst förmlich anzuhören. Paula wollte doch nicht allen Ernstes ... nein.

»Alex, du mußt für mich hingehen«, teilte uns Paula ihren Plan mit.

Franzi sah mit großen Augen zu mir.

»Ich rücke das dann später wieder gerade, aber bitte sei heute – an diesem einen Abend – ich. Ich verstehe, daß du dazu keine Lust hast und das schäbig findest, aber ich weiß mir keinen anderen Rat. Du mußt mir helfen«, fügte sie wieder den Tränen nahe hinzu.

Ich wußte genau, daß Paula den Schluß absichtlich so gewählt hatte, um mich rumzukriegen. Aber ich hatte mir den Abend anders vorgestellt. Ich hatte mir vorgenommen, Katrin anzurufen. Mein Herz verlangte bereits den ganzen Tag danach, sie endlich wiederzusehen oder zumindest ihre Stimme zu hören. Was Paula sich ausgedacht hatte, würde dies schmerzlich verzögern. Außerdem war es im Grunde um keinen Deut besser, einfach jemand anderen zu einer Verabredung zu schicken, als überhaupt nicht zu erscheinen. Nein, es war sogar ein ganz mieser Plan, der mit den Gefühlen eines Menschen spielte. Wenn ich Katrin erwartete und dann statt dessen von ihrer Freundin einen Abend lang eine große Show vorgespielt bekäme – das konnte doch nie gutgehen!

»Vielleicht solltest du Nico besser die Wahrheit sagen, denn ich habe keine große Lust, einen Part in dieser Lügengeschichte zu spielen«, sagte ich eindringlich und setzte eine ernste Miene auf. Ich war doch keine Schauspielerin, wie stellte sie sich das vor? Das würde doch alles nach fünf Minuten auffliegen, und ich würde dann dastehen wie der letzte Depp.

»Also, Paula, ich kann das auch nicht gutheißen. Glaub mir, das bringt Unheil«, sagte jetzt auch Franzi mit Nachdruck.

Paula schob eingeschnappt die Unterlippe vor. »Ich hätte nicht gedacht, daß du mich so hängen lassen würdest, Alex«, sagte sie beleidigt. »Und du, Franzi, mußt nicht so tun, als ob du dich groß um die Gefühle anderer kümmerst«, setzte sie trotzig nach und verschränkte abwehrend die Arme vor dem Bauch.

»Moment mal. Na gut, ich habe häufig One-Night-Stands. Aber merkst du was? Die Betonung liegt auf *einer* Nacht. Ich verspreche keiner was von großer Liebe oder Beziehung. Es sind keine Affären, die sich wochenlang hinziehen. Die Fronten sind klar abgesteckt. Es handelt sich immer nur um eine Nacht. Kein Hin und Her, kein Beziehungschaos. Eine Nacht, und das war es dann. Wenn sich eine darauf einläßt, aber trotzdem mehr erwartet, dann ist das nicht meine Schuld«, verteidigte sich Franzi wütend.

Auch wenn es für die eine oder andere Frau schmerzhaft war, nicht Franzis Herz geschenkt zu bekommen, konnte ihr das trotzdem niemand zum Vorwurf machen. Sie spielte keiner etwas vor. Die Enttäuschung kam immer dann, wenn sich eine wider besseres Wissens zuviel erhoffte. Jedenfalls hauchte Franzi keiner heiße Liebesschwüre ins Ohr.

»Ach, du nutzt doch die Lage der Mädels eiskalt aus. Du bist einen Abend lang zärtlich zu ihnen, erweckst bewußt Träume und Sehnsüchte, und sie geben sich dir hin. Du vernascht sie, und danach sind sie dir vollkommen egal«, schrie Paula jetzt zurück und projizierte damit ihre ganze Enttäuschung auf Franzi.

»Du!« knurrte Franzi nach einem kurzen Augenblick der Fassungslosigkeit und hob drohend den Zeigefinger in die Höhe. Sie atmete zweimal tief durch. »Du weißt doch gar nichts von mir«, sagte sie leise aber bestimmt, drehte sich auf dem Absatz herum, verließ die Küche und knallte laut die Tür zu.

Zwischen Paula und mir herrschte Totenstille. Ich hatte Franzi bisher selten so in Rage gesehen. Sie hatte sich kaum beherrschen können. Paula mußte sie sehr verletzt haben. Vielleicht nahm sie ihr eigenes Verhalten ihren wechselnden Partnerinnen gegenüber doch nicht so auf die leichte Schulter, wie es uns immer erschien. Ich sah besorgt in Richtung Flur. Würde Franzi jetzt in ihrem Zimmer toben? Vielleicht weinte sie auch. Weinte sie denn jemals?

»Mußte das sein?« fragte ich Paula verärgert. Die Stimmung in der WG war merklich angekratzt.

Paula zuckte mit den Schultern und tat so, als ob sie sich keiner Schuld bewußt war. »Wenn nicht was Wahres dran wäre, hätte sie ja nicht so reagiert«, fauchte sie mich an. Natürlich hatte sie im Nachhinein ein schlechtes Gewissen.

»Aber das ist trotzdem kein Grund, deinen Frust auf sie zu schieben«, bemerkte ich scharf. Sie gab dazu keinen Kommentar, sondern preßte betroffen die Lippen aufeinander.

Wir schwiegen einen kurzen Moment, bis sie plötzlich einsichtig nickte. »Ja, ich verdränge meine Probleme bloß. Ich muß mich bei ihr entschuldigen«, stellte sie fest. Dann sah sie traurig zu mir. »Alex, bitte, wenn du mir nicht hilfst, bin ich verloren. Ich verspreche dir, daß ich die Geschichte hinterher auflöse und deine Weste blütenweiß bleibt«, redete sie nun wieder auf mich ein. Sie griff nach meiner Hand und drückte sie sachte. »Bitte«, wiederholte sie, während sie mir flehend in die Augen sah.

Sie erschien mir mittlerweile total verzweifelt. Also nickte ich zustimmend.

Kapitel 2

Ich hatte mich von Paula dazu drängen lassen, mich so richtig in Schale zu werfen, und fuhr nun in eine Bar mit dem ominösen Namen *Trouble*. Es war mir immer noch schleierhaft, wie Paula sich das alles vorstellte. Ich war in besagter Lokalität zu allem Übel auch noch Stammgast und wurde dort bereits mit dem Vornamen angeredet. Wie sollte ich unter diesen Voraussetzungen bloß meine wahre Identität geheimhalten?

Außerdem kam ich mir bei dem, was ich gerade im Begriff zu tun war, reichlich albern vor. Das Ganze hätte der Feder eines ausgebrannten Drehbuchautors einer Seifenoper entsprungen sein können. Und mittendrin war natürlich ich, wie sollte es auch anders sein.

Ich stellte mein Auto sorgsam vor der Bar ab. Thea nannte mein altes Golf Cabrio manchmal Aufreißerkarre. Aufschneider hätte heute besser gepaßt.

Leicht nervös betrat ich die Bar und sah mich um. Nico hatte sich als schlanke Frau mit kurzen, dunklen Haaren und einem Piercing in der Augenbraue beschrieben. Auf wie viele Lesben diese vagen Angaben noch zutreffen mochten? Und was, wenn sie es mit ihrer Beschreibung ebenso wenig genau genommen hatte wie Paulas letztes Date?

Ich war mir sicher, daß ich Nico in diesem Gewimmel schon irgendwie finden würde. Mir bereitete dagegen größere Sorgen, wie genau sich Paula selbst beschrieben hatte. Schließlich sahen wir absolut unterschiedlich aus.

Mit meinen 1,70 war ich zwar nur durchschnittlich groß, überragte Paula aber trotzdem um einen halben Kopf. Während sie dunkle Locken und kaffeebraune Augen hatte, war mein Haar weizenblond und leicht gesträhnt, die Augen nachtgrau. Die einzige Gemeinsamkeit unserer Kleidungsstile lag gelegentlich in der Farbe. Heute trug ich schwarze Jeans.

Ich warf hastig einen Blick auf meine Armbanduhr und stellte fest, daß ich wenigstens pünktlich war. Allerdings fiel mir dabei ein, daß ich – wie um dem Ganzen noch die Krone aufzusetzen – im Gegensatz zu Paula Linkshänderin war.

Ich ließ meinen Blick weiter durch den Raum schweifen, bis er in einer der hintersten Ecken hängenblieb. Ich beobachtete für eine kurze Zeit eine Frau, die ein freundliches Gesicht mit sanften, grünen Augen hatte, und die sich des öfteren suchend umsah. Durch ihre linke Augenbraue war ein feiner, silberner Ring gestochen. Das mußte sie sein. Ich gab mir einen Ruck. Gott sei Dank hatte ich sie noch nie zuvor in diesem Laden gesehen. Ich wollte gar nicht darüber nachdenken, was wohl passiert wäre, wenn wir schon mal zuvor miteinander geflirtet hätten. Dann wäre Paulas Plan von vornherein ad absurdum geführt worden.

Langsam schlenderte ich zu ihr und versuchte zu lächeln. Das konnte doch nie gutgehen. Sie sah mich erst, als ich direkt vor ihrem Tisch haltmachte. Interessiert blickte sie an mir hoch.

»Bist du Nico?« fragte ich und betete inständig, mich nicht getäuscht zu haben. Das wäre wirklich peinlich gewesen.

Glücklicherweise nickte sie schüchtern und brachte dann ein zurückhaltendes »Hallo« heraus. In ihren Augen spiegelte sich Nervosität wider. Und ihrer verkrampften Körperhaltung nach zu urteilen, fühlte sie sich genauso unsicher wie ich.

»Schön, also ich bin ... Paula«, sagte ich mit kurzer Verzögerung. Beinahe hätte ich mich verplappert und als Alex vorgestellt. Na bravo!

So lässig wie möglich ließ ich mich ihr gegenüber auf einem Stuhl nieder. Sie sollte bloß nichts von meiner Aufregung mitbekommen. Ihr Blick ruhte gespannt auf mir, und auch ich nutzte die Gelegenheit, um sie etwas genauer zu betrachten.

Nico sah in Wirklichkeit nicht halb so stereotyp aus, wie man nach ihrer Beschreibung vermuten wollte. Sie war eindeutig eine der Menschen, die auch im Sommer noch eine zarte Blässe um die Nase haben. Sie war durch und durch gepflegt, aber auf keinen Fall hart gestylt. Ihr ganzer Körperbau war feingliedrig, aber auf eine gewisse Weise trotzdem drahtig, und verpackt in einen weichen Wollpullover, der zum Ankuscheln einlud. Doch das Schönste an ihr war der warme Grünton ihrer Augen, der mir unter den langen, dunklen Wimpern entgegenschimmerte.

Wir schwiegen uns kurz an, dann sagte ich, um endlich die Stille zu beenden: »Hast du schon etwas bestellt?« Dabei setzte ich mein charmantestes Lächeln auf, um das Eis zu brechen. Nico schien ziemlich schüchtern zu sein. Ich wollte sie durch eine zu aufdringliche Art nicht noch weiter verschrecken.

»Äh, nein«, sagte sie und schüttelte dabei den Kopf. Es war ihr offensichtlich peinlich, denn ihre Wangen färbten sich augenblicklich zartrosa. Wie niedlich.

»Was hättest du denn gern?« erkundigte ich mich und sah zur Bar. Heute bediente Michael, was für Paulas Pläne nicht gerade förderlich war. Wir kannten uns aus diversen durchzechten Nächten ganz gut.

»Vielleicht eine Cola«, sagte sie verlegen. Ich stand auf und gab ihr ein Zeichen, daß ich gleich wieder zurück sein würde. Ich spürte, daß sie mir nachsah, und ging hinüber zur Theke.

»Zwei Cola, und bitte stell jetzt keine Fragen«, bestellte ich auf seltsame Art die Getränke bei Michael. Er warf seine langen blonden Haare zurück und schaute mich verwundert an. Für diese Bewegung lagen ihm die Männer reihenweise zu Füßen.

»Was sollte ich denn fragen?« fragte er lachend und nahm zwei Gläser unter der Theke hervor.

»Du wirst gleich Fragen haben, denn ich muß dich um einen Gefallen bitten. Wegen Paula, du kennst sie doch?«

»Deine Mitbewohnerin?« hakte er nach und schenkte langsam ein.

Ich nickte. »Ja. Es ist eine lange Geschichte, für die mir jetzt die Zeit fehlt, aber ich muß mich heute abend für sie ausgeben. Kannst du mich also bitte heute ausnahmsweise Paula nennen?« fragte ich vorsichtig und kam mir dabei unglaublich bescheuert vor. Was mußte er nur von mir denken? Sicher, daß ich einen Vogel hatte.

Er sah mich verdutzt an und zögerte einen Moment. Dann grinste er endlich. »Okay, Paula, aber ich hoffe, daß ich die lange Geschichte irgendwann auch lang und breit erzählt bekomme«, schmunzelte er belustigt und schob mir die Gläser zu.

»Dank' dir«, sagte ich erleichtert.

»Ich schreib' es auf die Rechnung«, sagte er.

Ich ging mit den Getränken zurück zu Nico. »So ging es schneller«, erklärte ich und stellte ein Glas vor ihr ab. Das war nicht einmal gelogen, denn an den Tischen wurde für gewöhnlich nur sporadisch bedient.

»Danke«, sagte sie und schenkte mir ein schüchternes Lächeln, das ich erwiderte. Zum Glück hatte Michael nicht viele Fragen gestellt und sich sofort auf diesen Kinderkram eingelassen. Ich würde es ihm bei Gelegenheit ausführlich danken.

»Du studierst also Jura?« fragte sie plötzlich, um ein Gespräch in Gang zu bringen.

»Äh, ja«, behauptete ich, denn schließlich studierte Paula das. Sie zog es allerdings vor, etwas snobistisch Rechtswissenschaften dazu zu sagen. Hoffentlich wollte Nico jetzt nichts genaueres darüber wissen. Ich hatte keinerlei Ahnung von Paragraphen und BGH-Entscheidungen. »Warst du schon mal in dem Laden hier?« fragte ich deshalb, um schnell zu einem anderen Thema überzuleiten. Dadurch konnte ich außerdem abklopfen, ob Nico mich vielleicht doch schon einmal hier gesehen und sich bis jetzt nur noch nicht getraut hatte, mich darauf anzusprechen. In diesem Fall hätte ich mich gerade wirklich komplett zur Vollidiotin gemacht.

Sie schüttelte Gott sei Dank den Kopf. »Nein, um ehrlich zu sein, wußte ich erst gar nicht so genau, wo diese Bar ist«, gab sie zu, und ich fühlte mich etwas erleichtert.

»So, wo bist du denn sonst unterwegs?« fragte ich weiter. Schließlich bot sich jetzt die Gelegenheit, absolute Sicherheit zu erhalten.

»Zum Tanzen gehe ich immer ins *21*«, sagte sie.

Sie nannte noch ein paar andere Bars und Kneipen, die ich für gewöhnlich nicht besuchte, aber wie wohl die meisten ging auch ich zum Tanzen immer ins *21*. Dort hatte ich gestern Katrin kennengelernt, dort war die WG oft anzutreffen, und dort war ich, nicht zuletzt durch Franzis Promistatus in der Szene, durchaus bekannt. Angst stieg in mir auf.

Aber Nico schien nichts zu ahnen oder ließ sich zumindest nichts anmerken. In Gedanken verteufelte ich Paula und ihren bescheuerten Plan. Nervös nippte ich von der Cola.

Sie lächelte. »Ist alles okay mit dir?« fragte sie und legte dabei den Kopf leicht schief.

Ich nickte schnell. »Ja, irgendwie ist es aber doch etwas anderes, sich so Auge in Auge zu unterhalten«, erfand ich und glaubte, mich damit ganz gut aus der Affäre gezogen zu haben.

Sie lächelte wieder. »Beim Chatten hast du mir überhaupt nicht so einen reflektierten Eindruck gemacht. Du wirktest eher sehr . . .«, Nico schwieg kurz und suchte nach dem passenden Wort, »aufgekratzt.«

Ja, ›aufgekratzt‹ beschrieb Paula geradezu hervorragend, mich allerdings überhaupt nicht. Ich war von der Art her wesentlich ruhiger.

Als ich noch überlegte, ob ich jetzt zur Sicherheit etwas mehr die Lebhafte spielen sollte, sagte Nico: »Aber das Ruhige steht dir nicht schlecht. Finde ich angenehm.«

Ich ließ meine Überlegung sofort wieder fallen. Ich hätte sowieso nur eine schlechte Kopie von Paula abgegeben.

Als Nico jetzt langsam ihre anfängliche Schüchternheit abzulegen begann, fand ich sie ziemlich sympathisch. Sie hatte eine feine Art, die Dinge auszudrücken. Paula hatte mir erzählt, daß sie Literaturwissenschaft studierte. Vielleicht kam es daher.

»Danke«, entgegnete ich schließlich auf das Kompliment.

Sie lächelte wieder verlegen. »Vielleicht entsteht beim Chatten auch von mir ein falsches Bild. Vieles ist sicherlich reine Interpretation, denn am Ende füllt doch unser Kopf die leeren Buchstaben mit Leben. Warum nicht herauslesen, was wir gern haben möchten. Oder auch nicht haben möchten«, fuhr sie fort. Nico schien nicht der Typ für oberflächliche Konversation. Sie begnügte sich nicht damit, nur über das Wetter und die Uni zu reden.

»Aber heute zählt leider nichts mehr davon, denn die Realität diktiert uns mit voller Grausamkeit, was ist und was nicht«, entgegnete ich und versuchte mich ihrer eher philosophischen Art zu reden anzupassen. Dann fügte ich aber mit einem verschmitzten Lächeln hinzu: »Manchmal ist das allerdings gar nicht so grausam.«

Auch sie strahlte jetzt. Natürlich war das, was ich eben über die Diskrepanz zwischen Realität und virtueller Welt behauptete hatte, in unserem speziellen Fall vollkommener Unsinn. Es entsprach sicher nicht den Spielregeln, eine der Protagonistinnen während der Halbzeit auszutauschen.

Mir fiel wieder ein, daß Nico das eigentlich nicht verdient hatte. Allerdings wollte ich den unangenehmen Part des Aufklärens trotzdem lieber Paula überlassen.

»Bist du immer so charmant?« fragte Nico direkt und fuhr mit dem Finger über den Rand ihres Glases. Die Geste wirkte in ihrer Verträumtheit richtig süß auf mich.

Ich zuckte gespielt unwissend mit den Schultern. »Ich könnte mich auch unhöflich und aufdringlich geben, aber ich glaube, es ist wohl angenehmer, wenn ich das nicht tue«, gab ich zurück.

Sie nickte zustimmend. »Das ist mein erstes Blind Date, hast du das schon öfter gemacht? Für mich ist das irgendwie . . . ungewohnt«, sagte sie leicht errötend.

»Nein, ehrlich gesagt nicht. Aber eine Freundin von mir hatte schon mal eines«, sagte ich und erzählte ihr daraufhin von Paulas mißglückter Verabredung. Während ich ausführlich berichtete, mußte sie immer wieder herzlich lachen. Dabei bildeten sich niedliche kleine Fältchen um ihre Augen.

»Na, dann können wir ja froh sein, daß unser erstes Mal nicht so in die Hose geht«, sagte sie vergnügt und nahm einen Schluck Cola.

Die Geschichte hatte die Stimmung etwas gelockert. Sie saß längst nicht mehr so verkrampft und angespannt auf ihrem Stuhl. Ich fand meine erste Blind-Date-Erfahrung sehr angenehm.

»Unser erstes Mal? Ich kann mich nicht daran erinnern, daß wir beide schon miteinander . . .«, führte ich frech aus und versprach mir ein schwungvolles Gespräch davon.

Sie hätte sich um ein Haar verschluckt.

»Entschuldige, ich wollte dir nicht zu nahe treten. Es sollte ein Witz sein«, entschuldigte ich mich sofort und versuchte in ihrem Gesicht zu lesen. Ich ärgerte mich über mich selbst. Gerade schien sie sich zu entspannen und alles deutete auf einen schönen Abend hin. Schließlich wollte ich nicht, daß sie die Feststellung von eben jetzt doch noch revidieren mußte. Ich war ja nicht hier, um Paulas Angebetete zu verschrecken. Was sollte sie nur von ihr halten, wenn die Person, die sie unverschämterweise als Ersatz geschickt hatte, unausstehlich zu ihr war? Und noch wichtiger: Was sollte sie von *mir* halten?

Zum Glück lächelte sie nun. »Ich war nur nicht darauf vorbereitet«, sagte sie, und mir fiel ein Stein vom Herzen, »daß du so offensiv mit mir flirten würdest«, fuhr sie fort, und der Stein hüpfte postwendend zurück.

Hatte ich denn mit ihr geflirtet? Klar, ich versuchte ihr einen schönen Abend zu machen, wollte mich nett unterhalten, Paula einen Gefallen tun – aber flirten? Paula hätte sicher mit ihr geflirtet. Ich hingegen wollte mit Katrin flirten. Nein, nicht nur flirten. Ich wollte noch viel mehr mit Katrin. Nico war Paulas Angebetete. Ich war hier nur die Vertretung. Es lag wahrscheinlich daran, daß ich ganz unbewußt immer ein wenig flirtete.

Nico mußte mir die Bestürzung angesehen haben. »Ich wollte dir auch nicht zu nahe treten, Paula.«

Paula. So war es: Paula und Nico, Alex und Katrin. *Hoffentlich* Alex und Katrin, denn so genau stand das noch nicht fest.

Ich entschloß mich, jetzt lieber nicht weiter darauf einzugehen, und nickte nur, während ich die Cola hinunterstürzte, als ob ich damit das Gedankenfeuerwerk in meinem Kopf löschen könnte.

Bevor ich endlich etwas sagen mußte, kam Michael an unseren Tisch. Er lächelte mich verschwörerisch an. »Hallo . . . Paula. Kann ich euch noch etwas bringen?« fragte er freundlich, betonte dabei allerdings ›Paula‹ äußerst gekünstelt.

Ich fragte mich, ob es möglich war, das Ganze irgendwie noch auffälliger erscheinen zu lassen. Das war doch alles albern, der reinste Blödsinn. Jedenfalls war es jetzt genug damit. Ich mußte es ihr sagen. Nico hatte es nicht verdient, daß wir so mit ihr umgingen. Und obwohl ich Paula sehr lieb hatte, wollte ich am nächsten Tag ohne schlechtes Gewissen in den Spiegel sehen können. Diese Lügerei war mir mittlerweile zuviel. Außerdem stellte ich mich dabei zusätzlich noch ziemlich dämlich an. Zumindest war es mir nicht einmal im Ansatz gelungen, auch nur geringfügig an die wahre Paula aus dem Chat zu erinnern.

Ich entschloß mich dazu, Nico alles zu beichten und überlegte gerade meine Worte, als ich sie sagen hörte: »Also, ehrlich gesagt, ich hab' Lust auf etwas mehr Action. Wie wäre es, wenn wir noch ins *21* gehen?«

Ich schluckte augenblicklich meine Erklärungen hinunter und entgegnete: »Warum nicht.«

Sie wandte sich zu Michael und fragte ihn: »Was bekommst du?«

Mein Mut hatte mich so schnell verlassen, wie er gekommen war. Ich hatte in ihr Gesicht gesehen, und mir war dabei die Überzeugung gekommen, daß ich sie doch nicht unglücklich machen konnte. Es was einfach nur schäbig, was Paula und ich ihr an diesem Abend antaten. Für sie war es ein unbefangenes Kennenlernen, das wir bösartig untergruben. Aber warum sollte ich mir selbst den schwarzen Peter geben? Sollte doch Paula das wieder ausbügeln. Es war sowieso alles ihre Schuld.

»Ich laß es einfach auf Paulas Rechnung stehen«, grinste Michael und zwinkerte mir zu allem Übel auch noch zu.

Nico sah ihn überrascht an. Seine Ausdrucksweise wirkte tatsächlich sehr befremdlich. Sie konnte ja nicht wissen, was er damit meinte. Mir war es nur recht, daß Paula unsere Rechnung würde bezahlen müssen. Michael ging zurück an den Tresen.

»He, ich will nicht, daß du für mich bezahlst«, begehrte Nico energisch auf und begann mir Geld zu geben.

»Nein, nein. Schon gut«, wehrte ich mich dagegen und stand auf. »Sag mir lieber, wie wir zum *21* kommen. Ich bin mit dem Auto da«, lenkte ich schnell ab.

»Wäre schön, wenn du fahren könntest«, sagte sie, und wir verließen gemeinsam das *Trouble*, um zu meiner Aufreißerkarre zu gehen.

Vor dem *21* hatte sich die obligatorische Schlange gebildet. Es war schließlich auch der In-Club. Na ja, zumindest in der Szene kam die gewagte Mischung aus House und Deutschrock gut an.

Wenn man mal keine Lust mehr auf die schrille Musik hatte, konnte man sich in das angeschlossene Café zurückziehen und bei einem Cocktail oder einem Milchkaffee angenehme Gespräche führen. Viele nutzten diese Gelegenheit allerdings eher zum hemmungslosen Rumknutschen.

Mir war mittlerweile mulmig zumute. Nicht weil ich ans Rumknutschen dachte, sondern weil es hier drinnen gleich nur so vor bekannten Gesichtern wimmeln würde. Was, wenn mir eine mit einem lauten »He, Alex!« auf die Schulter klopfen würde? Das war durchaus im Bereich des Möglichen.

In mir manifestierte sich der Wunsch, schnellstmöglich wieder von hier zu verschwinden. Aber ich blieb. Jetzt zu kneifen hätte auch keinen viel besseren Eindruck gemacht, als enttarnt zu werden. Außerdem hatte ich es Paula versprochen.

Wir rückten langsam in der Schlange vor. Als wir endlich an die Reihe kamen, bezahlte wieder ich.

Drinnen hämmerte die Musik erwartungsgemäß laut, und dicker Rauch hing in der Luft. Der Laden brummte förmlich. Wir schlängelten uns mühsam durch die Menschenmasse, bis wir schließlich mitten auf der Tanzfläche standen. Neben uns bewegten sich die Leute rhythmisch unter den bunten Kegeln der Lichtanlage.

Ich hatte Nico die ganze Zeit fest an der Hand gehalten und wie selbstverständlich hinter mir hergezogen, sonst hätten wir uns im Getümmel verloren, und dann wäre es nahezu unmöglich gewesen, uns jemals wiederzufinden.

Als ich mich jetzt zu ihr umdrehte, stellte ich fest, daß ich sie nur ungern wieder freigab. Sie begann sofort mit mir zu tanzen, und ich ging darauf ein. Sie bewegte sich fließend, ganz anders als Katrin, die eher kraftvoll tanzte.

Katrin! Mir kam plötzlich ein grauenvoller Gedanke. Was, wenn mich Katrin zusammen mit Nico sah? Was würde sie denken? Sie würde dann sicher nichts mehr mit mir zu tun haben wollen. Ich betete inständig, daß sie nicht hier sein würde, und sah mich möglichst unauffällig nach allen Seiten um.

Leichte Panik stieg in mir auf. Ich konnte sie zwar nirgends entdecken, doch es war absolut unmöglich, sich bei dieser Menschenmenge einen wirklichen Überblick zu verschaffen. Ich versuchte mich so natürlich wie möglich zu verhalten. Es würde nur verdächtig wirken, wenn ich mich andauernd suchend umsah. So würde ich vielleicht am Ende doch noch die falschen Personen auf mich aufmerksam machen.

»Du tanzt gut«, behauptete Nico dicht an meinem Ohr.

Dabei berührten sich unsere Schultern. Ich stellte fest, wie gut sie roch. Ihr Parfum hatte etwas Wildes, das ich ihr gar nicht zutraute, so schüchtern wie sie war. Nur ihre Augen funkelten manchmal ähnlich verführerisch.

»Nein, du tanzt gut«, gab ich das Kompliment zurück.

Sie lächelte ungläubig und schüttelte ablehnend den Kopf.

»Doch, klar«, bekräftigte ich nochmals. »Ich habe doch Augen im Kopf.«

»Du bist viel zu charmant«, sagte sie und starrte mir in die Augen. Sie war wirklich schön. Lange Wimpern umrahmten ihre glänzenden Augen, sie hatte eine feine Nase und unglaublich zart wirkende Lippen, die beinahe zum –

Eine Berührung an der Schulter riß mich aus meinen Überlegungen und fort von ihren Augen. Ich sah schon meine Horrorvorstellung zur Realität werden. Starr vor Schreck drehte ich mich um und sah, daß es Thea war, die mich angetippt hatte. Ich wußte im ersten Moment nicht, ob mich das jetzt erleichtern oder eher alarmieren sollte. Es kam ganz darauf an, ob sie bereits wußte, was heute abend vor sich ging.

Ich reagierte blitzartig, beugte mich zu Thea vor, umarmte sie und raunte ihr zu: »Heute heiße ich Paula.« Ich konnte spüren, wie sie in diesem Augenblick die Stirn runzelte und zu einer Frage ansetzte. »Erkläre ich dir zu Hause. Heute bin ich einfach Paula«, setzte ich energisch nach und löste mich wieder von ihr. Eine noch längere Umarmung wäre zu auffällig gewesen.

Thea hatte ihre Frage hinuntergeschluckt und sah statt dessen interessiert zu Nico. Sie setzte zu einer Vermutung an: »Ist das –«

»Nico!« entfuhr es mir eine Spur zu heftig.

Wieder schaute mich Thea mit fragendem Blick an. Sie hatte geglaubt, es mit Katrin zu tun zu haben, und war jetzt vollkommen verunsichert.

»Hallo«, sagte Nico knapp und lächelte verhalten. Auch ihr mußte diese Begegnung etwas komisch vorgekommen sein, aber sie versuchte sich nichts anmerken zu lassen.

»Das ist Thea«, beendete ich die Vorstellungsrunde und versuchte mich wieder zu beruhigen. Das war ja gerade noch mal gutgegangen.

Trotzdem oder gerade deswegen verspürte ich unvermittelt eine unbändige Wut auf Paula. Wegen ihr benahm ich mich total bescheuert. Aber warum hatte ich auch nur eingewilligt? Weil sie wieder an meine Ritterlichkeit appelliert und mich in einem schwachen Moment eiskalt ausgenutzt hatte. Dieses berechnende Biest.

»Hi, Nico. Na, woher kennst du denn unsere . . . Paula?« erkundigte sich Thea. Die Frage war fast unverschämt direkt und zeigte deutlich, wie neugierig sie war. Aber auch bei ihr klang das ›Paula‹ merklich gestelzt. Wer konnte ihr es auch verübeln? Schließlich hatte sie keine Ahnung, was hier gespielt wurde.

»Um ehrlich zu sein, aus dem Internet«, erklärte Nico kleinlaut.

Auf Theas Gesicht zeichnete sich plötzliche Erkenntnis ab. Ihr ging anscheinend endlich ein Licht auf.

»Wollen wir vielleicht ein wenig ins Café gehen?« schlug ich vor. Wir standen im Moment ziemlich deplaziert auf der Tanzfläche herum. Das war mir zu auffällig.

»Warum nicht. Da kann man sich auch viel besser unterhalten«, sagte Thea sichtlich erfreut, da wir das Gespräch bis jetzt schreiend geführt hatten, um die extrem laute Musik zu übertönen.

Wir verließen die Tanzfläche und suchten uns eine stille Ecke im Café. Ich befürchtete mittlerweile, daß Thea versuchen würde, Nico auszuquetschen. Einerseits war das vielleicht gut, denn dann würde ich nebenbei herausfinden, was sie wirklich von Paula wußte, und auf was ich im weiteren Verlauf des Abends besonders achten mußte. Andererseits barg das auch das Risiko, zwangsläufig in eine gefährliche Gesprächssituation hineinzurutschen. Schließlich nahm sie mir dadurch auch teilweise die Kontrolle über die Unterhaltung.

»Wie ist es denn jetzt dazu gekommen?« flüsterte Thea in mein Ohr. »Ich störe euch doch nicht?« fuhr sie dann lauter an Nico gewandt fort. Sie hatte sich in einer ziemlich dreisten Art an uns geheftet.

Nico schüttelte den Kopf. »Nein, natürlich nicht«, antwortete sie und ließ sich mir gegenüber auf einen Stuhl sinken. Ich glaubte ihr, wobei ich mir sicher war, daß sie auch aus purer Höflichkeit heraus nicht anders geantwortet hätte. Sie war nicht der Typ, der andere Leute vor den Kopf stieß. »Aber woher kennst du denn Paula? Doch sicher nicht auch aus einem Chat«, drehte sie jetzt den Spieß um.

Nico war viel zu clever, um sich von Thea ins Verhör nehmen zu lassen. Fast hätte ich darüber geschmunzelt. Thea und ich hatten uns zugegebenermaßen sehr vertraut miteinander verhalten. Vielleicht vermutete sie in ihr eine meiner Exfreundinnen.

»Oh, wir wohnen zusammen und sind befreundet«, erklärte Thea bereitwillig.

»Ich lebe mit noch zwei anderen Mädels in einer WG«, führte ich es weiter aus.

Nico wirkte interessiert. »Und das geht gut? Vier Frauen in einer Wohnung?« fragte sie skeptisch. »Ist das Bad nicht dauernd belegt?«

»Nun, eine unserer Mitbewohnerinnen braucht immer ziemlich lange im Badezimmer, aber wir haben uns mittlerweile arrangiert«, erläuterte Thea. Sie spielte damit natürlich auf Paula an, aber das wußte Nico ja nicht.

»Es geht ganz gut. Manchmal haben wir auch geringfügige Differenzen. Zum Beispiel, wenn eine auf die Idee kommt, uns andere mit einer farblich neu gestalteten Küche zu überraschen. Aber ansonsten ist alles in Ordnung«, sagte ich, und Nico lachte wieder so bezaubernd. Dadurch gelang es mir auch, das Gespräch erneut von der echten Paula abzulenken.

»Ihr habt ja alle keine Ahnung von Kunst«, verteidigte sich Thea gespielt eingeschnappt.

»Du bist eine Künstlerin?« fragte Nico.

Thea strahlte, und ich wußte, daß sie sich gleich ausgiebig über Projekte, berühmte Künstler und ›sphärische Visionen‹ auslassen würde. »Ja, im Moment arbeite ich an einem Projekt, das sich mit der Vergänglichkeit von Freude in unserer Industriegesellschaft beschäftigt«, begann sie zu schwärmen.

Ich mußte mir augenblicklich das Lachen verkneifen, als ich sah, wie Nico große Augen machte.

»Hört sich irgendwie außergewöhnlich an. Mit was arbeitest du?« hakte Nico nach, sicherlich aus reiner Freundlichkeit.

»Farbe, möglichst dick auf Leinwand geschmiert«, kam die Antwort, allerdings nicht von Thea, sondern von Franzi, die plötzlich hinter Nicos Rücken aufgetaucht war. Sie schien immer noch mies gelaunt zu sein, deswegen auch die abfällige Bemerkung. »Na ja, Thea ist schon ganz schön kreativ«, gab sie dann zu und setzte sich ungefragt an unseren Tisch.

Ich erkannte an Nicos Blick, daß ihr Franzis Gesicht etwas sagte. Das war zu erwarten gewesen. Franzi war eine kleine Berühmtheit, nicht zuletzt, weil sich in der Szene bekanntlich alles herumsprach. Manchmal glaubte ich, wenn ich etwas möglichst schnell verbreitet haben wollte, mußte ich es nur äußerst vertrauensvoll einer der Anwesenden erzählen.

»Ich bin übrigens Franzi«, stellte sie sich unnötigerweise vor und streckte Nico in gewohnt lässiger Art die Hand entgegen. Warum flogen die Mädels da bloß drauf?

Nico griff zögerlich nach der Hand. »Hallo, ich bin Nico«, entgegnete sie schüchtern. Sie war nun von meinen Freundinnen umzingelt, und daß Franzi in der Szene derart verschrien war, schien sie zusätzlich zu verunsichern.

Es war eine merkwürdige Situation. Die einzige von uns vieren, die an Paulas Blind Date nun nicht teilnahm, war Paula selbst.

Natürlich erkannte Franzi sofort, was mit Nico los war. Amüsiert grinste sie über ihre abwehrende Reaktion. »He, keine Angst. Ich versuche nicht – entgegen der geltenden Meinung –, *jede* ins Bett zu bekommen. Außerdem bis du schließlich mit einer meiner Freundinnen hier«, lachte sie jetzt gut aufgelegt.

»Franzi wohnt auch mit uns zusammen«, erklärte Thea, die ebenfalls bemerkte, daß Nico sich weiter zurückzog.

Franzi hatte sich danebenbenommen und das auch noch absichtlich. Wahrscheinlich, um sich an Paula zu rächen, allerdings schadete sie dadurch im Moment nur mir. Schließlich war ich für Nico – zumindest heute abend – Paula. Und das mußte ich versuchen so gut wie möglich zu bewerkstelligen.

Daß Franzi heute abend auf uns stoßen mußte, behagte mir überhaupt nicht. Nach dem Streit mit Paula war ihre Laune unberechenbar und sie zu fast allem fähig. Allerdings glaubte ich nicht, daß sie mir absichtlich schaden würde.

»Na, dann seid ihr ja bunt gemischt. Wie ist denn die Vierte?« fragte Nico. Sie hatte sich ein wenig vom ersten Schreck erholt.

Franzi grinste bösartig und öffnete den Mund.

»Na ja, sie ist ein klein wenig versnobt, aber ansonsten liebenswert«, sagte ich schnell und kam so Franzi zuvor. Der Abend sollte ja nicht in einer Katastrophe enden.

»Zu schade, daß sie nicht hier ist. Du hättest die kleine Kröte sicher gern kennengelernt«, sagte Franzi mit verschmitztem Lächeln.

Diese Anspielung verstand Nico natürlich nicht, mir dagegen wurde angst und bange. Ich versuchte unter dem Tisch Franzi einen Tritt zu verpassen, traf aber dummerweise das falsche Bein.

Thea jaulte kurz laut auf und wollte schon zu einem schroffen »Spinnst du denn!« ansetzen, als sie meinen nervösen Blick sah.

Auch Franzi hatte inzwischen gemerkt, daß da eigentlich etwas für sie bestimmt gewesen war.

»Was hast du denn?« erkundigte sich Nico verwirrt und gleichzeitig besorgt.

»Ach nichts«, log Thea schließlich. »Ich hatte nur plötzlich so starke Kopfschmerzen«, erfand sie für mich.

Es war offensichtlich, daß Nico ihr kein Wort glaubte, sich aber mit der Erklärung zufriedengab.

»Kopfschmerzen?« fragte Franzi, und in mir stieg schon erneut Angst auf. »Dann laß uns doch mal zur Toilette gehen oder willst du nach Hause?« fragte sie weiter. Natürlich war sie nicht so unsensibel. Sie hatte eine riesige Wut auf Paula, wollte aber mich Gott sei Dank nicht dafür bestrafen.

Thea sah von Franzi zu mir, erkannte den flehenden Ausdruck in meinen Augen, und sagte dann: »Ja, ich glaube ein wenig Wasser würde mir guttun.« Dann standen sie und Franzi gleichzeitig auf.

»Hat mich gefreut«, sagte Franzi zu Nico und lächelte kurz. Ein anzügliches Zwinkern konnte sie sich jedoch nicht verkneifen. »Wir sehen uns dann«, warf sie mir zu und zog Thea mit sich in Richtung Toiletten.

Nico lächelte mich an.

Ich atmete hörbar auf und begann zu erklären: »Es tut mir leid, ich –«

Sie machte eine wegwerfende Handbewegung und brachte mich so zum Schweigen. »Schon gut. Ich fand sie beide ganz nett.«

»Ich hoffe, du denkst jetzt nichts Falsches von mir. Ich meine, nur weil ich mit Franzi zusammenwohne, heißt das nicht, daß ich genau wie sie dauernd eine andere . . .«

Ich ließ den Gedanken in der Luft hängen. Sie mußte sonst was von Paula, der WG und mir denken. Aber warum zum Teufel versuchte ich eigentlich, mich zu rechtfertigen? Im Prinzip war es völlig egal, was Nico von mir dachte. Gut, sie sollte mich jetzt nicht gerade abstoßend finden, aber wenn sie den Eindruck hatte, von mir müsse man besser die Finger lassen, war das doch nicht schlimm. Ich hatte doch keine Absichten auf sie.

»Zugegeben, man hört so einiges über deine Freundin, aber hältst du mich für so oberflächlich, daß ich deswegen irgendwelche Rückschlüsse auf dich ziehe?« fragte sie und sah mich eindringlich an. Sie erwartete offensichtlich keine Antwort darauf, denn sie sprach gleich weiter. »Ich weiß ja nicht mal, ob an den ganzen Gerüchten überhaupt irgendwas dran ist.« Sie spielte mit einem vor uns auf dem Tisch stehenden Teelicht. »Aber Franzi ist hier auch nicht das Thema. Ich wollte dich kennenlernen«, schloß sie schließlich und sah mir tief in die Augen.

Falsch. Sie wollte Paula kennenlernen und mußte jetzt zwangsläufig mit mir vorliebnehmen. Aber vielleicht war das mittlerweile sogar egal. Schließlich hatten wir bereits die letzten Stunden angenehm miteinander verbracht. Ihr Interesse lag vielleicht längst nicht mehr an der Internetbekanntschaft. Wir hatten doch vorhin festgestellt, daß die Realität manchmal nicht mit den Worten auf dem Bildschirm übereinstimmte. Vielleicht hatte sie inzwischen die gesamte Vorgeschichte als virtuelle Sinnestäuschung abgetan und wollte nur noch den Menschen sehen, der nun vor ihr saß. Der Mensch, der wegen eines haarsträubenden Zufalls plötzlich Alex und nicht mehr Paula war.

Ich hatte die ganze Zeit über versucht mich so zu benehmen, daß ich Paula gerecht werden würde. Der ganze Abend glich einer einzigen Farce. Ich hatte ständig Angst, mich zu verraten. Und das nur, damit Nico bloß keinen großen Unterschied zwischen Paula und mir feststellen konnte.

Mir wurde in diesem Augenblick bewußt, wie absurd mein Verhalten war. Was dabei herauskam, war ein ziemlich schlechter Abklatsch von meiner zickigen Mitbewohnerin. Aber warum konnte ich nicht einfach ich sein, nur mit einem falschen Namen?

»Was ist mit dir? Du bist so in Gedanken versunken«, bemerkte Nico und blickte sorgenvoll zu mir herüber. »Hör mal, es ist okay, wenn ich nicht so bin, wie du es dir vorgestellt hattest. Wir können uns jetzt einfach voneinander verabschieden und das war's dann«, schlug sie vor.

Ich tauchte aus meinen Gedanken auf. Vor einer Minute wäre

ich mehr als dankbar gewesen, dieses Versteckspiel beenden zu können. Aber jetzt? Jetzt wollte ich auf keinen Fall, daß sie ging. »Willst du das denn?« tastete ich mich vorsichtig heran.

Ein tiefer Blickkontakt, dann schüttelte sie den Kopf.

»Dann komm«, sagte ich energisch, ergriff ihre Hand und zog sie mit mir hoch. Ich wollte mir nicht länger Gedanken darüber machen, wie ich am besten Paula imitieren konnte, nur damit sie sich später damit brüsten konnte, eine besonders sympathische Begleitung organisiert zu haben. Jegliche belastende innere Verpflichtung löste sich von einer Sekunde auf die andere in Luft auf. Ich hatte genug. Ab jetzt wollte ich nur noch Alex sein.

»Laß uns noch ein bißchen Spaß haben«, sagte ich und bugsierte sie zur Tanzfläche, ohne ihre Einwilligung abzuwarten.

Es war mir egal, ob uns dort jemand erkennen würde oder ob uns Katrin würde sehen können. Wenn ein Problem auftauchte, würde ich versuchen es zu lösen. Paula konnte mir mit ihren Vorstellungen gestohlen bleiben. Und auch auf Thea und Franzi, die sich aus reiner Neugierde auf uns gestürzt hatten, konnte ich getrost verzichten. Ich wollte nur einen schönen Abend haben. Und zur Hälfte hatte ich ihn bereits mit vollkommen überflüssigen Befürchtungen verdorben.

Ich fühlte mich völlig anders, als ich jetzt mit Nico tanzte. Ich hatte den ganzen Ballast von mir abgestreift und genoß es, mich zur Musik zu bewegen. Dabei wurde mein Kopf allmählich wieder frei.

Manchmal berührten wir uns zufällig, andere Male gewollt. Nico mochte mich, das fühlte ich. Sie war zwar zu schüchtern, um mir wirklich näherzukommen, aber ich sah ihr, ihren Bewegungen, ihren Augen an, daß sie es wollte.

Es wurde ein langsames Lied gespielt. Eigentlich hätte es mir Anlaß geben müssen, die Tanzfläche zu verlassen, aber ich zog Nico zu mir heran, und sie schmiegte sich bereitwillig an mich. Warum auch nicht? Ich hatte vorhin beschlossen, meine Verpflichtung gegenüber Paula aufzugeben. Also konnte ich auch ohne schlechtes Gewissen ein wenig mehr mit Nico flirten. Ich war weder mit Katrin zusammen noch jemand anderem Rechenschaft schuldig.

Als das Lied zu Ende war, hielt Nico ihren Körper noch kurz an meinem. Ich schloß die Augen, fühlte in mich hinein, konzentrierte mich auf meine Sinne. Ich spürte die Wärme zwischen uns und lauschte ihrem sachten Atem. Und plötzlich war es da, dieses Gefühl von Leichtigkeit und einem Hauch Aufregung. Es breitete sich aus mit jedem Pulsschlag, überschwemmte mich wie eine sanfte Welle. Ich hielt sie noch eine Weile und genoß das leichte Kribbeln.

Ja, du bist schön. Du bist äußerlich schön, aber noch viel schöner bist du von innen, schoß mir plötzlich durch den Kopf.

Wir lösten uns wieder voneinander. Ich fühlte eine tiefe Traurigkeit in mir, weil ich einem so schönen Menschen etwas so Häßliches angetan hatte.

»Ich würde jetzt gern nach Hause fahren«, sagte ich betreten. Es war mittlerweile halb zwei. Das war zwar nicht sonderlich spät, aber durchaus eine Zeit, zu der ich nach Hause gehen konnte, ohne aufzufallen. »Darf ich dich nach Hause bringen, oder möchtest du lieber noch hierbleiben?« erkundigte ich mich.

Sie schwieg einige Sekunden, aber ich nahm an, daß sie nicht wirklich überlegte, ob sie noch bleiben wollte. Sie dachte sicher darüber nach, was mit mir los war.

»Laß uns gehen«, antwortete sie dann nur.

Sie schob mich an der Schulter vor sich her zum Ausgang, ins Freie, zum Auto. Schweigend fuhr ich sie nach Hause. Sie gab mir nur kurze Anweisungen: links, rechts, stop.

Der Wagen stand bereits eine Weile und wir starrten noch immer stumm vor uns hin. Schließlich drehte ich den Schlüssel und stellte den Motor ab.

Ich mußte es ihr sagen. Es führte kein Weg daran vorbei. Paula traf nicht allein die Schuld an dieser verqueren Situation. Ich war hier die Schauspielerin. Ich mußte jetzt auch dafür geradestehen.

Langsam blickte ich mich zu ihr um. »Nico ...«, begann ich kleinlaut, nur um dann wieder innezuhalten.

Sie sah nun auch zu mir. Die grünen Augen blickten mich gespannt an.

»Ich hatte einen sehr schönen Abend.«

»Ich weiß nicht, was du sagen willst oder sagen mußt, aber bitte sag es einfach nicht«, bat sie leise und verletzlich.

Ich beugte mich vor und küßte sie vorsichtig. Nicht lange, nur ein paar Sekunden. Ebenso zaghaft kam die Berührung zurück. Ich wußte nicht, wen sie küßte. Paula? Alex? Beide? Keine?

Aber sie küßte mich, und das war wundervoll. Angesichts dessen, was ich jetzt fühlte, fragte ich mich beinahe, warum ich sie nicht schon viel früher geküßt hatte. Es fiel mir schwer, mich wieder von ihren zarten Lippen zu trennen.

Wir lösten uns langsam voneinander. Wieder herrschte Schweigen zwischen uns. Aber wir lächelten beide, und bevor ich imstande war, meine Gefühle wieder zu ordnen, stieg sie aus.

Sie stieg einfach aus dem Auto aus, ohne ein weiteres Wort zu sagen. Ich hatte alle Erklärungen hinuntergeschluckt, versäumt ihr zu beichten, daß ich nicht Paula war, am Ende die Chance vertan.

Nun sah ich ihr nach, wie sie ohne sich umzudrehen im Haus verschwand. Stumm wartete ich noch für einen Moment. Als hinter einem Fenster Licht erschien, fuhr ich schließlich los, um mich zu Hause erschöpft ins Bett fallen zu lassen und dann doch nicht zu schlafen. Was war passiert?

Kapitel 3

Die wenigen Stunden, die ich geschlafen hatte, waren sehr unruhig gewesen. Ich mußte mich im Bett wild hin- und hergewälzt haben. Am Morgen lag mein Kopfkissen am Boden und die Decke verdreht an meinen Füßen.

Ich sah, auf dem Rücken liegend, zur weißen Decke hinauf und machte tiefe Atemzüge, um meine innere Unruhe zu vertreiben. Es war doch gar nichts Schlimmes passiert. Zwar hatte ich Nico geküßt, aber deswegen brauchte ich mich doch nicht so aufzuregen, oder doch?

Aber da gab es ja noch Katrin. Auch mit ihr hatte ich erst einen Abend verbracht, einen sehr, sehr schönen Abend. So schön, daß ich mich jetzt schuldig fühlte.

Was mich fast noch mehr sorgte, war allerdings Paula. Ich wußte nicht, ob ich ihr sagen sollte, daß zwischen ihrer Nico und mir plötzlich mehr gewesen war. Aber wie viel mehr war es denn? Hätte ich mit Nico die Nacht verbracht, müßte ich es Paula natürlich sagen, aber es war ja nur ein Kuß gewesen. Ein wunderbarer Kuß allerdings. Und warum eigentlich *ihre* Nico? Sie kannten sich ja noch nicht mal persönlich.

Warum mußten mich nur in zwei Tagen gleich zwei so wundervolle Frauen küssen? Wobei – eigentlich war es ja *ich* gewesen, die *Nico* geküßt hatte. Aber dieses Detail änderte überhaupt nichts an meinem momentanen Gefühlschaos.

Wie würde Paula auf die Wahrheit reagieren? Ihr Schicksal verfluchen? Mich verfluchen? Und Katrin? Ich hatte mich gestern nicht bei ihr gemeldet. Vielleicht dachte sie inzwischen, daß von meiner Seite aus kein Interesse an einem Wiedersehen bestand. Doch das bestand ohne Zweifel noch, daran änderte auch der Abend mit Nico nichts.

Ich fühlte mich zu beiden Frauen hingezogen, und wenn ich mich nicht schwer täuschte, beruhte dieses Gefühl auch bei beiden auf Gegenseitigkeit. Wie viele Menschen hätten mich um meine Situation beneidet? Aber war es fair, beide gleichzeitig näher kennenzulernen?

Mit Nico war das nicht einmal so problemlos möglich. Schließlich hatte ich weder eine Telefonnummer noch eine E-Mail-Adresse von ihr. Die hatte Paula. Und Paula würde die ganze Angelegenheit mit Sicherheit nicht gerade erfreuen, wenn ich ihr das alles beichtete. Schließlich hatte sie erst gestern wegen des verpaßten Treffens bittere Tränen in der Küche vergossen. Sie würde mein Vorhaben auf keinen Fall unterstützen.

Zumindest wußte ich, wo Nico wohnte. Aber was würde passieren, wenn Paula heute eine E-Mail von ihr erhielt? Das mußte ich unbedingt verhindern. Wenn es nicht schon zu spät dafür war ... Was, wenn Paula so eine E-Mail bereits erhalten und schon von dem Kuß erfahren hatte? Und Katrin? Ich mußte sie anrufen. Jetzt gleich.

Ich sprang auf und stürmte aus meinem Zimmer, riß die Tür förmlich auf, stapfte noch in Unterwäsche und zerknittertem T-Shirt in die Küche und nahm den Zettel von der Pinwand.

Franzi saß am Tisch und starrte mich an. So energisch verhielt ich mich selten. Ich kümmerte mich nicht um sie und meinen merkwürdigen Auftritt und schritt schnell zum Telefon im Flur. Es war mittlerweile Mittag. Da konnte ich unbesorgt anrufen.

Ich wählte hektisch die mir noch fremde Nummer. Während ich die Zahlen tippte, verspürte ich eine ungewohnte Nervosität. Hoffentlich war sie zu Hause.

Es klingelte einmal, zweimal.

»Katrin Brant«, hörte ich ihre Stimme durchs Telefon.

Mein Herz begann schneller zu schlagen. Was zum Teufel sagt man denn am Telefon? »Hallo. Hier ist Alex«, begrüßte ich sie. »Also ... die von Freitag.« Das mußte total bescheuert geklungen haben. Ich hätte mir persönlich dafür in den Hintern treten können.

»He, Alex«, entgegnete sie lebhaft.

Ich war erleichtert. Sie freute sich anscheinend über meinen Anruf.

»Schön, daß du anrufst«, setzte sie fröhlich hinzu.

»Ja, es tut mir leid, daß ich mich jetzt erst melde, ich hatte so wenig Zeit«, glaubte ich mich erklären zu müssen. Zum Glück wußte sie nicht, warum ich so in Zeitnot gewesen war. Ich hatte wegen Nico ein furchtbar schlechtes Gewissen und dann wiederum auch nicht. Schließlich waren Katrin und ich nicht zusammen, wir waren eigentlich noch weit davon entfernt.

»Kein Thema. Manchmal kann man es sich nicht aussuchen«, sagte sie und wußte gar nicht, wie recht sie damit hatte. Paula hatte mich schließlich regelrecht zu dem Treffen genötigt. Und so richtig hatte ich mir die momentane Situation auch nicht ausgesucht. Verschuldet sicherlich, aber nicht ausgesucht.

»Ja, das stimmt«, lachte ich und versuchte die Gedanken an Nico zu verscheuchen. »Ähm, willst du, ich meine, wollen wir vielleicht mal was zusammen machen?« fragte ich zögerlich.

»Fände ich schön«, ging sie sofort darauf ein. »Willst du vielleicht heute bei mir vorbeikommen? Dann können wir uns was überlegen«, schlug sie ohne Umschweife vor.

Mir wurde schlagartig heiß und kalt. »Klar«, willigte ich lächelnd ein. Ich hatte nicht damit gerechnet, sie gleich heute wiederzusehen. In mir machte sich Freude über das schnelle Treffen breit.

»Saarstraße 18. So um fünf?« fragte sie.

»Gut, ich versuche pünktlich zu sein«, antwortete ich und malte mir bereits den Nachmittag aus.

»Dann bis später. Ich freu' mich auf dich«, versicherte sie mir.

»Ich mich auch«, brachte ich noch raus, bevor ich unvermittelt auflegte. So bescheuert hatte ich mich noch nie beim Telefonieren angestellt. Aber das war egal. Sie wollte mich wirklich wiedersehen!

Ich ging grinsend in die Küche zu Franzi. Sie war in ein mathematisches Fachbuch vertieft und hatte neben sich einen Kaffee. Anscheinend rückten ihre Klausuren langsam näher, und sie bildete sich ein, noch etwas mehr dafür tun zu müssen. Ich goß mir auch eine Tasse ein und fühlte mich unglaublich gut. Für einen Moment war Nico aus meinem Kopf verschwunden.

Ich hatte eine Verabredung mit Katrin! Sie hatte mich sogar zu sich nach Hause eingeladen. Im Grunde ging sie damit ganz schön ran. Mich hatte noch nie eine beim ersten Date zu sich nach Hause eingeladen. Zumindest nicht, bevor wir es am späteren Abend dann auf etwas ganz Bestimmtes abgesehen hatten. Aber daran wollte ich noch überhaupt nicht denken.

»Wie war dein Abend gestern noch?« holte Franzi unabsichtlich die Erinnerung an Nico zurück.

»Gut«, sagte ich und versuchte meine Emotionen zu verbergen.

»Gut?« fragte sie skeptisch. Sie hatte wohl Lunte gerochen. »Du meinst also, der Abend war noch recht nett, nachdem Thea und ich ihn fast in einer Katastrophe hätten enden lassen?« hakte sie schuldbewußt nach.

Was sollte ich dazu bloß sagen? Ich antwortete vorsorglich überhaupt nicht.

Sie sah von ihrem Buch auf. Keine Antwort war manchmal verdächtiger als eine dreiste Lüge. »O nein«, entfuhr es ihr mit weit aufgerissenen Augen.

Ich sah sie ertappt an. Etwas in ihrem Gesicht sagte mir, daß sie mich endgültig durchschaut hatte, leugnen war also zwecklos. Darum rang ich mich zu einem betroffenen Nicken durch. Sie konnte ganz schön feinfühlig sein, das traute man ihr gar nicht zu.

»Aber du hast dich doch eben mit Katrin verabredet?« fragte sie verwundert und deutete zum Telefon.

Mein Verhalten war zugegebenermaßen mehr als merkwürdig. Kein Wunder, daß sie sich keinen Reim darauf bilden konnte. Wieder nickte ich. Dieses Mal noch viel betretener.

»Ach du Scheiße«, fuhr sie auf. Sie musterte mich prüfend. »Wie konnte denn das passieren? Aber ihr habt doch nicht ...? Weiß Paula davon?« fragte sie und legte das Buch endgültig aus der Hand.

»Nein, wir haben nicht miteinander geschlafen, und Paula weiß auch nichts davon. Es war nur ... nur ein Kuß«, gab ich zu.

»Ist ja filmreif: zwei Tage, zwei Frauen, zwei Küsse, zweifaches Chaos«, stellte sie treffend fest.

Als ob ich auf diese Idee nicht auch schon gekommen wäre. »Ich weiß nicht, was ich fühle. Ich meine, Katrin ... Aber Nico ...«, versuchte ich es ihr zu erklären, verzweifelte aber daran. Ich konnte keinen wirklich klaren Gedanken fassen. Sie betrachtete mich eindringlich. Ich glaubte Mitleid in ihren Augen erkennen zu können.

»Und was machst du jetzt?« fragte sie schließlich. Sie wußte wohl auch keinen guten Rat.

Ich zuckte nur mit den Schultern. »Wenn ich das bloß wüßte. Am schlimmsten ist, daß Paula auch noch darin verwickelt ist«, jammerte ich und trank einen Schluck Kaffee. Er war wahnsinnig stark. Franzi kochte immer eine tödliche Mischung, wenn sie sich ans Lernen machte. Das kam mir jetzt sehr entgegen. Ich hoffte, daß er mein Gehirn endlich zum Denken ankurbeln konnte. Was ich jetzt brauchte, war ein Lösungsansatz.

»Und willst du es ihr sagen? Ich meine, eine kleine Desillusionierung könnte unserer Prinzessin nicht schaden«, schlug sie fast schon gehässig vor. Die beiden hatten sich sicherlich noch nicht ausgesprochen. Sie war noch immer stocksauer.

Ich schüttelte vehement den Kopf. »Nein, ich will das erst allein klären. Paula würde alles nur unnötig verkomplizieren«, entschied ich und seufzte. »Ich habe nur Sorge, daß Nico ihr in einer E-Mail zwangsläufig die Wahrheit erzählt«, beichtete ich meinen Kummer.

Sie dachte kurz nach. »Na, das ist doch kein Problem, komm mit«, sagte sie und sprang auf.

Sie schien sich irgend etwas in den Kopf gesetzt zu haben. Verwirrt folgte ich ihr aus der Küche. Sie ging schnurstracks auf Paulas Zimmer zu, stieß ohne anzuklopfen die Tür auf und machte sich, ohne zu zögern, an ihrem Laptop zu schaffen.

Ich begriff plötzlich, was wir hier vorhatten. Und das war ganz und gar nicht okay. Wir konnten doch nicht einfach in Paulas Privatsphäre eindringen und ihre virtuelle Post lesen. Franzi schien diese Bedenken nicht zu haben. Sie wirkte unangenehm zielstrebig.

»He, was machst du denn da«, entfuhr es mir verzweifelt. Dazu hatten wir schließlich kein Recht. Franzi ließ sich nicht beirren. Das Notebook war mittlerweile hochgefahren. Sie wählte sich ins Internet ein und rief skrupellos Paulas Nachrichten mit Outlook ab.

»Sie ist bei einer Freundin, die Kosmetikerin gelernt hat. Sie erhofft sich von ihr eine Art Wunderheilung. Du weißt schon, wegen dem Krötengesicht. Das dauert sicher eine Weile, bis sie zurückkommt«, erklärte sie schadenfroh und sondierte bereits die E-Mails. Auf dem Bildschirm waren mehrere neue Mails erschienen. Eine von Paulas Bruder, zwei von einer ominösen Jaqueline.81 und eine von Nico.

»Franzi, das dürfen wir doch nicht«, mahnte ich sie besorgt. Dennoch war ich sehr neugierig darauf, was Nico wohl geschrieben hatte. Wenn Paula das je herausfand, konnten wir uns auf mächtig Ärger gefaßt machen. Am Ende würde sie uns noch verklagen wollen. Sie war ja angehende Juristin. Ich sah sie schon tobend vor irgendwelchen Gesetzestexten sitzen.

»Quatsch. Diese Mail ist eindeutig für dich bestimmt. Schau doch auf den Betreff«, sagte Franzi, und ich las die Worte ›Wegen gestern‹. »Das andere Zeugs interessiert uns doch überhaupt nicht«, fuhr sie fort und öffnete Nicos E-Mail.

Ich hatte zwar immer noch leichte Skrupel, trotzdem las ich begierig.

Hallo Paula,
ich habe die ganze Nacht über den gestrigen Abend nachgedacht. Heute morgen weiß ich nur, daß ich Dich vermisse, seitdem ich das Auto verlassen habe. Der Rest verbirgt sich noch im Dunkeln.
Du schienst mir die ganze Zeit so . . . wie soll ich es sagen? Irgendwie warst Du sehr mit Dir selbst beschäftigt. Ich weiß nicht, ob ich etwas damit zu tun habe.
Jedenfalls würde ich Dich sehr gern wiedersehen. Vielleicht erzählst Du mir, was los war? Vielleicht habe ich mich auch nur getäuscht. Ruf mich doch einfach an.
Nico

Ihre Nummer stand im Anhang.

Franzi zog eine Augenbraue hoch. »Die schreibt ja echt süß«, bemerkte sie und druckte die E-Mail aus.

Ich nickte, während der Drucker monoton arbeitete. Nico war natürlich nicht so blind gewesen, zu übersehen, daß ich ständig mit meinen Gedanken woanders gewesen war. Wie hatte ich das auch nur glauben können? Einem so feinfühligen Menschen konnte man schlecht etwas vormachen.

Ich nahm das Blatt aus dem Drucker und las die E-Mail nochmal durch. Auch ich vermißte Nico seit dem Kuß. Mit jeder Sekunde sogar noch eine Winzigkeit mehr. Doch irgend etwas zog mich auch zu Katrin. Ich war immer noch fest entschlossen, sie heute um fünf zu sehen.

Ohne das geringste Anzeichen von Skrupel löschte Franzi die E-Mail und fuhr den Laptop wieder herunter. An ein schlechtes Gewissen war bei ihr nicht zu denken.

»So, das hätten wir. Jetzt erfährt Paula erst einmal nichts von eurem Abend«, versicherte sie mir und grinste dabei zufrieden.

»Du bist wahnsinnig wütend auf sie, oder?« fragte ich sie ganz direkt.

Sie antwortete erst nicht, sondern blieb wie versteinert sitzen. Ich nahm an, daß sie nicht darüber reden wollte.

»Sie ist zu weit gegangen. So gefühllos, wie sie behauptet, bin ich nicht«, begann sie jedoch nach kurzem Zögern hitzig und stand auf. »Laß uns jetzt erst mal von hier verschwinden, bevor die kleine Kröte wieder zurückkommt«, befahl sie.

Wir verließen schnell Paulas Zimmer. Ich hatte auch wirklich keine große Lust, mich von ihr erwischen zu lassen. Franzi ging vor mir her in die Küche und ließ sich dort wieder auf ihren Stuhl fallen. Ich war gespannt.

Sie nahm einen Schluck Kaffee, dann begann sie zu erzählen: »Es ist eigentlich nicht so, daß ich mir diese vielen One-Night-Stands wünsche. Natürlich, als ich hier vor zwei Jahren einzog, so frisch getrennt von meiner damaligen Freundin, dachte ich nicht an eine neue Beziehung. Ich wollte diesen unverbindlichen Sex.«

Ich war überrascht über ihre Offenheit, sie redete sonst nicht gern über ihre Gefühle. »Und wenn du das gar nicht mehr willst, warum dann immer noch die vielen verschiedenen Frauen? Du könntest dich doch mal wieder an eine binden«, schlug ich vor.

Sie grinste melancholisch. »Es will nur mittlerweile keine mehr, daß ich mich an sie binde. Verstehst du? Mein Ruf eilt mir auf jeder Party voraus. Ich kann noch so ehrliche Absichten haben, das interessiert keine mehr. Jede, die nach einer festen Beziehung sucht, läßt aus Prinzip die Finger von mir«, sagte sie bitter und fast ein wenig verzweifelt.

Schweigend sahen wir uns an. Das hatte ich nicht gewußt, es erschreckte mich sogar. Wie schnell wurde man in dieser Szene in eine Schublade gesteckt, aus der man sich dann nicht wieder befreien konnte?

»Das Interesse derer, die in letzter Zeit die Nächte mit mir verbracht haben, beschränkte sich einzig und allein auf meinen süßen Po. Ich fühle mich irgendwie so . . . benutzt«, sagte sie und sah zu Boden. Sie schien ziemlich fertig zu sein. »Und dann wag ich es kaum, mich darüber zu beschweren. Ich meine, was hab' ich den Mädels damals angetan? Ich war auch nicht anders zu ihnen«, murmelte sie leise und gleichzeitig verletzt. In ihren Augen glitzerte es verdächtig.

Langsam ging ich zu ihr. Es tat mir weh, sie so traurig zu sehen. Ich ging in die Knie, um mit ihr auf Augenhöhe zu kommen, und legte meine Hände auf ihre.

»Franzi, an dem, was war, kann man später nichts mehr ändern. Das ist leider nun mal so. Du hast vielen weh getan, aber jede von ihnen ist sicher mittlerweile darüber hinweg. Das einzige, was du jetzt machen kannst, ist kämpfen. Wenn du es mit einer ernst meinst, dann mußt du es ihr vielleicht mehr als jede andere auch beweisen. Gibt es da jemanden?« fragte ich.

Sie sah nicht auf, sondern nickte nur stumm.

»Weiß sie davon?« fragte ich weiter.

Sie wischte sich die Tränen aus den Augen. »Ja, aber sie hat gesagt, daß ich ihr gestohlen bleiben kann«, erwiderte sie bitter. Das mußte unglaublich schmerzen.

Wir hörten, wie die Haustür aufgeschlossen wurde. Franzi versteifte sich sofort.

»Wir reden später weiter darüber«, sagte ich leise an ihrem Ohr und stand rasch auf.

Franzi nickte dankbar. Sie wollte auf keinen Fall, daß jemand etwas von unserer Unterhaltung mitbekam.

»Hallo«, rief Thea gutgelaunt und kam zu uns in die Küche. Sie hatte ein sehr sorgfältig verpacktes Papptablett in der Hand. »Ich dachte, ihr hättet vielleicht auch Lust auf ein Stück Kuchen«, sagte sie fröhlich und stellte ihr Mitbringsel vor uns auf den Tisch. »Ah, Kaffee ist ja schon gekocht«, stellte sie fest und holte Teller aus dem Küchenschrank.

Ich war über diesen Auftritt sehr verwundert. Irgend etwas Besonderes mußte vorgefallen sein, das ihr einen Anlaß zum Feiern gab. Mir war im Moment eigentlich nicht nach Kuchen und schon gar nicht nach einem Schwätzchen. Franzi ging es da wohl ähnlich, denn sie lächelte nur gequält.

»Alex, hol doch mal bitte Gabeln«, wies Thea mich an, und ich begann das Besteck aus einer Schublade herauszukramen.

»Ist was Besonderes?« fragte Franzi verwirrt, als ich die Gabeln auf dem Tisch verteilte. »Geburtstag hast du, soweit ich weiß, erst im Dezember«, sagte sie und kratzte sich am Kopf. Theas Auftritt war mehr als nur sonderbar.

»Nun«, begann Thea die Angelegenheit aufzulösen, »es gibt tatsächlich etwas zu feiern.« Sie strahlte förmlich über das ganze

Gesicht. »Aber ist denn Paula nicht da?« fragte sie dann verwundert, und ein Hauch von Enttäuschung schwang in ihrer Stimme mit. Anscheinend gab es etwas, das sie uns allen mitteilen wollte.

»Paula ist bei einer Kosmetikerin, wegen ihrem Gesicht, du weißt schon«, erklärte ich und deutete mit einer Gabel auf meine Nase.

Thea zog verwirrt eine Augenbraue nach oben.

»Ich habe ihr davon noch nichts erzählt«, erklärte Franzi.

»Was ist denn mit Paula?« fragte Thea gespannt.

»Die Creme . . .«, sagte ich nur.

Sie begriff sofort. »Oh, und deswegen hast du gestern ihr Date übernommen?« hakte sie nach.

Ich nickte nur. Plötzlich war ich wieder zurück in meinem ganz persönlichen Drama. Franzis Ausbruch hatte mich für wenige Minuten davon abgelenkt.

»Ist es schlimm mit ihr?« fragte Thea und meinte wohl Paula.

»Sie sieht aus wie eine Kröte.« Franzi konnte sich diese Bezeichnung wieder nicht verkneifen und schmunzelte vergnügt. Den Titel hatte sich Paula wohl selbst eingebrockt.

»Warum bist du denn so gehässig?« erkundigte sich Thea. Sie hatte Franzis Stimmung ganz genau mitbekommen und richtig eingeschätzt.

Franzi zuckte nur mit den Schultern.

»Die beiden haben sich ein wenig gezofft, aber laß sie das mal allein klären«, erklärte ich rasch, um Franzi weitere Fragen zu ersparen. Zu genau sah ich in ihren Augen noch die Traurigkeit von vorhin.

»Aha.« Thea gab sich offenbar mit dieser spärlichen Auskunft fürs Erste zufrieden. »Aber warum bist du denn jetzt nicht fuchsteufelswild, weil du gestern deinen Abend mit Nico verbringen mußtest? Du hättest doch viel lieber Katrin gesehen, oder nicht?« Thea hatte das Talent, immer in offene Wunden zu pieksen.

»Ich . . . Also, ich . . .«, versuchte ich mich zu erklären. Konnte man in dieser WG denn keine Geheimnisse haben? Kannten mich diese Biester so gut, daß sie mir immer an der Nasenspitze ansehen konnten, wie ich mich gerade fühlte?

»O je. Die Kleine hat es dir angetan, und jetzt sitzt du zwischen den Stühlen«, stellte Thea ohne Umschweife fest und schenkte uns allen Kaffee ein.

Ich nickte geknickt.

»Und sie mag dich auch?« fragte sie, während sie sich zu uns setzte.

Wieder nickte ich.

»Warum fliegen die Frauen nur so auf dich?« fragte sie in den Raum hinein und deckte den Kuchen ab. »Da wird man ja fast neidisch«, sagte sie und nahm sich ein Stück.

»Hm, also, ich fühle mich im Moment eher ziemlich bescheuert. Ich weiß nicht, ob ich wirklich mit mir tauschen wollen würde. Wenn ich denn die Wahl hätte, versteht sich«, seufzte ich und nahm mir auch vom Kuchen.

Warum konnte mich nicht eine der beiden abstoßend finden? Das hätte alles so viel einfacher gemacht. Obwohl, hätte ich dann auch mein Herz ganz ohne Zweifel der anderen schenken können? Vielleicht wäre die Situation auch dann nicht weniger kompliziert. Es genügte schließlich, daß *ich* mich zu beiden hingezogen fühlte.

»Und jetzt triffst du dich mit beiden?« fragte Thea und begann zu essen.

»Ja, erst mal«, gab ich zu und fühlte mich schäbig. Dreiecksgeschichten kannte man doch sonst nur aus Filmen.

»Alex, ich weiß, daß dein Herz dich dazu zwingt, dich auf diese Sache einzulassen. Aber ich kann dir nur einen guten Rat geben: Bleib so ehrlich wie möglich, sonst verlierst du sie früher oder später beide«, prophezeite mir Thea mit sanfter, fast mütterlicher Stimme. Sie fand immer für jede Situation die passenden Worte. »Jedenfalls solltest du so schnell wie möglich auflösen, daß du definitiv nicht Paula bist«, riet sie mir abschließend.

Wie sollte man nur ehrlich bleiben, wenn man in eine solche Geschichte verwickelt war? Ich konnte wohl kaum der einen so ohne weiteres von der anderen erzählen. Aber daß ich nicht Paula war, das mußte ich Nico wirklich so schnell wie möglich sagen.

»Könnt ihr mir einen Gefallen tun?« fragte ich meine beiden

Freundinnen.

Sie sahen mich erwartungsvoll an.

»Bitte haltet Paula eine Weile von Nico fern«, bat ich.

Sie regten sich nicht.

»Nur so lange, bis ich Nico alles gebeichtet habe«, versuchte ich sie auf meine Seite zu ziehen.

»Du müßtest eigentlich seit der Sache von vorhin wissen, daß du dich auf mich verlassen kannst«, entgegnete Franzi.

Thea dagegen reagierte skeptisch. Sie sah von mir zu Franzi und umgekehrt. »Was habt ihr ausgefressen?« fragte sie, als wir peinlich berührt aus der Wäsche blickten.

Franzi erzählte ihr von der E-Mail, die wir einfach mal so hatten verschwinden lassen.

»Du meine Güte.« Thea war schockiert.

»Thea, ich weiß, daß das mies war, aber es ist so wichtig«, flehte ich sie an. Hoffentlich würde sie es nicht Paula erzählen.

»Also gut, meine Liebe. Ich will sehen, was ich tun kann. Ich werde ihr erst mal nichts davon erzählen. Aber ich kann auch nicht für dich lügen. Für derart hinterhältige Geschichten bin ich nicht zu haben. Hoffentlich schadet diese Intrige nicht noch uns allen. Es würde mich jedenfalls nicht wundern«, bemerkte sie schließlich und machte damit ihre Bedenken deutlich.

»Danke, Thea«, sagte ich und drückte sie kurz. Ich war erleichtert, obwohl ich auch ihre Besorgnis durchaus gut verstehen konnte. Die Angst, daß wir uns später alle total zerstreiten würden, keimte nicht erst seit eben in mir.

»Aber jetzt erzähl du uns endlich, was mit dir los ist. Du warst vorhin so geheimnisvoll«, sagte Franzi.

Thea strahlte wieder. »Es geht um unser Projekt«, sprudelte sie los und wedelte dabei ganz aufgeregt mit den Händen. Natürlich ging es um das Projekt, sie lebte ja praktisch für ihre Kunst. »Wir sind jetzt ganz offiziell in einem staatlichen Förderprogramm und zu einer Ausstellung eingeladen. Aber nicht so eine wie sonst. Kein Hinterhof und auch nicht irgendwo in einem besetzten Haus. Nee, jetzt haltet euch fest: Unsere Arbeitsgruppe ist bei einer groß angelegten Ausstellung in der Neuen Stadtgalerie dabei«, erzählte sie.

Ich wäre fast vom Stuhl gefallen. Neue Stadtgalerie – damit

durchbrach sie praktisch die Schallmauer.

»Es wird politische Kunst von Nachwuchskünstlern ausgestellt. Zwar nur für zwei Wochen, aber ich kann es immer noch nicht fassen«, quietschte sie begeistert.

»Wow«, kommentierte jetzt auch Franzi, die sonst eher belustigt auf Theas Kunst reagierte. Sie war nicht weniger beeindruckt als ich.

Ich schüttelte ungläubig den Kopf. »Thea, das ist ja Wahnsinn. Ich meine, wie seid ihr denn da reingekommen?« fragte ich perplex.

»Ich weiß auch nicht, das ging irgendwie über so viele Ecken. Marlon, zu dem du mich neulich gefahren hast, kam erst vor einigen Monaten in unsere Arbeitsgruppe. Er hat da eine Tante, die irgendwie Beamtin in irgendeinem Ministerium oder Unterministerium ist. Egal, jedenfalls nicht besonders wichtig, aber sie kennt da Herrn Baumann, und der suchte gerade noch dringend ein paar Künstler für eine Ausstellung. Er hat sich unsere Arbeiten angesehen, und irgendwie müssen sie ihm gefallen haben. Da eine andere Künstlergruppen kurzfristig abgesagt hat, sind wir jetzt dabei«, erzählte sie aufgeregt und etwas konfus.

So ganz stieg ich immer noch nicht dahinter, aber das war auch egal. Für Thea war es eine wahnsinnig tolle Sache. Sie würde dadurch erheblich an Bekanntheit zulegen. Und das war schließlich für Künstler das A und O.

»Hallo, Mädels. Na, Kaffeekränzchen?« fragte Paula, die plötzlich in der Küche auftauchte. In ihrem Gesicht waren zwar nicht mehr so viele Pusteln zu erkennen wie am Vortag, aber ganz verschwunden waren sie nicht. Sie blickte dementsprechend unglücklich drein. Wunder konnte wohl auch diese Kosmetikerin nicht vollbringen.

Thea mußte zwangsläufig grinsen, als sie in Paulas Gesicht schaute. »Ja, es gibt aufregende Neuigkeiten. Eine große Sache: Ich stelle bald in der Neuen Stadtgalerie aus! Premiere ist am Samstag«, sagte sie munter und zugleich belustigt.

»Wie jetzt? Ist das nicht etwas kurzfristig?« fragte Paula und kam zu uns an den Tisch herüber.

Der Gedanke war mir auch gerade gekommen, das war ja nur

noch eine Woche. Wie man so schnell ein komplettes Projekt auf die Beine stellen wollte, war mir schleierhaft.

Und dann fiel mir plötzlich noch etwas ein: Paula war zurück, und das bedeutete, daß sie mich wahrscheinlich in einigen Minuten hemmungslos über Nico ausfragen würde.

Panik stieg in mir auf. Ich sah auf die Uhr. Es war erst drei, aber wenn ich mich jetzt eine Stunde ins Bad verdrücken würde, könnte ich ihr entfliehen, indem ich anschließend sofort zu Katrin aufbrach. Außerdem bemerkte ich gerade, daß ich die ganze Zeit nur in Unterwäsche und einem verwaschenen T-Shirt in der Küche gesessen hatte. Eine prima Möglichkeit, um mich jetzt zu verabschieden.

»Tja, ich muß mich mal fertig machen. Ich geh' gleich zu Katrin«, verkündete ich und sprang auf.

Paula sah mich enttäuscht an, weil sie merkte, daß ihre Neugierde hinten anstehen mußte. Ich ließ mich nicht aufhalten und verließ die Küche. Eine mich löchernde Paula konnte ich in meinem desolaten Gefühlszustand nicht auch noch gebrauchen, das wäre wirklich zuviel gewesen.

Kapitel 4

Ich hatte mich sehr lange im Badezimmer herumgedrückt und beim Verlassen der Wohnung ein besonders eiliges Gesicht aufgesetzt, damit Paula mich bloß in Ruhe lassen würde. Tatsächlich war ich allerdings immer noch viel zu früh dran. Deswegen entschied ich mich dafür, nicht direkt zu Katrin zu fahren, sondern meinem Lieblingsbuchladen noch einen Besuch abzustatten.

Feng-Shui sollte laut dem Ratgeber, den ich gerade in den Händen hielt, positiv auf Körper und Geist wirken. Allerdings mußte ich feststellen, daß die Partnerschaftsecke in meinem Zimmer überhaupt nicht optimal eingerichtet war. Daher also meine desolate Lage. Ich mußte sofort die Wand rot anstreichen und über die Anschaffung eines Delphinpärchens nachdenken. Die Erfolgsecke war dagegen beinahe perfekt. Wegen der anstehenden Klausuren mußte ich mir zumindest keine Sorgen machen.

Schmunzelnd stellte ich das Buch zurück ins Regal und schritt die verschiedenen Rubriken ab: Science Fiction, Fantasy, Horror, Crime. Ich blieb stehen.

»Denkst du immer noch an diese Franzi? Was findest du bloß an der?« sagte eine dunkle Frauenstimme zu ihrer Freundin. Die beiden standen nur einige Schritte von mir entfernt, und ich konnte ungestört das beginnende Gespräch belauschen. Normalerweise war ich nicht von der besonders neugierigen Sorte, doch der Name Franzi hatte mich aufhorchen lassen. Ob es dabei um unsere Franzi ging? Das roch nach Szeneklatsch.

Vorsichtig besah ich mir die zwei Frauen. Die dunkle Stimme gehörte zu einer durchschnittlich großen Brünetten. Das Haar fiel ihr wellig über die Schultern, auf der spitzen Nase trug sie eine tiefviolette Brille mit breitem Rahmen, auf dem ein ebenso breites D&G-Logo prangte. Ihr ebenfalls spitzer Mund komplettierte das hornissenartige Aussehen. Das traf jedoch nur auf ihr Gesicht zu, denn der Rest ihres Körpers erinnerte eher an eine Hummel.

»Ich weiß auch nicht, sie ist irgendwie süß«, antwortete die andere und zog leicht die Schultern nach oben. Sie war noch ein gutes Stück kleiner als ihre Freundin und trug ein flottes Strickkleid. Ihre langen, blonden Locken schienen ständig in Bewegung zu sein und schimmerten seidig unter den Deckenlichtern. Obwohl sie wie ein kleines Energiebündel aussah, wirkte sie etwas lethargisch. »Jedenfalls hat sie wirklich einen netten Eindruck gemacht. Ich meine, bevor ich wußte, was sie für gewöhnlich so treibt«, erklärte sie weiter.

»Treiben ist genau das richtige Wort. Sie treibt es nämlich mit jeder, die dumm genug ist, auf sie reinzufallen«, behauptete ihre Freundin scharf. »Schlag sie dir besser aus dem Kopf. Du wärst nicht die erste, die sich die Finger an ihr verbrennt«, fuhr sie fort und sah in meine Richtung.

Es mußte bestimmt um Franzi gehen. Ich nahm schnell ein Buch aus dem Regal und tat so, als läse ich den Klappentext. Hoffentlich würde sie mich nicht gleich als Franzis Freundin identifizieren. Doch nichts geschah, sie hatte wohl nur zufällig zu mir geblickt.

Unbeirrt fuhr sie fort. »Ich weiß nicht, ob Tina dir von ihren Erfahrungen erzählt hat, aber diese Franzi kann ziemlich eiskalt sein. Natürlich macht sie dir jetzt noch schöne Augen, aber hat sie dich erstmal im Bett, bis du schneller Geschichte, als es dir lieb ist«, lästerte die Unbekannte weiter, und ihre Freundin sah immer betrübter drein.

Ich kramte angestrengt in meinem Hinterkopf nach einer Tina, mit der Franzi mal etwas gehabt haben konnte. Mir wollte keine einfallen, allerdings bedeutete das noch lange nichts. Franzi war ja nun wirklich kein unbeschriebenes Blatt. Doch nach unserem Gespräch in der Küche konnte ich auch nicht mehr von einer eiskalten Franzi sprechen.

»Hm, du hast sicher recht. Ich habe ihr ja auch gesagt, daß sie mich in Ruhe lassen soll«, sagte die Blonde zaghaft, als ob sie sich nicht sicher war, das Richtige getan zu haben. Lustlos griff sie nach einem Roman und studierte den Titel.

»Beherzigt sie das denn? Oder soll ich mich mal mit ihr unterhalten? Du weißt schon, so von Faust zu Auge«, scherzte die andere.

Sie wirkte auf mich irgendwie eifersüchtig. Ich besah sie mir nochmals von der Seite und mußte zwangsläufig grinsen. Ganz schön große Klappe. Franzi hätte sich allerhöchstens über sie totgelacht. Ich räumte ihr nicht die geringste Chance ein. Zumal unsere Mathematikerin vor einigen Jahren damit begonnen hatte, regelmäßig Kampfsport zu betreiben. Sozusagen als Ausgleich zu den vielen Formeln.

»Ach, Marion. Was soll das«, hörte ich die Blonde energisch sagen.

Diese Marion lächelte entschuldigend. »War ja nicht ernst gemeint, Sanny. Aber wenn sie dich belästigt, kann ich sie mir vorknöpfen«, bot sie sich an und legte versöhnlich den Arm um ihre Freundin.

Sie wollte es sich offenbar auf keinen Fall mit ihr verscherzen. Vielleicht war sie selbst scharf auf ihre Freundin? Sanny hieß sie also. Das war ja ein putziger Spitzname. Es mußte doch ein Spitzname sein, wer heißt denn schon Sanny? Und wirklich, sie sah ziemlich niedlich aus, wie sie da so stand und mit ihren traurigen graublauen Augen auf die vielen Bücher blickte.

»Sag mal, was weißt du eigentlich noch über sie?« erkundigte sich Sanny bei ihrer Freundin. Sie schien sich noch nicht endgültig mit der Vorstellung abgefunden zu haben, daß Franzi ein absolutes Schwein sein sollte.

Marion zuckte mit den Schultern. »Scheint zu studieren. Mathematik glaube ich. Und wohnt in einer WG«, erzählte sie.

Spätestens jetzt war gesichert, daß es hier definitiv um Franzi ging.

Sanny zog eine Augenbraue hoch. »In einer WG? Was für Leute hängen denn mit der rum?« fragte sie ziemlich abwertend.

Ich fühlte mich plötzlich angegriffen, blieb aber stumm. Schließlich wollte ich hören, wie das Gespräch weiterging.

»Eine ist wohl Künstlerin, soll ganz in Ordnung sein«, begann Marion von Thea zu erzählen, während sie sich ein neues Buch zur Hand nahm.

Sanny lauschte ihr schweigend.

»Dann ist da noch so eine, die immer ziemlich aufgedonnert in der Szene rumstolziert. Vielleicht hast du sie schon mal gesehen: dunkle, lange Locken, Stöckelschuhe und Gucci-Tasche. Mehr kann ich dir zu ihr nicht sagen«, beschrieb Marion Paula erschreckend treffend. So extravagant, wie meine Mitbewohnerin für gewöhnlich daherkam, fiel sie allerdings auch auf wie ein bunter Hund.

»Ich glaube, ich weiß, wen du meinst. Die macht auf mich aber keinen super unsympathischen Eindruck. Hat vielleicht einen reichen Vater, der sich aus seiner Verantwortung freikauft«, interpretierte Sanny.

Tatsächlich war Paulas Vater Zahnarzt, allerdings hatten sie, soweit ich wußte, ein ziemlich gutes Verhältnis zueinander.

»Und mit denen wohnt sie also zusammen?« fuhr Sanny fort.

Diese Marion schüttelte den Kopf. »Nein, die wohnen zu viert. Und jetzt halt dich fest«, sagte sie.

Mir wurde komisch. Es konnte gleich nur um mich gehen. Was war an mir so besonders, daß man sich festhalten mußte? Ausgeflippter als Thea und Paula konnte ich nun wirklich nicht sein. Im Gegenteil, ich hatte immer geglaubt, mich vergleichsweise normal zu verhalten.

»Du kennst doch Katrin, die Exfreundin von Anne? Sie hat Katrin zusammen mit der Vierten im *21* gesehen. Scheint echt sexy zu sein, spielt wohl Handball, sogar ziemlich gut. Jedenfalls ist Anne fast vor Eifersucht geplatzt, hätte Katrin am liebsten eine Szene gemacht«, erzählte Marion.

Mir wurde schlecht. Was war diese verdammte Szene ätzend. Konnte es wirklich sein, daß jede – wenn auch über einige Ecken – jede andere irgendwie kannte? Konnten wir nicht einfach nebeneinander leben, ohne gleich Inhalt des neuesten Gerüchts zu werden? Warum, zum Teufel noch mal, mußten denn alle immer sofort daran teilhaben, wenn man mal einfach nur verliebt war?

»Ist sie immer noch nicht über die Trennung hinweg? Die aus dem *21* muß ja ziemlich umwerfend sein, wenn Anne sich so über sie aufregt. Sie kennt doch sonst keine Konkurrenz«, stellte Sanny fest.

Marion nickte. »Scheint so. Ich habe mit Anne noch nicht persönlich gesprochen, aber sie will, daß wir uns mal umhören«, erklärte sie.

In meinem Kopf begann es angestrengt zu arbeiten. Es gefiel mir überhaupt nicht, daß sie sich ... mal umhörten. Hatte ich kein Recht auf eine Privatsphäre? Wo waren wir denn hier? In mir stieg plötzlich eine unerwartete Wut auf. Ich drehte mich abrupt zu den beiden um und unterbrach ihr Gespräch.

»Scheiß Szeneklatsch«, entfuhr es mir ärgerlich, und ich warf ihnen vernichtende Blicke zu.

Sanny und Marion starrten mich entsetzt an und schwiegen für einen kurzen Augenblick. Ich hatte sie überrumpelt. Sie hatten nicht mitbekommen, daß ihr Gespräch mit großem Interesse verfolgt worden war. Das hier war nicht einmal ein Szenebuchladen. Wer interessierte sich schon für diesen Lesbenkram in einem stinknormalen Buchladen?

Ich atmete tief ein und aus, um meinen Zorn zu kontrollieren. »Viel Spaß beim Umhören, dann seid ihr vielleicht bald schlauer«, knurrte ich wütend, stopfte das Buch zurück ins Regal und ließ sie stehen. Mit schnellen Schritten verließ ich den Buchladen. Ich spürte ihre bohrenden Blicke im Rücken.

Sicher würde diese komische Marion nun darauf brennen herauszufinden, wer sie da so merkwürdig angemacht hatte und vor allem warum. Das war ihr bestimmt auch noch nie passiert.

Diese Sanny hatte bei mir nicht mal einen schlechten Eindruck hinterlassen. Vielleicht hörte sie nur zuviel auf ihre bescheuerte Möchtegern-Szenekennerin-Freundin Marion. Aber das war kein Grund, sie nicht zu mögen. Marion selbst fand ich allerdings ziemlich abstoßend.

Ich stieg in meinen Golf und fuhr zu Katrin. Gern hätte ich mehr über sie und Anne erfahren, aber so war es sicherlich besser. Wenn Katrin mit mir darüber sprechen wollte, würde sie es noch früh genug tun. Außerdem hätte diese Marion sowieso keine objektive Meinung wiedergegeben.

Ich grübelte noch eine Weile über Sanny und Marion nach, kam aber zu keinem vernünftigen Ergebnis. Ich wollte nicht zuviel Wert auf diesen blöden Klatsch legen. Schließlich war Franzis verfahrene Situation mit Sanny ausschließlich dadurch bedingt. Trotzdem behielt ich ein latentes Unbehagen zurück.

Langsam stieg ich die Treppen zu Katrins Wohnung hinauf. Ich hatte ursprünglich geplant, ihr etwas aus der Buchhandlung mitzubringen, aber nach meinem furiosen Abgang war es nicht mehr dazu gekommen. Allerdings wäre es sowieso ungewöhnlich gewesen, wenn ich ihr bei unserer ersten Verabredung gleich ein Geschenk mitgebracht hätte.

Katrin stand lächelnd in der Tür zu ihrer Wohnung.

»Hallo«, sagte ich zur Begrüßung. Ein wenig lahm, aber auf die Schnelle fiel mir nichts Besseres ein. Ich war mit meinen Gedanken noch halb in der Buchhandlung. Diese Marion ging mir einfach nicht aus dem Kopf.

»Hi! Komm doch rein«, entgegnete sie warm.

Ich betrat ihr Reich und beneidete sie in diesem Moment ein wenig. Es war schon etwas anderes, ob man eine ganze Wohnung ganz für sich allein hatte oder nur ein Zimmer in einer absolut chaotischen Wohngemeinschaft – anders konnte ich unsere WG, bei aller Liebe, nicht mit gutem Gewissen charakterisieren. Allerdings studierte Katrin auch nicht und konnte es sich deswegen leisten, allein zu wohnen.

Sie war gerade bei der Kripo zum Dienst angetreten, das Ende ihrer Ausbildung lag erst wenige Wochen zurück. Polizistin – das paßte irgendwie zu ihr. Groß wie sie war, mit den langen, cappuccinobraunen Haaren und den blauen Augen, wirkte sie ziemlich imposant. Außerdem schien sie ganz schön stark zu sein. Auf ihren Armen zeichneten sich bei manchen Bewegungen ausgeprägte Muskeln ab. Das hatte ich bereits am Freitag beobachtet. Allerdings war es mit der ganzen Autorität dahin, wenn sie lächelte. Wie gerade jetzt. Denn dann bildeten sich zwei viel zu nette Grübchen in ihrem Gesicht.

Langsam schob sie hinter sich die Tür zu. Etwas hilflos blieb ich zunächst im Gang stehen. Ich fühlte mich an meine allererste Verabredung erinnert. Damals war ich nicht weniger unsicher gewesen.

»Willst du vielleicht einen Tee?« fragte Katrin und sah mich fragend an. »Du siehst ziemlich abgespannt aus«, stellte sie treffend fest.

Mich nahmen die Umstände tatsächlich ganz schön mit. »Ja, gern«, willigte ich deshalb erfreut ein. Alles langsam angehen lassen.

»Geh doch schon mal ins Wohnzimmer, ich komme gleich nach«, schlug sie vor, bevor ich meine Hilfe anbieten konnte, und deutete mir den Weg.

Ich ging zum Wohnzimmer – wie hätte ich ihr auch schon beim Teekochen behilflich sein können? – und ließ mich auf die Couch sinken.

Während ich auf Katrin wartete, nutzte ich die Gelegenheit und sah mich um. In den Regalen standen unzählige Krimis. Ich hatte immer geglaubt, daß es echten Polizisten zu albern war, Kriminalromane zu lesen. Schließlich waren sie mit richtigen Polizeimethoden vertraut und mußten das, was sich die Autoren manchmal aus den Fingern saugten, als geradezu haarsträubend empfinden. Bei Katrin war das anscheinend anders.

Ansonsten konnte ich durch Betrachten des Raumes nicht viel über sie herausfinden. Entweder sie war sehr ordentlich oder sie besaß nicht den üblichen Krimskrams, der sich im Laufe der Zeit doch bei fast jeder ansammelte. Vielleicht hatte sie extra aufgeräumt?

Sie kam mit dem Tee ins Wohnzimmer und setzte sich zu mir auf die Couch. Bedächtig legte sie kleine Untersetzer auf den Tisch, damit die Tassen keine häßlichen Ränder hinterlassen konnten, und schenkte ein.

»Ich hätte dich eigentlich auch fragen können, welche Sorte du gern trinken möchtest. Wo habe ich bloß meine Manieren gelassen?« stellte sie selbstironisch fest.

Im Grunde war mir der Tee egal. Ich war sowieso Kaffeetrinkerin. »Ist schon in Ordnung«, versicherte ich und lehnte mich gemütlich zurück.

Ich beobachtete sie dabei, wie sie die Tassen vollschenkte. Sie hatte schöne Hände – ich stellte mir vor, wie sie mich streichelten.

Sie lächelte mich gewinnend an. Es war eine etwas merkwürdige Situation. Wir kannten uns kaum, wußten aber beide, daß wir eindeutig aneinander interessiert waren. Ich lächelte ertappt und verlegen zurück. Hoffentlich hatte sie sich nicht beobachtet gefühlt.

»Wie war dein Wochenende bis jetzt?« fragte ich, um das angespannte Schweigen zu beenden.

»Schön und grauenvoll zugleich«, sagte sie und trank einen Schluck Tee. »Ehrlich gesagt, habe ich gestern den ganzen Tag auf deinen Anruf gewartet. Ich hatte schon befürchtet, du würdest dich nicht melden«, gab sie zu.

Ich hätte mich das nicht getraut. Ich fühlte mich geschmeichelt. So etwas hörte ich nicht jeden Tag.

»Und bei dir?« fragte sie nun zurück.

Ich überlegte kurz, was ich dazu sagen sollte. Es begann heikel zu werden. »Ich hatte ziemlich viel um die Ohren«, sagte ich schließlich ausweichend und trank zur Beruhigung einen Schluck Tee. Das war nach ihrem Geständnis keine besonders faire Antwort. Sie war so offen zu mir. Aber ich konnte ihr die Wahrheit auf keinen Fall schonungslos servieren. »Ich habe aber auch befürchtet, daß du dich heute nicht einmal mehr an meinen Namen erinnerst. Ich war zugegebenermaßen ziemlich aufgeregt bei dem Anruf«, gab ich wenigstens einen Teil der Wahrheit preis und stellte die Tasse wieder ab.

Sie wirkte angetan und amüsiert zugleich. Ihre ganze Art faszinierte mich. »Machst du das öfter? Ich meine, jemanden küssen und dann verschwinden?« brachte ich es auf den Punkt. Das war es, was uns beschäftigte. Der Kuß und alles, was damit verbunden war. Etwas Derartiges war mir noch nie passiert. Zumindest verabschiedet hatten sich bis jetzt noch alle von mir. Aber auch ohne Verabschiedung stand meine Gefühlswelt Kopf.

»Es war ja gar kein richtiger Kuß«, verteidigte sie sich und hob ablehnend die Hände. Ihr Verhalten war ihr sichtlich peinlich. Sie machte so etwas also nicht regelmäßig.

»Kuß ist Kuß. Egal wohin«, behauptete ich und versuchte sie festzunageln.

Sie schwieg kurz und schien angestrengt zu überlegen. »Das glaubst aber auch nur du«, sagte sie.

Bevor ich mich versah, zog sie mich ohne Vorwarnung zu sich heran. Ganz sanft berührten ihre Lippen meine. Genauso sachte, wie sie zwei Tage zuvor an meinem Hals entlanggestrichen waren. Der Effekt war allerdings beeindruckender.

In den ersten Sekunden war ich noch wie gelähmt, konnte nichts von ihrer Zärtlichkeit erwidern, so gespannt war mein ganzer Körper, fast schmerzhaft verkrampft.

Sie faßte mit ihrer Hand vorsichtig in meinen Nacken, stützte mich ein wenig, und ich ließ mich nach hinten sinken. Genauso plötzlich, wie mich ihr Kuß anfangs gelähmt hatte, ließ er mich nun schwach werden.

Ich lag gegen die Couch gepreßt und küßte sie zurück. Sie streichelte vorsichtig meine Schläfen, und während sich unsere Körper berührten, spürte ich ihre Wärme, lauschte ihrem Herzschlag, ihrem Atem, der immer lauter wurde.

Es war zu schnell, alles viel zu schnell und zu intensiv. Ich hörte auf zu denken, es gab kein Jetzt, kein Morgen mehr, nur noch meine Gefühle. Mein Körper fühlte mit einer ungekannten Intensität, jede winzige Berührung machte mich schwächer.

Wir lösten unsere Lippen voneinander. Ich wußte nicht, wie lange wir uns geküßt hatten. Sie lag immer noch über mir, wir sahen uns an, schwiegen, genossen beide den Moment.

»Es macht einen großen Unterschied«, stellte ich nach einer Weile fest.

Sie betrachtete mich weiter verträumt. »Zwischen uns vielleicht«, sagte sie, immer noch tief in Gedanken versunken, und richtete sich auf. Damit ließ sie mir wieder mehr Bewegungsfreiheit, dennoch lag ich auch jetzt noch halb unter ihr. »Es ist komisch, wir kennen uns kaum«, bemerkte sie schließlich leise und senkte für einen Moment aufgewühlt den Blick.

Ich verstand sehr gut, was sie gerade empfinden mußte. Ich ließ die Dinge für gewöhnlich auch wesentlich ruhiger angehen. Es war keinesfalls normal, daß ich mich derart schnell mit einer neuen Bekanntschaft küssend auf der Couch wiederfand. Deshalb war ich im Augenblick auch äußerst durcheinander.

»Soll ich vielleicht besser gehen?« fragte ich aus einem inneren Impuls heraus.

Die Situation bekam gerade einen ernsten Beigeschmack. Zu ernst für eine erste Verabredung. Ich war mir nicht sicher, wie sie auf mein Angebot reagieren würde und wurde dementsprechend nervös. Zwar hatte ich beabsichtigt, uns beiden dadurch den Druck zu nehmen, aber ich wollte nicht wirklich nach Hause gehen. Meine Augen ruhten gespannt auf ihr, während ich ungeduldig auf ihre Antwort wartete.

Sie schüttelte zu meiner Erleichterung den Kopf. »Nein, natürlich nicht. Ich habe schließlich den ganzen Tag darauf gewartet, daß du kommst«, erwiderte sie eindringlich.

Es schien ihr ernst zu sein. Genau diese Aufrichtigkeit ließ mich plötzlich begreifen, daß ich in Wahrheit eben nicht nur ihretwegen meinen Rückzug angeboten hatte. Diese Begegnung hatte plötzlich eine Dynamik bekommen, die in ihrer Intensität uns beiden fremd war.

Aber während Katrin versuchte, die erste Verwunderung darüber zu überspielen, war ich vollkommen uneins mit mir selbst, denn die Erinnerung an Nico verfolgte mich als eine ständige Begleiterin, selbst bis auf diese Couch.

»Katrin, ich . . .«, fing ich an. Ich wollte ihr erklären, wie ich mich im Moment fühlte, daß ich mit der ganzen Situation überfordert war. Ich fürchtete, daß ich am Ende vielleicht nicht das halten konnte, was sie sich von mir versprach.

Bevor ich den Satz zu Ende bringen konnte, unterbrach mich ein Klingeln an der Tür. Ich hielt inne. Katrin sah überrascht Richtung Tür. Sie überlegte kurz, ob sie es ignorieren konnte, aber es läutete erneut. Da war jemand penetrant.

Schweren Herzens stand sie auf. »Ich bin gleich wieder da«, sagte sie bestimmt. »Nicht weglaufen, ja?«

Auch sie hatte gespürt, daß ich etwas Wichtiges hatte sagen wollen. Die Unterbrechung kam sehr ungelegen. Sie verließ das Wohnzimmer und eilte zur Tür.

Ich dachte nach. Thea hatte mir geraten, so ehrlich wie möglich zu bleiben. Aber war es denn möglich, Katrin von den Ereignissen des Vortags zu erzählen? Würde sie sich dann nicht unweigerlich sofort abwenden?

»Hallo. Ich habe eigentlich gerade Besuch«, hörte ich Katrin an der Tür sagen. Sie klang nicht unhöflich, aber sie hatte ihre Worte mit ziemlichem Nachdruck gesagt. Sie wollte um keinen Preis gestört werden.

»Hallo, Katrin. So, du hast Besuch?« Ich glaubte zu träumen. Es war eindeutig die Stimme von Marion aus dem Buchladen.

»Ja. Worum geht es denn?« fragte Katrin immer noch ziemlich höflich. »Schickt dich Anne?« erkundigte sie sich dann ein wenig unbehaglich. Sie schien nicht besonders gern an ihre Exfreundin zu denken.

»Anne ist natürlich nicht begeistert von den jüngsten Ereignissen«, lachte Marion gekünstelt, »aber es geht eigentlich um Sanny.«

Ich konnte es nicht fassen. Was hatte sie vor? Wollte sie Katrin bitten, mich über Franzi auszuhorchen? Oder vielleicht wollte sie eher etwas über mich in Erfahrung bringen? So ein Biest. Ich blieb abwartend sitzen.

»Sanny? Was ist mit ihr?« fragte Katrin verwundert. Es kam ihr offenbar auch seltsam vor.

»Kann ich vielleicht kurz reinkommen? Es spricht sich so schlecht zwischen Tür und Angel«, fragte Marion aufdringlich. Das machte sie mir noch viel unsympathischer.

Katrin lehnte natürlich nicht ab, dafür waren ihre Manieren viel zu gut. Ich hörte, wie die Tür geschlossen wurde, und in mir stieg augenblicklich eine Mischung aus Schadenfreude und Vorfreude auf. Diese Marion würde gleich ihr blaues Wunder erleben. Es würde ihr sicher sehr peinlich sein, mich wiederzusehen.

Katrin kam ins Wohnzimmer zurück, dicht gefolgt von Marion, deren Augen sich erwartungsgemäß erschrocken weiteten, als sie mich erkannte.

»Hallo«, grüßte ich grinsend.

Marion war längst nicht mehr wohl in ihrer Haut, trotzdem brachte sie ein plattes »Hallo« heraus.

Katrin ließ sich neben mir auf die Couch sinken, Marion nahm uns gegenüber Platz. Sie wirkte nervös. Ich genoß diesen Anblick außerordentlich.

»Marion, das ist Alex. Alex, Marion«, stellte Katrin uns einander vor.

Ich lächelte Marion zuckersüß an und ließ mir sonst nichts anmerken. Alles versprach gerade, ein großer Spaß zu werden.

»Also, was ist jetzt mit Sanny?« erkundigte sich Katrin. Dann wandte sie sich zu mir, streichelte entschuldigend meinen Arm und erklärte: »Tut mir leid, aber ich glaube, eine Freundin von mir ist mal wieder unglücklich verliebt.« Sie machte keinen Hehl daraus, daß sie den ungebetenen Gast so schnell wie möglich wieder loswerden wollte.

Marion schwieg einen Moment. In ihrem Kopf arbeitete es fieberhaft. »Nun, sie ist wirklich ein wenig unglücklich verliebt«, begann sie verlegen.

»So, was ist denn passiert?« pikste ich absichtlich in die offene Wunde. Sie bekam jetzt arge Argumentationsschwierigkeiten, wenn sie sich nicht total lächerlich machen wollte. Ich war schon gespannt, wie sie sich da rausreden würde.

»Ja, also, sie weiß nicht so recht, ob es die andere auch ernst mit ihr meint«, sagte sie schließlich und wand sich dabei wie ein Fisch am Haken, der gerade aus dem Wasser gezogen wurde.

»Ach? Und was hat das Ganze mit mir zu tun?« fragte Katrin ungeduldig und mittlerweile auch etwas ungehalten.

Marion war sichtlich um eine überzeugende Antwort verlegen. Mit Katrin hatte das alles natürlich gar nichts zu tun, es ging hier um mich. Sie wußte nicht mehr weiter. Betreten sah sie zunächst zu mir, dann zu Boden.

»Ich glaube, daß das eher etwas mit mir zu tun hat«, mischte ich mich schließlich ein.

Katrin sah mich verwundert an.

»Eigentlich ja«, gab Marion etwas unsicher zu.

Katrin blickte nun von mir zu ihr. »Kennt ihr euch etwa?« fragte sie irritiert.

Ich überließ Marion die Antwort. »Nur sehr flüchtig«, sagte sie rasch und zog sich damit hervorragend aus der Affäre.

»Ich glaube, eure Freundin Sanny ist in meine Freundin Franzi verliebt«, klärte ich die Sache lieber selbst auf.

Marion sah dankbar zu mir. Sie hatte erwartet, daß ich die Angelegenheit aus dem Buchladen hemmungslos preisgeben würde, aber diesen Trumpf wollte ich vorsichtshalber noch nicht ausspielen.

»Ach, so ist das«, sagte Katrin und lehnte sich interessiert zurück.

»Ich glaube, Marion wollte nur schnell mal bei mir abklopfen, ob Franzi eure Sanny auch mag. So was tun Freundinnen ja füreinander«, bemerkte ich etwas gehässig.

Marion nickte bloß. Um die Anspielung nicht zu verstehen, hätte sie schon vollkommen bescheuert sein müssen.

»Und dazu kann ich nur sagen: Franzi ist bis über beide Ohren in sie verliebt. Ich bin davon überzeugt, daß sie aufrichtiges Interesse an ihr hat«, ließ ich verlauten und verzichtete schließlich darauf, Marion richtig zu blamieren. Vielleicht mußte ich in naher Zukunft mit ihr noch gut auskommen. Da konnte ein wenig Diplomatie nicht schaden.

»Tja, dann wäre ja nun alles geklärt«, erwiderte Marion und sprang ruckartig auf. Sie wollte so schnell wie möglich verschwinden. Ihre Augen funkelten mich trotzdem bösartig an. Anscheinend mochte sie es nicht sonderlich, sich so zum Affen zu machen.

Ich dagegen hatte daran reichlich Spaß. »Ich hoffe, du kannst ihr gleich davon berichten«, ließ ich sie wissen. Ich wollte schließlich, daß meine Aussage bei Sanny auch ankam. Irgendwie machte Marion einen eifersüchtigen Eindruck. Unter Umständen wollte sie Sanny lieber selbst verführen und hatte absolut kein Interesse daran, daß Franzi und ihre Freundin sich näherkamen.

»Ich bringe dich noch zur Tür«, rief Katrin Marion hinterher, die bereits fast die Haustür erreicht hatte. Als sie aufstand und ihr hinterhereilte, sah sie mich fragend an. Es war offensichtlich, daß sie aus dem Gespräch nicht schlau geworden war.

Ich hatte das dumme Gefühl, eben keine neue Freundin gewonnen zu haben. Wahrscheinlich konnte ich mich noch auf ein Nachspiel gefaßt machen. Diese Marion schien darin geübt zu sein, Intrigen zu spinnen.

Katrin kam entschuldigend dreinblickend zu mir zurück. Wieder ließ sie sich dicht neben mir auf die Couch fallen. Dann lehnte sie sich aufatmend zurück. »Was war das denn bloß?« seufzte sie kopfschüttelnd vor sich hin. »Was mußt du nur von mir denken. Ich meine, Marion war gerade mehr als nur aufdringlich«, sagte sie zerknirscht.

»Schon gut, das ist ja nicht deine Schuld«, beruhigte ich sie. »Jedenfalls sollten wir uns von ihr nicht den Tag verderben lassen«, setzte ich hinzu.

Sie lächelte. »Du hast recht«, sagte sie und nahm meine Hand. »Hast du Lust, noch ein bißchen was zu unternehmen?« fragte sie, während sie mit ihren zarten Fingern vorsichtig über meine Handknöchel fuhr. Das Thema Marion war offensichtlich beendet.

Ihre Berührung machte mich zunehmend nervöser. Ich nickte abgelenkt. »Klar, an was hast du gedacht?« fragte ich und genoß es, wie sie mich streichelte.

»Vielleicht Kino?« schlug sie vor.

»Gut«, stimmte ich fröhlich zu und sprang auf. Kino war perfekt für einen romantischen Abend!

Kapitel 5

Nach langem Anstehen hatten wir schließlich unsere Karten. Meine Laune war blendend. Während wir über den roten Kinoteppich im Foyer gingen und uns nach dem richtigen Saal umschauten, wies noch alles darauf hin, daß es ein toller Abend werden würde. Bis ich plötzlich zwei wohlbekannte Gesichter an der Popcorn-Theke entdeckte.

Ich traute beinahe meinen Augen nicht. Thea und Franzi standen nur unweit von uns entfernt und diskutierten miteinander, ob sie lieber süßes oder salziges Popcorn haben wollten.

Ich fühlte mich eindeutig verfolgt und vom Schicksal gebeutelt. Es konnte doch nicht sein, daß sich Geschichte so schnell wiederholte. Außerdem konnte ich nicht verstehen, warum ausgerechnet die beiden zusammen im Kino waren. Während Thea einen ziemlichen Hang zu kitschigen Hollywood-Romanzen hatte, war Franzi dafür ganz und gar nicht zu haben. Um sie in einen Film zu locken, mußte darin möglichst viel in die Luft gesprengt werden.

Die beiden waren immer noch in ihre Diskussion vertieft und hatten mich noch nicht bemerkt. Vielleicht konnte ich meinem Glück ja doch noch ein wenig auf die Sprünge helfen? Ich blickte mich rasch nach einer Möglichkeit um, ihnen zu entgehen. Dabei geriet sofort ein nahegelegener Stützpfeiler in mein Visier. Ich überlegte nicht lange und setzte zu drei schnellen Schritten nach rechts an, um mich unauffällig dahinter zu postieren.

»Ich wollte eigentlich noch was zu trinken«, sagte Katrin lächelnd und hielt mich locker an der Hand fest.

Ich grinste nervös zurück. Meine Flucht gestaltete sich schwieriger als geplant. Angestrengt kramte ich in meinem Kopf nach einem Vorwand, mit dem ich doch noch von der Bildfläche verschwinden konnte. Die einzige Idee, die mir auf Anhieb kam, war sozusagen ein Klassiker: Ich konnte mich auf der Toilette verstecken. Nicht glanzvoll, aber immerhin ein Ausweg.

Gehetzt sah ich kurz noch einmal zu Franzi und Thea, um sicherzustellen, daß sie mich noch nicht entdeckt hatten.

Während ich mich umblickte, wußte ich bereits, daß ich jeden Gedanken an eine Ausrede aufgeben konnte. Manchmal war das Leben einfach ungerecht – Franzi drehte sich genau in diesem Augenblick mit zwei Tüten in der Hand zu uns um. Sie sah mich sofort und setzte auch noch ein erfreutes Lächeln auf. Auch Thea hatte mich inzwischen gesehen. Sie winkte mir zu, während sie sich von Franzi eine der Popcorn-Tüten reichen ließ.

Ich schluckte meine Ausflüchte widerwillig hinunter und ließ das Unheil auf mich zukommen. Ich wollte doch nur einen netten Abend mit Katrin haben, statt dessen grinsten mich Thea und Franzi blöde an. Ich hätte heulen können.

Paula hatten sie zum Glück nicht dabei. Sie traute sich mit ihrem Gesicht bestimmt noch immer nicht aus dem Haus. Aber die beiden genügten mir vollkommen. Mit Sicherheit würden sie gleich wieder mitten in mein Date hineinplatzen.

»Ach du lieber Gott«, entfuhr es Katrin neben mir.

Verwundert sah ich sie an.

»Sag bloß, du hattest mal was mit der«, sagte sie mißbilligend, als sie bemerkte, daß Franzi mich kannte. Sie hatte also auch schon von ihrem sehr zweifelhaften Ruf gehört.

Ich schüttelte vehement den Kopf. »Nein, wir wohnen nur zusammen«, entfuhr es mir belustigt. Franzi und ich ein Paar? Das war wirklich eine abwegige Idee.

Die beiden kamen zu uns herüber, wie ich es schon befürchtet hatte.

»Sag jetzt bloß nicht, das ist die Franzi, in die Sanny verliebt ist«, bemerkte Katrin skeptisch.

Sie sorgte sich mittlerweile um ihre Freundin. Das war durchaus verständlich. Hätte ich Franzi denn so bedenkenlos eine Freundin von mir anvertraut? Früher nicht unbedingt, aber seit heute mittag war alles anders. Jetzt wußte ich, was mit ihr los war.

»Ja, aber ich weiß wirklich, daß es ihr ernst ist. Mach dir keine Gedanken«, beruhigte ich sie schnell. Dann standen die beiden auch schon vor uns, und es war keine Zeit mehr für weitere Erklärungen.

»Hallo, Alex«, begrüßte Thea uns fröhlich und fiel mir dabei um den Hals. Sie hatte immer etwas besonders Herzliches an sich.

»Wenn ihr Karten direkt neben uns habt, wurde soeben euer Todesurteil unterzeichnet«, flüsterte ich durchaus ernst in ihr Ohr.

Sie ließ sich nichts anmerken. Trotzdem, das war eindeutig Sabotage.

»Hallo«, sagte Franzi und ersparte mir die Umhalsung. In der Öffentlichkeit war ihr das eindeutig zu peinlich. Sie vergrub statt dessen die freie Hand in der Hosentasche.

»Franzi, Thea, das ist Katrin. Katrin, meine beiden Mitbewohnerinnen«, stellte ich sie etwas ungeschickt einander vor.

»Hallo«, sagte jetzt auch Katrin und besah sich meine Freundinnen prüfend von oben bis unten.

»Tja, da lernst du ja jetzt fast die ganze WG auf einmal kennen. Paula ist allerdings heute abend leider verhindert«, erzählte Franzi mit einem äußerst süffisanten Grinsen, das sie jedoch nicht erklärte.

»Geht es ihr noch nicht besser?« fragte ich etwas mitleidig. Schließlich war es nicht gerade spannend, das gesamte Wochenende über zu Hause festzusitzen.

»Es wird langsam. Wunder darf man allerdings nicht erwarten. So etwas dauert nun mal«, sagte Thea ungerührt. Sie fand den Umstand offenbar weitaus weniger tragisch. Paula hatte schließlich auch selbst Schuld. Wir hatten sie alle davor gewarnt, diese blöde Creme zu benutzen.

»Ist sie sehr krank?« erkundigte sich Katrin vorsichtig.

Es mußte sich tatsächlich nach etwas Ernstem angehört haben. Wir sahen uns kurz verschwörerisch an. Durften wir das wirklich ausplaudern? Wieder kreuzten sich unsere Blicke, dann lachten wir endgültig wie auf Kommando los.

»Nicht direkt«, sagte ich prustend. »Es handelt sich eher um einen ...«, begann ich zu erklären und entschied mich für eine diplomatische Umschreibung, »optischen Mangel.«

»Zu Deutsch: fieser Ausschlag im Gesicht«, übersetzte Franzi glucksend.

Nun lächelte auch Katrin. »Oh«, bemerkte sie.

»Allerdings nimmt sie es sich sehr zu Herzen. Paula ist ein wenig ...« Thea stockte in ihrer Erklärung. Wie nur konnte sie einigermaßen schmeichelhaft ausdrücken, daß Paula schlicht und ergreifend eingebildet war? »Sie ist sehr auf ihr Äußeres bedacht«, schloß sie schließlich und verpackte die Tatsachen in einer netten Floskel.

»Tja, wer ist das nicht?« fragte Katrin in den Raum. »Ich glaube, wir würden uns auch nicht unbedingt gern so präsentieren. Man bedenke nur den Szeneklatsch.«

Sie hatte damit vollkommen recht. Mir war Marions Auftritt

noch allzu gut in Erinnerung.

»Das kannst du laut sagen. So was wirst du hinterher nicht mehr los«, stimmte Franzi ihr zu und dachte dabei mit Sicherheit an ihre eigene Lage.

»Jedenfalls wissen plötzlich irgendwelche Leute Dinge von einem, die man noch nicht mal selbst weiß«, scherzte ich und hoffte, damit wieder etwas vom Thema abzuschweifen. Es war wirklich so, daß nicht einmal die Hälfte der Gerüchte, die im Umlauf waren, überhaupt nur einen Funken Wahrheit enthielten.

»Wir sollten langsam mal reingehen«, bemerkte Franzi mit Blick auf die Kinokarten. Sie hatten sich zum Glück nicht für den gleichen Film entschieden. »Habt ihr Lust, mit uns hinterher noch etwas trinken zu gehen?« fragte sie.

Ich sah fragend zu Katrin, weil ich nicht wußte, ob sie sich darauf einlassen wollte, mit meinen exzentrischen Freundinnen etwas zu unternehmen. Allerdings wußte ich auch nicht, ob ich selbst Thea und Franzi heute abend unbedingt dabeihaben wollte. Katrin und ich kannten uns erst so kurz. Ich wollte viel lieber meine Zeit mit ihr allein verbringen.

Außerdem konnte ich nicht einschätzen, wie sich meine Mitbewohnerinnen benehmen würden. Thea war die reinste Plaudertasche, wenn sie betrunken war und kicherte dann äußerst merkwürdig, während Franzi für gewöhnlich anfing allen Frauen schöne Augen zu machen.

Doch Katrin nickte spontan ihre Zustimmung. Anscheinend hatte sie wirklich Interesse daran, Thea und Franzi kennenzulernen. Ich hoffte inständig, daß sich die beiden später schön am Riemen reißen, keine lästigen Fragen stellen und vor allem keinen Ton über Nico verlieren würden. Das hätte mir gerade noch gefehlt.

»Wir warten dann hier«, versicherte Franzi und winkte kurz, dann ging sie gewohnt lässig auf einen Kinosaal zu, während Thea munter nebenherwackelte.

Ich hatte das Gefühl, daß Franzi Katrin durchaus sympathisch fand. Sonst hätte sie niemals gefragt, ob wir sie nachher begleiten wollten. Bei Thea wußte man nie so genau, woran man bei ihr war. Sie wäre auch aus purer Höflichkeit nett zu Katrin gewesen. Das verlangte schon allein ihr großes Harmoniebedürfnis.

»Wenn du nicht möchtest, müssen wir nicht mit ihnen weggehen. Ich weiß, daß sie manchmal ziemlich anstrengend sein können«, erklärte ich Katrin zur Sicherheit. Ich wollte nicht, daß sie sich wegen mir verpflichtet fühlte und sich nur deswegen auf einen Abend mit meinen penetranten Mitbewohnerinnen einließ.

»Ich hätte abgelehnt, wenn ich nicht gewollt hätte«, versicherte sie mir und grinste verschmitzt. »Außerdem interessiert es mich, mit wem du so deine Zeit verbringst«, fügte sie hinzu und begann dann wieder meine Handknöchel zu streicheln.

Es gefiel mir, wenn sie mich berührte. Katrin war anscheinend ein Mensch, der nichts halbherzig tat. Ihre Hand auf meiner zeigte mir, daß es ihr ernst sein mußte. Sie würde keine ihrer Zärtlichkeiten unbedacht verteilen. Und was machte ich? Ich war nicht mal ehrlich zu ihr.

»Okay, aber wenn es dir zuviel wird, können wir jederzeit gehen«, bot ich an und fühlte mich gleichzeitig wegen meiner Unaufrichtigkeit schlecht. Am liebsten hätte ich ihr jetzt und hier alles gebeichtet. Aber es war weder der richtige Moment noch der richtige Ort dafür. Also sah ich sie nur schweigend an und wünschte mir, es wäre niemals zu dieser verqueren Situation gekommen.

Katrin nickte, und ich wußte, daß sie nicht zögern würde, mein Angebot anzunehmen. »Laß uns auch reingehen«, sagte sie und deutete mit einer winzigen Bewegung ihres Kopfes auf unseren Kinosaal.

Wir hatten bereits eine ganze Weile vor dem Saal gestanden, und die Werbung mußte bald zu Ende sein. Wenn wir nicht zu spät kommen wollten, mußten wir los. Also schlenderten wir wortlos zur Tür.

Vom Film bekamen wir nicht besonders viel mit. Ich hatte gedacht, daß nur Teenies eine gesamte Vorstellung lang rumknutschen konnten. Dem war nicht so.

Es fühlte sich aufregend an, Katrin zu küssen. Mein Körper reagierte darauf in einer geradezu spektakulären Weise. Das kannte ich so nicht.

Wegen der sich anbahnenden Probleme machte ich mir keinerlei Gedanken. Ich versuchte vielmehr, Nico und den letzten Abend zu verdrängen. Die Vogel-Strauß-Taktik funktionierte generell ganz gut bei mir, zog allerdings meist ein besonders böses Erwachen nach sich.

Thea und Franzi warteten wie verabredet auf uns. Ich hatte mich inzwischen damit abgefunden, daß meine Verabredung zu einem geselligen Abend mit meinen schrulligen Mitbewohnerinnen mutieren würde. Allerdings hatte ich nicht damit gerechnet, daß sie ausgerechnet auf die Idee kommen würden, noch einen Abstecher ins *Trouble* zu machen. Das war eindeutig zuviel. In besagter Lokalität hatte ich schließlich gestern den halben Abend mit Nico verbracht. Das war an sich kein Grund zur Besorgnis, abgesehen von dem mißlichen Umstand, daß ich mich ja während der ganzen Zeit als Paula ausgegeben hatte und dem Barkeeper noch eine Erklärung für dieses skurrile Schauspiel schuldete.

Zu allem Übel hatten Franzi und Thea mal wieder sehr kontroverse Meinungen über den Film, den sie gesehen hatten. Während der Autofahrt unterhielten sie sich nicht nur sehr angeregt darüber, nein, sie stritten regelrecht. Thea betrachtete den Film von einem künstlerischen Standpunkt aus, während Franzi ihn mit ihrem Mathematikerinnen-Hirn rational analysierte.

Ich hatte sie mal in einer Debatte über eine unbedeutende Szene aus *Pretty Woman* erlebt. Es war schon damals eine Katastrophe gewesen, aber heute gingen sie mir mit ihrem Gezeter richtig auf die Nerven. Sie waren gerade auf dem besten Wege, mir meine Verabredung völlig zu verderben.

Verstimmt parkte ich den Wagen und stieg aus. Daß ich mit der Tür knallte, interessierte die beiden nicht, sie machten einfach munter weiter.

»Es muß doch nicht unbedingt immer alles logisch sein. Reicht es nicht, wenn es schön ist?« fragte Thea, während wir auf den Eingang zugingen.

Ich machte ein paar schnelle Schritte, um sie hinter mir zu lassen. »Es tut mir leid«, raunte ich Katrin zu und warf einen vernichtenden Blick über die Schulter.

Thea und Franzi folgten uns unbeirrt weiter streitend zum Eingang.

Katrin lachte bloß. »Ich glaube, ihr hättet euch doch unseren Film ansehen sollen«, sagte sie dann mitten in das Gespräch hinein.

Die Diskussion stoppte für einen erholsamen Moment. Ich betete inständig, daß diese beiden Dickschädel bloß nicht wieder damit anfangen würden.

»Um was ging es denn?« fragte Thea, sichtlich dankbar für die Unterbrechung. Sie schien es mittlerweile auch schon leid zu sein.

»Mußt du selbst sehen«, sagte Katrin vage.

Ich hatte keinerlei Ahnung von der Handlung, dafür konnte ich jetzt mit Gewißheit sagen, wie Katrins linkes Ohrläppchen schmeckte. Katrin ging es anscheinend auch nicht besser, sonst hätte sie nicht so geheimnisvoll geantwortet. Aber mir fiel es im Traum nicht ein, meinen lieben Mitbewohnerinnen den Grund dafür auf die Nase zu binden.

Amüsiert stieß ich die Eingangstür auf, und wir standen direkt in einem Schwall aus Loungemusik, diffusem Licht und rauchiger Kneipenluft.

Besonders voll war es an diesem Abend nicht. Das kam mir ganz gelegen, so konnten wir uns einen Tisch aussuchen. An anderen Tagen mußte man schon um ein Eckchen an der Theke kämpfen.

Franzi ging voran, während ich die Tür aufhielt. Sie steuerte abzielstrebig eine kleine Sitzgruppe am Rand an. Das war mit Abstand ihr Lieblingsplatz, gemütlich neben der Fensterfront und mit einer guten Übersicht über den Raum.

Während sie darauf zuschritt, nickte sie Michael kurz zu. Zu meinem Leidwesen hatte er auch heute wieder Dienst. Das konnte mich durchaus in Schwierigkeiten bringen, schließlich mußte ihm mein gestriger Auftritt ziemlich komisch vorgekommen sein. Es passierte sicher nicht sehr oft, daß er gebeten wurde, eine Kundin mit falschem Namen anzureden.

Ich wollte ihm aber die ausstehende Erklärung hierfür nicht heute und schon gar nicht in Katrins Gegenwart liefern. Aber was, wenn er auf die Idee kam, mich erneut mit Paula anzusprechen? Das würde in eine mittelprächtige Katastrophe ausarten. Dann würde ich Katrin zwangsläufig alles beichten müssen.

Ich hatte das dumpfe Gefühl, sie gestern hintergangen zu haben. Auch wenn wir noch nicht geklärt hatten, in welcher Beziehung wir zueinander standen – es gehörte sich nicht, an einem Tag mit dieser und am anderen gleich mit der nächsten rumzuknutschen. Das war nicht meine Art. Ich betete, daß Michael sich mit unangenehmen Fragen und Äußerungen zurückhalten würde.

Wir ließen uns schweigend auf die rotbraunen Sessel sinken. Das weiche Glattleder gab angenehm nach. Während wir uns geschäftig aus unseren Jacken schälten und dann in den tiefen Sesseln zurücklehnten, versuchte ich, meine Befürchtungen in den Hintergrund zu schieben. Es mußte doch nicht unbedingt immer alles den schlechtest möglichen Verlauf nehmen.

Michael rief uns von der Theke aus ein knappes »Moment noch!« zu. Er war ziemlich beschäftigt; erst kürzlich hatte ein ganzer Tisch verschiedene Cocktails bestellt.

»Kein Problem, Michael«, rief Franzi quer durch den Raum.

»Du kennst ziemlich viele Leute in der Szene«, stellte Katrin äußerst feindselig fest.

Es schien, als machte sie sich Gedanken darüber, ob Franzi der richtige Umgang für ihre Freundin Sanny war. Aber konnte ich ihr das wirklich übelnehmen? Man hörte die wildesten Geschichten von Franzi. Allesamt nicht sehr schmeichelhaft. Katrin konnte unmöglich wissen, wie es wirklich in ihr aussah. Selbst ich hatte bis vor ein paar Stunden noch nicht die geringste Ahnung davon gehabt, obwohl wir doch zusammenwohnten.

Franzi zuckte wie immer cool mit den Schultern. Anfeindungen waren für sie nichts Neues mehr. »Klar, aber mit Sicherheit nicht halb so viele, wie mich angeblich kennen wollen«, entgegnete sie mit einem bittersüßen Grinsen. Sie war es offenbar langsam leid, gegen ihren schlechten Ruf anzukämpfen. Was blieb, war Sarkasmus.

»So? Dann ist also alles, was man über dich hört, aus der Luft gegriffen?« hakte Katrin nach. Ihr Ton war ganz ruhig und beherrscht, allerdings lag wieder jene mißtrauische Abneigung darin.

Offenbar wollte sie Franzi auf den Zahn fühlen. Das konnte durchaus ein böses Ende nehmen. Zwar konnte Franzi spielend dreistellige Zahlen im Kopf quadrieren, aber denselben in einem Streit zu behalten, fiel ihr mitunter unglaublich schwer. Außerdem war sie noch ziemlich übellaunig, da Paula erst gestern genau in dieselbe Kerbe geschlagen hatte. Ich hoffte inständig, daß die Situation nicht gleich eskalieren würde. Zumal ich wußte, wie Franzi diese stoische Ruhe, die Katrin in bester Polizistinnenmanier ausstrahlte, auf die Palme brachte.

»Welcher deiner Freundinnen habe ich weh getan?« fragte Franzi direkt zurück und verschränkte die Arme vor dem Bauch.

Hinter ihrer Stirn arbeitete es sichtlich angestrengt, als ob sie versuchte, sich daran zu erinnern, wo oder mit wem sie Katrin schon einmal gesehen haben konnte.

»Bis jetzt noch keiner«, sagte Katrin gelassen und kramte aus ihrer Jackentasche ein Päckchen Zigaretten heraus. Sie drehte das Rädchen an ihrem Feuerzeug, und eine kleine Flamme entzündete sich. Ohne zu zögern hielt sie die Zigarette darüber.

»Sanny«, stellte Franzi trocken fest und zog sich, ohne zu fragen, auch eine Zigarette aus Katrins Päckchen, das noch immer offen in ihrer Hand lag.

Die beschwerte sich nicht, sondern hielt ihr wortlos das Feuerzeug entgegen.

»Was willst du? Willst auch du mir verbieten, sie zu sehen? Sie will doch sowieso nichts mehr von mir wissen«, sagte Franzi traurig und nahm einen ersten, tiefen Zug. Aus ihrer Stimme war die bedrohliche Aggressivität gewichen.

Was mich stutzig machte, war ihre Wortwahl. Es hörte sich an, als ob tatsächlich jemand verhindern wollte, daß Franzi Kontakt zu Sanny hatte. Das klang ganz nach dieser Marion aus dem Buchladen. Hatte sie nicht davon gesprochen, sich Franzi vorzunehmen? Zuzutrauen war es ihr nach ihrem Auftritt vom Nachmittag allemal. Es schien ihr zu liegen, Intrigen zu spinnen.

Auf Katrins Stirn zeichneten sich plötzlich tiefe Falten ab. »Was meinst du damit?« fragte sie irritiert. Anscheinend wußte sie auch nicht, was vorgefallen war. Genau wie wir anderen.

»Na, eine von eurer ach so tollen Clique hat mir ziemlich deutlich gemacht, was mich erwartet, wenn ich mich nicht von Sanny fernhalte. Allerdings nehme ich an, daß nicht unbedingt ich in einer Auseinandersetzung den kürzeren ziehen würde«, erklärte sie mit einem zynischen Grinsen.

Es war gewiß nicht sonderlich empfehlenswert, Franzi in einen Streit zu verwickeln. Nicht nur, daß sie ziemlich groß und gut trainiert war, sie betrieb auch noch hobbymäßig Kickboxen.

»Hm, ziemlich selbstsicher. Allerdings steht in deinem polizeilichen Führungszeugnis noch nichts von Körperverletzung«, sagte Katrin bewußt provozierend und nahm wieder einen Zug von der Zigarette.

Ich wußte nicht, ob sie bluffte oder ob sie tatsächlich gerade offen zugab, daß sie sich über Franzi erkundigte hatte. Richtig glauben konnte ich es nicht. Aber vielleicht war das in dieser Clique normal? Vielleicht hörten sich im Moment nicht nur für diese Anne einige Leute nach mir um? Der Gedanke war zu abwegig.

»Oh, Frau Kommissarin schnüffelt in meiner Akte. Na? Und? Was steht denn da sonst noch so drin? Du bist vielleicht die neue Schnalle von meiner Mitbewohnerin, aber so einen Scheiß lasse ich mir auch von dir nicht gefallen«, knurrte Franzi und war jetzt fast auf 180. Ihre Augen hatten ein bedrohliches Funkeln angenommen. Es wurde langsam brenzlig.

Ich sah bereits vor mir, wie sie Katrin gleich am Kragen packen würde. Franzi hatte das schon einmal mit der eifersüchtigen Exfreundin einer ehemaligen Verehrerin gemacht. Diese hatte ihrer Verflossenen zunächst eine tüchtige Ohrfeige verpaßt. Nur drei Sekunden später hatte Franzi ihr dann mit einem wuchtigen Schlag die Nase gebrochen. Na, schöne Aussichten.

Was mich zusätzlich noch beschäftigte, war das Wort ›Schnalle‹. Nicht nur, daß es ziemlich abwertend klang und Franzi spätestens soeben beschlossen haben mußte, Katrin nicht leiden zu können, aber konnte man sie denn meine neue Schnalle nennen? Wir kannten uns doch kaum. Es war noch viel zu früh, um von einer Beziehung zu sprechen. Jedenfalls für mich. Zu viele Dinge lagen noch ungeklärt auf dem Tisch.

Katrin lächelte überlegen. Es war genau das eingetreten, was sie gewollt hatte. Franzi war wütend. Richtig wütend. Sie hatte sie mit wenigen Sätzen aus der Fassung gebracht.

Thea sah mich hilflos an. Auch sie hatte inzwischen den Ernst der Lage erkannt. »Alex, wie war denn eigentlich dein Handballspiel?« fuhr sie unglücklich dazwischen, weil sie die Situation wieder entspannen wollte. Allerdings konnte ihr Versuch nur als kläglich bezeichnet werden.

»Das weiß ich nicht, aber du hast dir sicher noch nichts zuschulden kommen lassen. Und jetzt komm mal wieder runter. Ich bin doch nicht verrückt und lasse mich von dir verprügeln. Darauf kann ich getrost verzichten«, sagte Katrin, ohne weiter auf Thea einzugehen. Angesichts der sich zuspitzenden Situation zog sie es offensichtlich vor, die Wogen selbst zu glätten. Also war das doch nur Show gewesen.

Hinter Franzis Stirn brodelte es dennoch. Es schien, als überlegte sie, ob sie nicht doch eher Lust auf die unversöhnliche Variante hatte. Schließlich ließ sie sich auch von niemandem vorschreiben, wann sie sich wieder beruhigen sollte.

Bevor sie jedoch einen endgültigen Entschluß fassen konnte, sprach Katrin wieder. »Was meintest du eigentlich damit, daß dir jemand – sagen wir es mal ganz ohne Umschweife – gedroht hat?« fragte sie. Sie wußte anscheinend wirklich nichts davon.

»Ich weiß nicht einmal, wie sie heißt. Sie hat mich vor ein paar Tagen in der Uni angesprochen. War das denn nicht abgesprochen?« fragte Franzi, immer noch verärgert, allerdings schon nicht mehr ganz so furchtbar wütend.

»Komisch. Jemand, der mit Sanny näher befreundet ist? Kann ich gar nicht glauben«, kommentierte Katrin verwundert.

»Also, Franzi erzählt so etwas nicht einfach nur so. Was ist mit dieser Marion?« schaltete ich mich ein. Bis jetzt war das Gespräch an mir vorbeigelaufen. Wie ein verängstigtes Kaninchen hatte ich danebengesessen und wortlos gehofft, daß sie sich endlich wieder beruhigen würden.

»Marion?« fragte Katrin jetzt völlig durcheinander.

Ich hatte mich gerade buchstäblich verplappert. Ich hätte mir auf die Zunge beißen können, so sehr ärgerte ich mich darüber. Eigentlich hatte ich den Vorfall in der Buchhandlung für mich behalten wollen, aber nun war ich gezwungen, es Katrin doch zu erzählen. Also beschrieb ich, was am Nachmittag geschehen war.

Katrin verzog ärgerlich das Gesicht. »Dieses Biest«, murmelte sie vor sich hin und drückte ihre Zigarette heftig im Aschenbecher aus.

»Tja, hat man solche Freunde, braucht man wohl keine Feinde mehr«, behauptete Franzi belustigt. Es schien ihr ganz gut zu gefallen, daß Katrin etwas intensivere Gefühle zeigte, nun da eine Situation eingetreten war, mit der sie nicht gerechnet hatte. Sie hatte vorher ziemlich abgebrüht gewirkt. So hatte ich sie bis jetzt noch nicht kennengelernt. Vielleicht mußten Polizisten ab und an so kühl reagieren?

»Vielleicht steht diese Marion auf eure Freundin Sanny und hat Franzi deswegen gedroht?« mutmaßte Thea. Sie war ganz in ihrem Element. Alles roch nach einer gemeinen Intrige und interessanten Story. Genau das Richtige für ein hungriges Künstlerinnenherz.

Franzi schüttelte jedoch heftig den Kopf. »Nein, das war nicht diese eifersüchtige Pute Marion. Auf deren Bekanntschaft könnte ich allerdings auch gut verzichten. Aber das in der Uni war jemand anderes«, sagte sie. Anscheinend konnte nicht nur ich Marion nicht ausstehen.

Eigentlich wollte ich dazu auch noch einen Kommentar abgeben, aber an dieser Stelle wurde unser Gespräch leider unterbrochen. Michael war zu uns gekommen und hatte bereits Block und Stift gezückt, um die Bestellung aufzunehmen.

»Sorry, daß es so lange gedauert hat, aber ich bin heute allein eingeteilt. Also, was kann ich nun für euch tun?« fragte er freundlich mit einem Seitenblick auf Katrin. Klar, er mußte gesehen haben, daß sie zu mir gehörte, und sich sicherlich fragen, was ich schon wieder mit einer anderen hier machte. Ich mußte geradezu wie der letzte Playboyverschnitt wirken.

»Für mich eine Cola«, begann ich und hielt erklärend den Autoschlüssel in die Luft.

»Für mich bitte auch«, bestellte Thea dasselbe. Sie war keine große Alkoholtrinkerin und vertrug auch nicht besonders viel davon.

»Also gut, eine Cola für Thea und eine für . . .«, wiederholte er und legte eine kleine Kunstpause ein, in der er mich erwartungsvoll ansah.

»Alex«, verkündete ich lächelnd, obwohl die Situation schon ziemlich merkwürdig erscheinen mußte.

»Wie konnte ich das nur vergessen«, sagte er und tippte sich vorwurfsvoll mit dem Stift gegen die Stirn. Er hatte gerade ganz geschickt abgeklopft, ob ich mein Versteckspiel auch heute fortsetzte.

»Und was darf es für dich sein, Katrin?« fragte er dann wie selbstverständlich weiter. Spätestens jetzt war eindeutig klar, daß sie hier nicht fremd sein konnte. Zwar hatte Michael ein ziemlich gutes Gedächtnis, dennoch kannte er ausschließlich seine Stammgäste beim Namen. Das konnte noch für Probleme sorgen.

»Vielleicht ein Bier?« entschied sie sich spontan. Michael nickte und schrieb auf seinem Block.

»Für mich auch«, komplettierte Franzi die Bestellung.

Michael ging ohne ein weiteres Wort zur Theke, um die Getränke zu zapfen.

»Du kennst aber viele Leute in der Szene«, drehte Franzi boshaft den Spieß um.

Katrin lächelte gutmütig. »Stimmt. Allerdings kennen mich dann immer noch bedeutend weniger als dich«, gab sie munter zurück. Sie war über diese kleine Retourkutsche nicht verärgert.

»Das könnte sich schnell ändern, weil du jetzt die neue Schnalle von Alex bist«, nahm auch Thea dieses komische Wort von vorhin scherzhaft in das Gespräch auf.

Zwar schmunzelten alle darüber, aber so richtig zum Lachen war mir nicht. Dieses prekäre Detail hatten Katrin und ich noch nicht einmal ansatzweise geklärt. Allerdings sagte auch sie nichts zu diesem heiklen Thema.

Franzis Liebesleben und die Ereignisse in der Uni waren bereits wieder in den Hintergrund gerückt. Im Moment war es sowieso nicht zu ergründen, wer dafür die Verantwortung trug. Das mußte wohl oder übel noch eine Weile warten. Ich war mir zumindest ziemlich sicher, daß da noch etwas passieren würde.

»Ich wußte gar nicht, daß ich jetzt auch schon zur Szeneprominenz gehöre«, beschwerte ich mich gespielt beleidigt. Ich hatte wirklich nie den Eindruck gewonnen, besonders bekannt zu sein. Jedenfalls hatte ich bisher geglaubt, daß sich nur wegen der Freundschaft zu Franzi ab und an mal jemand an meinen Namen erinnerte.

»Sagen wir mal so: Du siehst gut aus, da fällst du zwangsläufig auf. Dazu kommt, daß du nicht nur mit mir befreundet bist, sondern auch noch mit mir zusammenwohnst. Ein gewisser Bekanntheitsgrad ist daher vorprogrammiert«, analysierte Franzi.

Das stimmte mich aber nicht wirklich glücklich. »Wie beruhigend«, antwortete ich.

Michael kam mit den Getränken zurück und stellte sie gekonnt vor uns ab. »Es hat übrigens jemand nach dir gefragt«, sagte er, und mir wurde schlagartig eiskalt. Es konnte sich nur um Nico handeln. Er hatte sich doch eben so geschickt angestellt, warum platzte er bloß jetzt damit heraus?

Bevor ich richtig in Panik geraten konnte, richtete er allerdings seinen Blick überraschenderweise auf Katrin. Er hatte überhaupt nicht mich gemeint.

»Kann ich mir denken, wer das war?« fragte sie mit leicht genervtem Unterton.

Michael nickte zustimmend. »Ich glaube schon. Sie wollte deine Telefonnummer wissen. Ich habe sie ihr natürlich nicht gegeben. Vor allem deswegen, weil ich sie ja selbst gar nicht habe«, lachte er und machte sofort eine beschwichtigende Handbewegung, als Katrin wütend auffahren wollte. »He. Das ist es doch nicht wert, sich darüber aufzuregen«, sagte er und tippte ihr kurz auf die Schulter.

Diese winzige Berührung mit den Fingerspitzen beruhigte Katrin augenblicklich wieder.

Mit einem Lächeln in die Runde ging Michael zurück zu seinem Tresen.

Ich fragte mich, ob Michael mit ›sie‹ ihre Exfreundin gemeint hatte. Es war zumindest vorstellbar. Anne schien nach Marions Aussagen momentan mächtig eifersüchtig zu sein. Allerdings wollte ich Katrin nicht danach fragen. Zumindest nicht in dieser Runde.

»Ich habe übrigens Freikarten für euch besorgt«, begann Thea ein neues Thema. Sicher nicht zuletzt, um die gespannte Stimmung zu beenden.

Ich mußte einen kurzen Moment lang überlegen, um was es hier gerade ging. Dann kam ich auf ihre Ausstellung. »Wann genau ist das denn in der Stadtgalerie?« erkundigte ich mich. Auch wenn ich mich nicht sonderlich für Kunst interessierte, wollte ich meiner Freundin den Gefallen tun und Interesse zeigen. Sie war keine Sportverrückte, kam aber trotzdem ab und an zu meinen Spielen.

»Der nächste Samstag ist der erste Ausstellungstag. Ihr kommt doch?« fragte sie erwartungsvoll.

Franzi sah wenig begeistert zu mir. Auch sie konnte nicht viel mit Theas alternativer Kunst anfangen. »Natürlich«, beeilte sie sich dann trotzdem zu sagen. Auch sie wollte es wohl vermeiden, ihre Freundin durch allzu deutliches Desinteresse vor den Kopf zu stoßen. Zähneknirschend würde sie sich also zwei Stunden lang die Bilder ansehen und danach erleichtert wieder von der Veranstaltung verschwinden.

»Malst du?« fragte Katrin. Ich hatte keine Ahnung, ob aus Höflichkeit oder wirklichem Interesse. So gut kannte ich sie noch nicht.

»Ja, hauptsächlich schon. Meistens in Öl oder Acryl. Im Moment arbeite ich mit einer Künstlergruppe an einem politischen Kunstprojekt. Wie gesagt, wir stellen bald in der Neuen Stadtgalerie aus. Ich bekomme einige Freikarten. Wenn du willst, schau es dir doch an«, forderte sie sie munter auf und machte es ihr somit fast unmöglich abzulehnen.

»Sicher«, willigte Katrin lächelnd ein, wirkte aber plötzlich ein wenig nervös.

»Schön, es ist auch immer am besten, direkt am Kunstobjekt zu erklären, um was es sich genau handelt, ich . . .«, sprudelte Thea los, die glaubte, jetzt endlich eine gefunden zu haben, die sich angeregt mit ihr über das Thema unterhalten wollte.

Doch Katrin hörte ihr nicht weiter zu, sondern brachte ein kurzes »Entschuldigung« hervor und stand abrupt auf. Sie hatte eine Frau fixiert, die ein paar Meter von unserem Tisch entfernt wartete, und bewegte sich nun auf sie zu.

Auch wenn ich diese große Kurzhaarblondine nicht kannte, beunruhigte mich ihre Anwesenheit vom ersten Augenblick an. Geradezu feindselig blickte sie zu mir herüber, die Schultern gestrafft, die Hände krampfhaft in den Hosentaschen vergraben.

Thea brach enttäuscht den Satz ab, und wir drei beobachteten gebannt die Szene.

»Was ist denn jetzt los?« fragte Franzi verwundert.

Ich zuckte ebenso verblüfft mit den Schultern. Dieses Muskelpaket mit dem harten Blick verunsicherte mich, aber ich dachte nicht daran, jetzt wegzusehen. Also taxierten wir uns gegenseitig.

Ich merkte schnell, daß mein Gegenüber doch nicht die Selbstsicherheit in Person war. Sie hielt dieses gegenseitige Anstarren nicht lange aus, sondern biß sich auf die Lippen und wandte sich dann nervös Katrin zu. Einen Moment später verschwanden die beiden auch schon im Toiletteneingang.

»Wenn ich das nur wüßte. Kennst du die?« fragte ich jetzt zurück.

»Heißt irgendwie Anna, Anne oder so«, erwiderte Franzi, und es klingelte in meinen Ohren. Katrin war soeben mit ihrer Exfreundin verschwunden. Was wollte die von ihr? Ich machte mir plötzlich Sorgen. Um so mehr, weil ich ihr Verhalten beobachtet hatte: unsicher und wütend, das war keine gute Mischung.

»Das ist, glaube ich wenigstens, ihre Ex. Weißt du etwas über sie?« fragte ich weiter und wollte fast schon aufspringen, um den beiden nachzugehen.

»Es ist Anfang April, welcher normale Mensch läuft in dieser Jahreszeit nur in einem T-Shirt durch die Gegend?« plapperte Thea ungefragt dazwischen.

Darüber hatte ich mich selbst auch schon gewundert. Trotzdem wollte ich viel lieber erfahren, was Franzi über Katrins Exfreundin wußte.

Allerdings kam in dieser Sekunde Katrin bereits wieder zurück. Sie steuerte rasant auf unseren Tisch zu, hinter sich Anne im Schlepptau. Die traute sich allerdings dann doch nicht ganz zu uns heran, sondern wartete mit einigen Metern Abstand.

»Tut mir leid, Alex. Ich muß gehen, sei mir nicht böse. Ich

erkläre dir das so bald wie möglich«, sagte sie an mein Ohr gebeugt.

»Ist alles in Ordnung?« fragte ich besorgt, ohne meinen kritischen Blick auf Anne zu verbergen. Ich wollte sie nicht mit diesem Kleiderschrank gehen lassen.

»Schon gut. Mach dir keine Sorgen. Ich erklär' dir das alles bald«, wiederholte sie und gab mir einen kleinen Kuß aufs Ohr, der mir eine Gänsehaut bescherte. Dann richtete sie sich auf und verabschiedete sich auch von Thea und Franzi, bevor sie stürmisch mit ihrer Ex das Lokal verließ.

Ich sah ihr nach.

»Das ist ja ein ziemlicher Klops«, stellte Franzi treffend fest. Besser hätte ich es auch nicht ausdrücken können.

»Also, mit der würde ich mich nicht anlegen wollen«, stimmte ihr Thea zu.

»Mhm, ich auch nicht«, pflichtete ich ihr besorgt bei. Sie würde Katrin doch wohl hoffentlich nichts antun.

»He, Alex. Mach dir mal keine Gedanken. Ich habe zumindest noch nichts davon gehört, daß sie einer ihrer Freundinnen mal was angetan hätte. Sie wird sie schon in Ruhe lassen«, beruhigte mich Franzi.

Ich war immer noch zutiefst beunruhigt, aber zumindest konnte man sich meistens auf das verlassen, was Franzi irgendwo gehört hatte. Beziehungsweise war es ein gutes Zeichen, wenn Franzi noch nichts in dieser Hinsicht gehört hatte.

»Seid ihr jetzt eigentlich zusammen?« tastete sich Thea vorsichtig an das heikle Thema heran.

»Keine Ahnung«, gab ich zu. Das alles stand noch ziemlich in den Sternen. »Ich weiß gar nicht, wo mir der Kopf steht. War ein bißchen viel für mich in den letzten Tagen«, machte ich mir Luft.

Thea nickte verständnisvoll. »Kann ich gut nachfühlen. Wenn du Zeit brauchst, um deine Gefühle zu ordnen, dann mußt du sie dir nehmen. Aber verspiel dabei nicht alles«, ermahnte sie mich erneut.

Ich wußte ja selbst nur zu gut, daß ich drauf und dran war, in ein wirkliches Desaster hineinzuschliddern. Nie hatte ich mir früher vorstellen können, mal in eine solche Geschichte verwickelt zu werden. Dieses Lügen und Betrügen behagte mir ganz und gar nicht. So war ich nicht, wollte ich nicht sein. Aber was tun, wo ich nun schon mitten drin steckte? »Wie findest du Katrin?« fragte ich also Franzi. Nach der kleinen Auseinandersetzung wollte ich gern ihre Meinung hören. Was Katrin gespielt hatte, war nicht gerade nett gewesen. Es hatte einen schalen Beigeschmack bei mir hinterlassen.

Franzi ließ sich Zeit mit ihrer Antwort. Sie nippte erst noch einmal an ihrem Bier, dann sagte sie: »Ziemlich abgebrüht. Täusch dich da nicht. Die kann dich sicher auch ganz leicht aufs Kreuz legen. Aber irgendwie mag ich ihre Art. Stößt gern an und provoziert, kann aber, glaube ich, auch ganz bodenständig sein. Hast sie ja irgendwie schon eingefangen.«

»Heißt das nun, ihr werdet miteinander klarkommen?« hakte ich nach.

Franzi nickte. »Natürlich, ich sagte ja, daß sie mir trotz vorhin oder vielleicht auch gerade deswegen sympathisch ist. Aber seit wann suchst du dir danach deine Freundinnen aus?« fragte sie grinsend.

Das war eine gute Frage. Sonst war es mir immer ziemlich egal gewesen, ob meine Freunde mit meiner neuen Freundin auskamen. Mir hatten immer meine eigene Meinung und mein Bauchgefühl genügt.

»Ich glaube, du mußt dich wirklich schnell fragen, wonach du deine Freundinnen aussuchst. Jedenfalls warten im Moment gleich zwei auf dich, Alex«, erinnerte mich Thea wieder und legte ihre Hand auf meine. »Und Paula ist auch noch da. Vergiß das nicht. Sie hat auch Ehrlichkeit verdient. Wenn du dich nicht beeilst, wirst du ihr ganz sicher wehtun, und das nähme ich dir übel. Das hat unsere Kleine nicht verdient«, sagte sie und sah mich streng an, um mir zu bedeuten, wie ernst es ihr damit war.

Ja, das hatte Paula nicht verdient. Ich durfte sie nicht länger hintergehen. Egal, wie ich mich letzten Endes entscheiden würde. Michael hatte mich auch nicht vergessen. Ich sah aus dem Augenwinkel, wie er zu uns an den Tisch kam. Es war mittlerweile ziemlich leer geworden, und er konnte sich Zeit nehmen, um mit uns zu plaudern. Jetzt, wo Katrin weg war, wollte er sicherlich wissen, was das gestern auf sich hatte. Da kam ich vermutlich nicht mehr um eine Erklärung herum.

Er ließ sich zu uns auf einen der Sessel sinken. »Jetzt die lange Geschichte.« Er lächelte mich erwartungsvoll an, stützte sein kantiges Kinn auf seine großen Hände und sah mich fragend an.

Also begann ich schweren Herzens damit, die Ereignisse zu erläutern. »Paula hat Nico, mit der ich gestern hier war, in einem Chat kennengelernt und wollte sie persönlich treffen, zu einem Blind Date sozusagen. Doch dann kam etwas ...» Ich stockte in meinen Ausführungen und versuchte nun, die richtigen Worte für das zu finden, was passiert war, ohne zu ausführlich von Paulas Ausschlag zu berichten. Wenn sich das herumsprach und sie herausfand, daß die Information von mir kam, würde ich mich ordentlich auf etwas gefaßt machen können. Das würde sie mir nie verzeihen. »Etwas Unvorhergesehenes kam dazwischen«, sagte ich schließlich.

»Unvorhergesehenes?« wiederholte Michael. Natürlich gab er sich mit dieser dürftigen Auskunft nicht zufrieden.

»Hör zu, ich glaube, Paula wäre uns sehr böse, wenn wir hier in aller Öffentlichkeit darüber sprechen würden, aber es war wirklich ein Notfall«, beteuerte Thea und kam mir damit zur Hilfe.

»Na gut, mach weiter«, begnügte er sich etwas unzufrieden mit der Antwort und ließ mich weitersprechen.

»Jedenfalls war es gestern bereits zu spät, um Nico abzusagen, und da ist Paula auf die grandiose Idee gekommen, ich könnte mich doch für sie ausgeben und bei ihrer Verabredung erscheinen. Irgendwie hat sie mich so lange bequatscht, bis ich mich schließlich auf den Blödsinn eingelassen habe. Den Rest kennst du bereits.«

Er schüttelte amüsiert den Kopf. »Ihr macht Sachen, Mädels«, gluckste er belustigt. Er hatte recht. So etwas konnte Männern nicht passieren. Nicht, daß sie weniger verlogen waren, auf keinen Fall. Aber ein Mann hätte wahrscheinlich abgesagt oder eine viel weniger komplizierte Lösung für das Problem gefunden.

Natürlich hatte ich es vermieden, ihm auf die Nase zu binden, daß der Abend noch mit einem Kuß geendet hatte, der nun für das vollkommene Gefühlschaos in mir verantwortlich war. Das ging ihn schließlich nichts an.

»Tja, was tut man nicht alles für seine Freunde«, seufzte Thea und kratzte sich vergnügt am Kopf. »Ein Glück, daß es nicht mich getroffen hat«, frohlockte sie.

»Oh, wenn du dich da mal nicht täuscht. Ich fand die Kleine ziemlich hübsch«, sagte Michael. Geschmack hatte er zumindest. Nico war echt bezaubernd. »Da ist dir vielleicht etwas entgangen«, stichelte er weiter und nickte vielsagend.

Thea zuckte mit den Schultern. »Ich kann warten«, behauptete sie und nippte an der Cola.

»Sag mal, Michael, was wollte denn der Kleiderschrank von Katrin? Sie hat sich nicht mal richtig von uns verabschiedet«, fragte Franzi. Sie wußte, daß ich darauf brannte, das beantwortet zu bekommen, selbst aber Michael niemals danach gefragt hätte. Also versuchte sie an meiner Stelle, etwas mehr Licht ins Dunkel zu bringen.

Er sah wenig begeistert aus. »Anne? Das ist Katrins Exfreundin. Sie hat sich wohl noch nicht ganz damit abgefunden, daß endgültig Schluß ist. Aber was sie genau wollte, weiß ich auch nicht, schon gar nicht, warum Katrin sie begleitet hat. Sie geht ihr sonst eher aus dem Weg«, erzählte Michael und seufzte. Er warf einen Blick zur Theke. »Tut mir leid, aber ich glaube, da will jemand etwas bestellen«, stellte er fest und ging federnden Schrittes zurück an die Bar.

Neue Erkenntnisse hatte Michaels Auskunft nicht gebracht. Sie hatte nur zu einer noch stärkeren Beunruhigung beigetragen. Katrin ging Anne doch schließlich nicht umsonst aus dem Weg.

»Mach dir keinen Kopf, Alex«, versuchte Thea mich zu beruhigen und wuschelte mir durchs Haar. Das tat sie immer, wenn sie mich aufheitern wollte.

»Ich werde daraus einfach nicht schlau. Erst Marion, dann wird Franzi von einer Unbekannten angesprochen, und nun diese Anne hier«, murmelte ich grübelnd.

»Keine Sorge, Alex. Wahrscheinlich wirst du alles noch viel schneller verstehen, als es dir dann lieb ist«, lachte Franzi und leerte ihr Bier.

»Und was machst du jetzt?« fragte ich sie.

Sie zog eine Augenbraue hoch. »Was wohl, ich warte darauf, daß du mich und Thea mit nach Hause nimmst«, antwortete sie grinsend.

Das war nicht, wonach ich mich erkundigt hatte. »Du weißt genau, was ich meine«, entgegnete ich leicht verärgert. Franzi hatte sich mal wieder in der falschen Situation einen ihrer Scherze erlaubt.

Sie zuckte mit den Schultern und hielt kurz inne. »Na, kämpfen. Das hast du mir doch geraten«, sagte sie entschlossen und sprang auf. »Und jetzt muß ich schlafen. Ich will morgen noch für meine Klausur lernen«, bestimmte sie, und wie auf Kommando standen auch Thea und ich auf.

Ich war froh, daß sie den Kopf nicht in den Sand stecken wollte. Außerdem waren ihre Chancen gar nicht so schlecht. Ich hatte Sanny ja selbst am Nachmittag in der Buchhandlung erlebt. Sie war, wie mir schien, nicht abgeneigt, es mit Franzi zu versuchen.

Wir zahlten an der Bar, dann machten wir uns auf den Nachhauseweg.

Kapitel 6

Müde schlich ich mit den beiden anderen die Treppen zu unserer Wohnung hinauf. Wir versuchten so leise wie möglich zu sein, schließlich wollten wir nicht noch das ganze Haus aufwecken. Es war immerhin bereits zwei Uhr morgens. Eine Zeit, zu der die meisten Menschen schliefen. Man mußte es sich ja nicht mutwillig mit den Nachbarn verscherzen.

Ich wollte nur noch ins Bett. Die Ereignisse des Wochenendes hatten mich ganz schön geschlaucht. Zum einen war dies der dritte Tag in Folge, an dem ich spät nach Hause kam, zum anderen plagte mich ständig ein furchtbar schlechtes Gewissen.

Ich stand andauernd unter Strom und dieser innere Druck zerrte kräftig an mir. Ich mußte Nico morgen unbedingt die

Wahrheit sagen. Thea hatte recht, ich konnte es unmöglich noch länger hinausschieben.

Franzi stand dicht vor mir und schloß die Tür auf. Im Flur brannte noch Licht. Paula hatte entweder vergessen es auszuschalten oder war noch wach.

»Hallo?« rief Franzi leise in die Wohnung, aber nichts rührte sich. Sie mußte es tatsächlich vergessen haben. Wir betraten hintereinander die Diele. Franzi versuchte umständlich, aus ihrer Jacke zu schlüpfen, während Thea hinter uns die Tür zuzog.

»Wo ist Alex?« erklang es völlig unvermittelt und sehr scharf.

Franzi zuckte heftig zusammen. Genauso wie wir anderen hatte sie in diesem Augenblick nicht damit gerechnet, so plötzlich angesprochen zu werden. Sie drehte sich erschrocken um. »He, warum erschreckst du mich so«, brummte sie, als sie in die Küche blickte.

Ich ahnte mittlerweile Böses. Am liebsten wäre ich direkt wieder zur Tür hinaus verschwunden.

Thea sah mich mitfühlend an. »Oh, oh«, machte sie wenig hilfreich.

Es war Paula. Sie hatte auf uns gewartet, oder besser gesagt, auf mich. Das konnte nur eines bedeuten: Sie wußte Bescheid.

»Wo ist Alex?« wiederholte Paula, ohne auch nur im geringsten auf Franzis Frage einzugehen. Sie war äußerst geladen.

Ich atmete tief ein und aus, um mich für das zu wappnen, was sicherlich gleich passieren würde. Was hätte ich dafür gegeben, mich jetzt einfach in Luft auflösen zu können.

Ich hörte, wie sich Paulas Schritte langsam dem Flur näherten und drehte mich in Richtung Küchentür um. »Hallo, Paula.« grüßte ich blöde, als ich sie erblickte. Ihr immer noch gepunktetes Gesicht sprach Bände.

»Hallo, Alex«, entgegnete sie sauer und kam noch ein kleines Stückchen näher. »Hattest du einen schönen Abend?« knurrte sie mich an. Noch ein paar Sekunden, dann würde sie mir an die Gurgel springen.

»Ja, eigentlich schon«, gestand ich nervös und versuchte vor ihr zurückzuweichen, doch da war nur die Wand.

Thea und Franzi starrten uns wortlos an. Wahrscheinlich wollten sie nicht riskieren, auch etwas von der aufgestauten

Wut ihrer Mitbewohnerin abzubekommen.

»Ah, wie schön für dich«, kommentierte Paula mit schriller Stimme, in der allerdings keine Freude zu entdecken war. »Aber willst du mich denn nicht fragen, wie mein Abend war?« nötigte sie mich weiterzureden. Das war ein Befehl und keine Frage.

Zwangsläufig fragte ich: »Wie war dein Abend, Paula?« Die Antwort konnte ich mir schon denken.

»Also, wenn du mich so fragst«, holte sie weit aus und machte eine theatralische Handbewegung, dann fixierte sie mich kurz mit ihrem Blick, »er war absolut beschissen. Ich habe Nico im Chat getroffen. Wie konntest du nur, Alex! Ich dachte, du wärst meine Freundin und nicht so ein gottverdammtes Miststück«, schrie sie nun, ohne sich um die Nachbarn zu kümmern. Ihre Hände deuteten anklagend auf mich. »Das verzeih ich dir nie! Weißt du, was du getan hast? Du hast mein Leben zerstört!« schrie sie ohne Pause weiter und sah nun vorwurfsvoll von Thea zu Franzi. »Und ihr, ihr habt doch davon gewußt. Ihr habt sie doch gedeckt! Und das mit der E-Mail«, kreischte sie und marschierte nun auf Franzi zu, die die Augen weit aufriß, »das warst doch bestimmt du. Ich hätte dir niemals mein Paßwort verraten sollen«, polterte sie und stieß der wie versteinert wirkenden Franzi zweimal den Zeigefinger fest in die Rippen.

Ich hatte gar nicht bemerkt, daß Franzi ein Paßwort eingegeben hatte. Wahrscheinlich war ich wieder einmal zu sehr mit mir selbst beschäftigt gewesen. Allerdings erschien mir unsere Tat mit diesem zusätzlichen Wissen noch skrupelloser.

»Paula, beruhige dich doch wieder. Laß uns in Ruhe darüber reden«, redete Thea auf sie ein und bewegte sich auf sie zu.

»Nein. Laß mich!« entgegnete Paula, als Thea sie an der Schulter berühren wollte, und schlug wild nach der Hand.

Thea zog sich hastig wieder zurück und gab ihre schlichtenden Bemühungen vorerst auf. Wahrscheinlich wäre Paula sonst sogar noch mehr in Rage geraten.

Thea war sicherlich die einzige von uns dreien, die keinerlei Schuld traf. Sie hatte sich weitestgehend aus der ganzen Angelegenheit herausgehalten und nur aus purer Gefälligkeit nichts verraten. Paulas Wut hatte sie eindeutig nicht verdient.

»Paula, Thea hat damit nichts zutun. Wenn du auf wen wütend sein willst, dann auf mich«, erklärte ich ihr und erhoffte mir, daß etwas davon bei ihr ankam. Sie war im Moment wieder mitten in ihrem eigenen Film und scherte sich recht wenig um unsere Argumente.

»Ihr hinterlistigen . . . Ahhhh!« schrie sie auf. Was genau wir nun waren, wollte ihr offenbar nicht einfallen. Aber derartige Beschimpfungen entsprachen auch sonst nicht ihrer Art. »Und vor allem du. Du, Alex. Du könntest jede haben! Hattest du da nicht sowieso gerade was laufen? Aber nein, du mußtest dich auch noch an Nico ranmachen. Du mußtest sie ja unbedingt küssen«, ging sie nun wieder auf mich los. Ihre Schuhe hämmerten wütend auf die Holzdielen, während sie erregt auf und ab lief.

»Ich habe mich nicht an sie rangemacht, es . . . Es ist einfach passiert«, versuchte ich zu erklären, aber das steigerte nur noch ihre Wut.

»Einfach passiert? Das ist doch wohl nicht dein Ernst! Ein Kuß passiert doch nicht einfach nur so«, platzte es aus ihr heraus. Sie packte mich plötzlich am Kragen und schüttelte mich wild.

Ich war viel zu überrumpelt, um darauf zu reagieren. Ja, man küßte niemanden einfach so. Natürlich hatte das etwas mit Gefühlen zu tun. Aber wie Paula es darstellte, war es auch nicht gewesen. Ich hatte das Ganze nicht geplant, und ich hatte Nico auch nicht bewußt angemacht.

»Paula!« rief Franzi entsetzt und versuchte sie von mir wegzuzerren. Dabei riß mit einem lauten ›Ratsch‹ mein T-Shirt, in das sich Paulas Hände vergraben hatten. Sie krallte sich immer noch an den Stoffetzen und versuchte sich hektisch aus Franzis Griff zu lösen.

»Es tut mir leid. Ich wollte das doch nicht, Paula«, stammelte ich vor mich hin, während ich zutiefst erschrocken vor ihr im Flur stand.

Es war eingetreten, was Thea mir prophezeit hatte. Ohne es zu wollen, hatte ich Paula weh getan, nur weil ich zu feige gewesen war, ihr früh genug die Wahrheit zu erzählen. Ich hatte am Nachmittag die Chance dazu gehabt und sie ungenutzt verstreichen lassen. Sicher wäre sie auch dann wütend geworden, doch ich hätte bei weitem nicht so viel Unheil angerichtet. Ich verfluchte mich für mein zu schwaches Rückgrat.

Paula hörte langsam damit auf, in Franzis Umklammerung zu zappeln, und ließ sich in ihren Griff sinken. Sie weinte jetzt. Bittere Tränen, an denen ich Schuld hatte.

»He, Kleine«, murmelte Franzi sanft.

»Paula, ich wollte das klären. Ich hatte nicht vor, mit Nico hinter deinem Rücken etwas anzufangen. Ich weiß überhaupt nicht, was an dem Abend plötzlich mit mir los war. Jedenfalls wollte ich sie dir doch nicht wegnehmen«, erklärte ich mich.

Paula schluchzte laut auf.

»Hast du Nico gebeichtet, daß nicht du bei dem Blind Date warst, sondern Alex?« fragte Thea vorsichtig.

Paula nickte schwach und brachte ein leises »Ja« hervor.

»Na, dann ist es vielleicht noch gar nicht zu spät für euch. Triff sie doch und schau, was draus wird«, schlug Thea vor und tätschelte Paulas Hand.

Paula schüttelte jedoch den Kopf. »Nein. Sie hat sich in Alex verliebt. Ich fühle das«, sagte sie schwach und ließ sich an Franzis Körper entlang auf den Boden sinken. Wie ein Häufchen Elend lehnte sie an Franzis Schienbeinen. Thea hockte sich neben sie.

In mir drehte sich alles. Hatte sich Nico am Ende wirklich in mich verliebt? Was sollte ich dann tun? In meinem Kopf schrien hunderte Stimmen wie wild durcheinander. Auch ich ließ mich erschöpft auf den Boden sinken. Es begann gerade alles verdammt kompliziert zu werden.

»Paula, manche Dinge passieren einfach. Da kann niemand etwas dafür, auch nicht Alex. Ihr seid vielleicht nicht füreinander bestimmt«, meinte Thea liebevoll.

Ich starrte benommen zur Decke. Das waren zu viele Gefühle auf einmal.

»Weißt du, ich habe vorhin am Rande mitbekommen, daß Franzi im Moment nicht weniger unglücklich verliebt ist. Und ob du es glaubst oder nicht, Alex ist mit ihrer Situation auch ganz und gar nicht froh. Was ich damit sagen will: Die Liebe bringt vielleicht viel öfter Leid, als daß sie Freude bereitet. Das ist so im Leben. Daran müssen wir wachsen«, sagte Thea und streichelte Paula beruhigend über das Knie.

Thea hatte wirklich etwas Mütterliches an sich. Sie konnte manchmal so wirken, als hätte sie einen kleinen Knall – vielleicht durch ihre Verbindung zur Kunst –, aber wenn es um die wichtigen Dinge im Leben ging, war sie ganz fest mit dem Boden verwurzelt.

Paula regte sich langsam wieder. Verheult sagte sie: »Also deswegen warst du gestern so wütend. Ich wollte dir nicht weh tun, Franzi.«

»Schon gut. Das konntest du ja nicht ahnen«, sagte Franzi versöhnlich und strich über Paulas dunklen Haarschopf, der noch immer dicht an ihren Knien lehnte.

Thea hatte recht. Es war ein Irrglaube zu denken, daß die Liebe es immer nur gut mit einem meinte. Vielleicht spürten wir es alle in diesem Moment nur zu deutlich, wenn auch auf sehr unterschiedliche Weise: Franzi wurde verschmäht und verleumdet, ich hatte es Paula mit Nico verdorben – obwohl ich doch eine ihrer besten Freundinnen war –, und Thea schien sich überhaupt nicht verlieben zu können.

Thea war zu allen Menschen von Herzen gut und schenkte ihnen ihre Liebe. Zumindest solange es auf einer freundschaftlichen Basis passierte. Aber gab sie ansonsten der Liebe eine richtige Chance? Seit ich sie kannte, war sie allein. Flirts lehnte sie ab, immer, grundsätzlich. Von sexuellen Geschichten durften wir bei ihr erst gar nicht anfangen. Ich hatte keine Ahnung, ob sie schon jemals eine Freundin gehabt hatte. Sie hatte noch nie von einer erzählt. Daß sie lesbisch war, konnte man nur daraus schließen, daß sie sich regelmäßig in Szeneläden herumtrieb und daß an ihrem Fahrrad eine Regenbogenflagge wehte.

»Und was ist mit dir?« lenkte Paula ein und holte mich aus meinen Gedanken zurück. Was war mit mir? Ich hatte eigentlich Grund genug, von Herzen glücklich zu sein. Schließlich rissen sich die Mädels um mich. Aber diese Leichtigkeit brachte ich nicht auf.

»Gute Frage«, sagte ich und atmete tief ein. »Ich bin verliebt. Schrecklich verliebt. In zwei Frauen verliebt«, resümierte ich abgehackt und fuhr mir durchs Haar. »Und irgendwie betrüge ich sie beide miteinander. Zumindest wissen sie noch nichts voneinander«, erzählte ich.

Paula nickte mit einem bitteren Gesichtsausdruck. Sie wußte ja selbst, wie es war, von mir betrogen zu werden. »Nico und diese Katrin, von der du gestern nichts erzählen wolltest?« fragte sie.

Franzi gesellte sich zu uns auf den Boden.

Ich nickte trübsinnig. »Es ist total bescheuert, aber ich weiß nicht, was ich tun soll. Sie sind beide so ...« Ich ließ den Gedanken in der Luft hängen und schloß die Augen.

»Ich weiß, wie Nico ist«, lachte Paula immer noch traurig, aber die große Kränkung war nicht mehr so sehr zu spüren. Vielleicht glaubte sie nicht mehr, daß ich es wirklich böswillig getan hatte.

»Du scheinst Nico aber auch beeindruckt zu haben. Sie will dich trotz des Schwindels wiedersehen«, eröffnete sie mir. Paula haßte mich also nicht. Andernfalls hätte sie diese wichtige Information sicherlich verschwiegen, um sich an mir zu rächen.

»Katrin ist auch nicht übel«, stellte Franzi fest. »Zumindest sieht sie verdammt gut aus. Von der würde ich mich gern mal verhaften lassen«, scherzte sie mit einem lasziven Grinsen.

Wenn mein Körper darauf ähnlich intensiv reagieren würde wie auf Katrins Küsse, würde ich das auch gern mal ausprobieren wollen.

»Du hast dich heute mit ihr getroffen?« erkundigte sich Paula.

Ich nickte schuldbewußt. »Ja, aber es ist noch mit keiner was passiert«, erklärte ich hastig. »Ich meine, ich war weder mit Katrin noch mit Nico im Bett.« Ich wollte nicht wie das allergrößte Schwein dastehen. So tief war ich noch nicht gesunken.

Paula grinste. »Schon gut. Du mußt dich vor mir nicht mehr rechtfertigen«, kommentierte sie matt. »Und was ist mit dir, Franzi?« fragte sie dann und drehte den Kopf.

Franzi zuckte mit den Schultern. Ich hatte die lange Version auch noch nicht gehört. »Sie heißt Sanny«, begann sie und überkreuzte versonnen die Beine.

Paula runzelte spöttisch die Stirn. »Sanny, was ist denn das für ein Name?« fragte sie in ihrer gewohnt leicht überheblichen Art. Auch ich hatte etwas Ähnliches am Nachmittag in der Buchhandlung gedacht. Jetzt würde ich vielleicht erfahren, ob es sich um einen Spitznamen handelte, wie ich vermutet hatte.

»Sandra ist ihr richtiger Name, aber sie mag Sanny lieber. Hat doch was, oder?« sagte Franzi entschuldigend. Sie war wirklich sehr verliebt. Unter normalen Umständen hätte sie sich gnadenlos über eine solche Verniedlichung eines Namens ausgelassen.

»Ich habe sie ganz zufällig vor zwei Wochen im Park kennengelernt, beim Joggen«, erklärte sie weiter und sah in die Runde. Franzi ging zum Konditionsaufbau regelmäßig mit ihrer Sportgruppe joggen.

»Jedenfalls hätte sie mich fast überfahren. Mit dem Fahrrad natürlich. Irgendwie hatte ich sie beim Laufen übersehen und muß ihren Weg überraschend gekreuzt haben. Doch sie konnte noch eine Vollbremsung einlegen«, berichtete Franzi, und ich stellte mir vor, wie sie überfallartig aus einem Gebüsch herausgestürmt kam. »Allerdings hatte das zur Folge, daß sie eine Vorwärtsrolle über den Lenker machte und erstmal ohnmächtig vor mir auf dem Boden lag«, sagte sie mit reumütigem Blick.

»Oh«, hörte ich Thea mitleidig murmeln.

Das hatte bestimmt wehgetan. Trotzdem mußte ich schmunzeln, denn ich fühlte mich unwillkürlich an eine Liebeskomödie erinnert, während ich mir die Szene bildlich vorstellte.

»Es stellte sich dann heraus, daß sie zum Glück okay war und nur der erste Schreck die Regungslosigkeit hervorgerufen hatte. Allerdings hab ich sie dann trotzdem noch auf einen Kaffee eingeladen«, sagte sie grinsend. Aufreißer, wie immer.

»Und ihr habt nett miteinander geplaudert und euch dann für irgendwann abends verabredet?« mutmaßte Paula, der das besondere Lächeln auch aufgefallen sein mußte, mit dem Franzi erzählte.

Franzi nickte. »Ja, haben wir«, gab sie munter zu und genoß die Erinnerung an die erste Begegnung mit Sanny. »Allerdings durfte ich dann auch ihren vermaledeiten Freundeskreis kennenlernen. Heute habe ich erfahren, daß da auch irgendwie Alex' Katrin dazugehört«, brummte sie nun etwas ärgerlicher und machte eine Kopfbewegung in meine Richtung.

Auch Paula und Thea blickten kurz zu mir rüber.

»Die waren am Anfang sogar ziemlich nett zu mir, aber danach ging es los. Sanny wurde komisch. Anscheinend hatte ihr jemand nicht besonders schmeichelhafte Dinge über mich erzählt. Jedenfalls wollte sie ziemlich schnell nach Hause. Ich habe sie dann noch zweimal angerufen, um herauszufinden, was geschehen war. Beim ersten Mal wich sie mir aus und gab vor, keine Zeit für eine Verabredung am Wochenende zu haben. Diese Woche hat sie mir dann klipp und klar gesagt, daß ich sie bloß in Ruhe lassen soll, weil sie auf jemanden wie mich keinen Bock hätte«, erzählte sie bitter.

Ich schenkte ihr einen mitfühlenden Blick. Ich konnte mir vorstellen, daß sie das sehr getroffen hatte.

»Und dann hat mich am Freitag eine ihrer Freundinnen in der Uni ziemlich blöd angemacht. Ich solle ja die Finger von Sanny lassen, sonst könne ich meine Knochen einzeln aufsammeln«, sagte sie und lachte etwas gequält.

»Bescheuert«, murmelte Paula vor sich hin und schüttelte den Kopf. Dann sah sie mit einem leicht tadelnden Blick zu mir. »Und in eine von denen bist du verliebt. Du hattest auch schon mal einen besseren Geschmack«, sagte sie vorwurfsvoll.

»Katrin ist okay. Ich weiß nicht, inwiefern sie da dazugehört, aber so engstirnig scheint sie nicht zu sein«, verteidigte Thea mich und Katrin. Sie versuchte gerecht zu bleiben, trotz allem, was Franzi passiert war.

Paula nickte und schien Theas Berichtigung zu akzeptieren.

»Franzi, ich glaube nicht, daß Sanny von dem, was sie zu dir gesagt hat, so überzeugt ist. Ich habe dir doch von dem Gespräch in der Buchhandlung erzählt«, erinnerte ich sie. Ich hielt die Situation wirklich nicht für ganz so aussichtslos, wie sie sich zunächst darstellte.

Paula blickte mich verständnislos an. Auch davon wußte sie ja noch nichts.

Also erzählte ich zum wiederholten Male, was sich am Nachmittag im Buchladen und dann später in Katrins Wohnung abgespielt hatte.

»Na, das sind ja Verhältnisse«, seufzte Paula, nachdem ich geendet hatte. Sie taute langsam wieder auf. Angesichts dieser interessanten Neuigkeiten mußte ihr eigener Kummer zurückstehen. Sie schien jedenfalls einen großen Teil davon hinuntergeschluckt zu haben.

»Das gefällt mir persönlich auch ganz und gar nicht«, mischte sich Thea mit ein. »Außerdem ist dann da noch Katrins Exfreundin, die irgendwie in die ganze Geschichte verstrickt ist«, sagte sie.

Paula stöhnte. Sie schien langsam nicht mehr durchzublicken, also klärten wir sie weiter auf.

»Katrins Ex, eine Anne, ist heute abend mitten in ihre Verabredung mit Alex hineingeplatzt, und Katrin ist dann ziemlich rasch mit ihr verschwunden. Das verstehe auch mal eine«, erklärte Franzi.

Paula runzelte die Stirn. »Und du glaubst, daß es Katrin wirklich ernst mit dir ist?« fragte sie skeptisch. Wegen einer Exfreundin eine Verabredung vorzeitig zu verlassen, war allerdings schon recht eigenartig.

»Ich glaube schon«, mutmaßte ich. Gesagt hatte sie in dieser Richtung natürlich noch nichts konkretes, aber ihr Geständnis vom Nachmittag kam dem schon ziemlich nahe.

»Hm«, bemerkte Paula. »Na, du mußt wissen, was du tust«, nuschelte sie vor sich hin, dann sah sie Franzi an. »Das wird schon alles wieder«, sagte sie mit einem Lächeln und stupste sie freundschaftlich in die Seite.

Franzi versuchte auch ein Lächeln. Trotz aller Mühe gelang es ihr allerdings nicht sonderlich gut.

»Und du, ruf Nico an. Wenn du sie mir schon wegschnappst . . .« sagte Paula und räkelte sich.

Ja, das würde ich tun müssen. Einerseits freute ich mich wahnsinnig darauf, ihre Stimme zu hören, aber da war auch die riesige Angst, wie sie auf mich reagieren würde, enttarnt wie ich jetzt war. Außerdem blieben noch viele Fragen für mich offen. Sollte ich gleich richtig reinen Tisch machen und ihr von Katrin erzählen? Unmöglich. Und dann, was empfand ich eigentlich? Und für wen? Ich nickte gehorsam und stemmte mich langsam vom Boden hoch. »Aber das erst morgen«, entgegnete ich und sah an mir herunter. Erst jetzt erinnerte ich mich wieder an mein zerfetztes T-Shirt.

Paula grinste zufrieden.

»Strafe muß sein«, stellte Thea ironisch fest.

Sie wußten alle, daß das gute Stück verdammt teuer gewesen

war. Wir verabschiedeten uns voneinander und verschwanden dann alle in unseren Zimmern. Ich fiel in mein Bett und war nach wenigen Augenblicken ins Reich der Träume entschwunden.

Am Morgen schlief ich aus. Ich hatte in der Nacht beschlossen, nicht zur Uni zu gehen und auf das Stellen des Weckers verzichtet. Mir war nicht nach einer zähen Vorlesung. Und auf die obligatorischen Fragen nach dem Wochenende konnte ich auch getrost verzichten.

Um halb zwei betrat ich, immer noch müde, die Küche. Auch Franzi und Paula hatten sich dafür entschieden, heute zu Hause zu bleiben. Gemeinsam saßen sie an unserem kleinen Küchentisch und frühstückten. Es gab Kaffee und Marmeladenbrötchen.

Paulas Gesicht erholte sich von Tag zu Tag etwas mehr. Nun waren nur noch vereinzelte kleine rote Fleckchen zu erkennen. Bald würde sie es sicherlich wieder wagen, das Haus zu verlassen. Mit Ausnahme des Kosmetikerinnenbesuches hatte sie nämlich seit Samstagabend noch keinen Fuß vor die Tür gesetzt, was für einen so lebhaften Menschen die Hölle sein mußte.

Ich setzte mich mit einem gemurmelten »Morgen« zu ihnen an den Tisch. Zwar hatten wir uns in der Nacht mehr oder minder ausgesprochen, doch war damit noch lange nicht alles wieder in Ordnung.

Paula rutschte unbehaglich auf ihrem Stuhl herum. Auch sie dachte ohne Zweifel gerade an die letzte Nacht. Ebenso wie ich die Angelegenheit erst noch verdauen mußte, war auch sie heute noch verletzt. Dieser Zustand würde wohl eine Weile andauern. Kein richtiger Streit löste sich von einer Sekunde auf die nächste in Wohlgefallen auf. Und wir waren heftig aneinander geraten.

»Morgen, Alex«, brummte sie schließlich zurück und schob mir den Korb mit den Brötchen rüber. Obwohl sie mich dabei nicht ansah, schätzte ich diese Geste ungemein. Versöhnen geschieht bekanntlich schrittweise.

Franzi nickte nur kurz, als sie mich bemerkte. Sie schaute angestrengt in ein Lehrbuch und machte nebenbei Notizen. Sie stellte hohe Ansprüche an sich. Ihre Klausuren standen vor der Tür, und der Ehrgeiz zwang sie zu einer besonders intensiven Vorbereitung. Sie wollte niemals nur mit ausreichend bestehen.

»Danke«, sagte ich zu Paula und suchte mir ein Brötchen aus. Ohne zu fragen nahm ich das Messer von Franzis Teller und begann langsam damit, das Brötchen aufzuschneiden. Franzi störte sich nicht daran. Kleine Krümel fielen auf die Tischplatte. »Ist Thea in der Hochschule?« fragte ich, um nun doch ein Gespräch zu beginnen. Dieses Schweigen fing an mich zu bedrücken.

Thea fehlte als einzige in der Runde. Normalerweise studierte sie nicht sonderlich gewissenhaft. Es kam durchaus vor, daß sie ihren Kursen tagelang fernblieb. Das war allerdings gang und gäbe bei den Künstlern. Zumindest hatte sie kürzlich einmal behauptet, daß Arbeit ohne die richtige Inspiration grundsätzlich sinnlos sei und sie deswegen an schlechten Tagen genausogut zu Hause bleiben könne.

Paula schüttelte verneinend den Kopf. »Sie arbeitet an ihrem Projekt«, klärte sie mich auf und nahm einen kräftigen Schluck Kaffee. »Die Ausstellung findet bald statt, und sie ist ein wenig unter Zeitdruck«, führte sie weiter aus.

Theas Premiere hatte ich fast schon wieder vergessen. Ich beschmierte das Brötchen dick mit Nutella, ohne auf irgendwelche Kalorien zu achten. Mir war nicht sonderlich wohl in meiner Haut, schließlich erwarteten mich einige unangenehme Gespräche. Ich würde mich heute unweigerlich Nico stellen müssen. Nachdem die ganze Geschichte derart unrühmlich aufgeflogen war, wollte ich mich schnellstens entschuldigen. Auch mit Katrin war eine Aussprache dringend notwendig.

»Ach, die Ausstellung«, stöhnte Franzi ungehalten und sah von ihrem Buch auf. »Darauf habe ich nun wirklich keinen Bock. Ich versteh' sowieso nichts davon. Gibt es keine Möglichkeit, sich da herauszuwinden?« fragte sie, ohne wirklich selbst daran zu glauben.

»Ich glaube, sonderlich große Lust haben wir alle nicht dazu. Trotzdem wirst du dich schön zusammenreißen und dort auftauchen«, sagte Paula mit einem leicht herrischen Unterton.

»War ja nur so ein Gedanke«, entschuldigte sich Franzi und rührte monoton in ihrem Kaffee. Irgend etwas an ihr war merkwürdig. Normalerweise nahm sie die Gespräche um sich herum gar nicht wahr, während sie lernte. Heute konnte sie sich offenbar nicht so vollkommen konzentrieren. Sie schien geradezu ein richtiges Nervenbündel zu sein.

Besorgt registrierte ich ihre leidende Miene. Die Geschichte mit Sanny mußte ihr schwer zu schaffen machen. Liebeskummer konnte Gift für die Leistungsfähigkeit sein. Jedenfalls ging es mir für gewöhnlich so. Es gab zwar Typen, die sich bei Liebeskummer in regelrechte Workaholics verwandelten, aber mir war sowas auch fremd. »Geht es dir nicht gut?« fragte ich quer über den Tisch.

Nochmals ein tiefes Durchatmen, dann legte sie schließlich ihr Fachbuch aus der Hand. »Es macht mich wahnsinnig. Ich bekomme nichts in meinen Kopf hinein. Ich werde durchfallen«, sagte sie resigniert und lehnte sich erschöpft im Stuhl zurück. In der Vergangenheit hatte sich Franzi noch nie Sorgen darum gemacht, eine Klausur zu bestehen.

»Unsinn. Du fällst nicht durch die Prüfung. Vielleicht steht am Ende nur eine 3,1 auf dem Schein, aber was soll's«, bemerkte Paula leicht genervt. Schließlich hatte sie auch Liebeskummer und wollte sich nicht das Gejammer von anderen anhören.

»Ich kann nicht denken«, beklagte sich Franzi und schob das Lehrbuch von sich. »Oder doch, aber immer nur an Sanny, Sanny, Sanny!« wütete sie dann und fuhr sich nervös durchs kurze, dunkle Haar. Eigentlich ein schöner Gedanke. Aber natürlich war er das für Franzi in der momentanen Situation nicht unbedingt.

»Das regelt sich schon alles«, versuchte ich sie ein wenig aufzumuntern. »Manchmal macht die Liebe nur Umwege.« So wie bei mir? Da sah es irgendwie auch viel eher nach Sackgasse aus. Und in die hatte ich mich auch noch selbst hineinmanövriert.

»Frag du sie, Alex«, sagte Franzi plötzlich so energisch, daß ich vor Schreck fast vom Stuhl gefallen wäre. Ich hatte nicht den blassesten Schimmer, was sie damit eigentlich meinte. Auch Paula sah verwirrt aus.

»Wen?« fragte ich.

»Katrin«, erwiderte Franzi ebenso einsilbig.

Katrin fragen? Was sollte ich sie denn fragen? »Ich verstehe dich nicht«, gab ich zu. Sie brachte mich durcheinander.

»Frag Katrin bitte, ob sie etwas für mich tun kann«, bat Franzi. »Ich weiß nicht, was ich noch tun soll. Ich versuche Sanny anzurufen, aber sie geht nicht ans Telefon. Ständig quatsche ich mit dem bescheuerten Anrufbeantworter. Zu ihr fahren geht auch nicht, schließlich will ich sie nicht bedrängen«, erklärte sie unglücklich.

»Ich weiß nicht, Franzi. Ich wollte doch zu Nico«, wies ich sie zurück. Ich hatte keine Ahnung, wie ausgerechnet ich in dieser Angelegenheit vermitteln sollte. Außerdem wollte ich unbedingt Nico sehen.

Franzi schwieg enttäuscht und starrte auf ihr Buch. Sie war sichtlich bedrückt.

»Gut, ich schaue, was ich tun kann. Aber ich kann dir nicht versprechen, daß ich heute noch dazu komme«, willigte ich schließlich doch ein. Ich glaubte zwar nicht, daß ich ihr wirklich helfen konnte, aber dieser traurige Anblick machte mich ganz krank.

»Danke, Alex. Du hast was gut bei mir«, versprach sie, jetzt schon wieder ein klein wenig glücklicher.

Paula schwieg zu alldem und verkniff sich einen Kommentar, der sicher spitz ausgefallen wäre. Vielleicht wollte sie unser gespanntes Verhältnis nicht noch mehr auf die Probe stellen. Daß sie mein Verhalten mißbilligte, war trotzdem kein Geheimnis.

Aber ich hatte auch nicht vor, mich in ein noch tieferes Geflecht aus Gefühlen und Geheimnissen zu verstricken. Im Gegenteil, ich wollte diese verzwickte Geschichte endlich auflösen. Das war doch der einzige Grund, aus dem ich heute unbedingt mit Nico sprechen wollte. Oder?

Kapitel 7

Als ich endlich vor Nicos Tür stand, war es bereits Nachmittag. Ich hatte keine Ahnung, ob sie überhaupt zu Hause war, und musterte aufmerksam die Klingelschilder. Es hätte die Angelegenheit ungemein erleichtert, wenn ich ihren Nachnamen gekannt hätte. So las ich nun jedes einzelne Klingelschild und hoffte, daß ihr Vorname auch draufstand.

Ich fand zwar keine Nico, aber eine Nicole Kramer, und drückte auf gut Glück den Klingelknopf. Nico öffnete mir nicht, vielleicht war aber auch eine Nicole Kramer, die mich überhaupt nicht kannte, einfach nicht zu Hause. Nico mußte sich nicht unbedingt hinter diesem Namen verbergen. Außerdem stand auf dem Schild auch noch ein zweiter Vorname, was mich noch mehr verunsicherte.

Etwas enttäuscht ließ ich mich auf eine der kleinen Treppenstufen vor dem Haus sinken und beschloß zu warten, auch wenn es mich verlockte, jede einzelne Klingel durchzuprobieren, um dadurch vielleicht zufällig auf Nico zu stoßen.

Ich fragte mich in diesem Moment, warum ich sie nicht vorher angerufen hatte. Wahrscheinlich hatte ich mich zu sehr gefürchtet. Es würde schon schwer genug werden, mich zu erklären. Das mußte nicht auch noch am Telefon passieren.

Also betrachtete ich ein wenig genauer die Umgebung. Nico wohnte in einer Straße mit recht hübschen Neubauten. Keine großen Klötze oder monotone Betonbunker, sondern ganz nette Mehrfamilienhäuschen.

»Willst du zu mir?« hörte ich auf einmal Nicos Stimme und zuckte heftig zusammen. Ich hatte nicht erwartet, so plötzlich von hinten angesprochen zu werden. Erschrocken drehte ich mich um und entschied mich für ein verlegenes Lächeln, von dem ich nicht wußte, ob es der Situation überhaupt angemessen war. Mein Herz machte einen kleinen Hüpfer.

Nico stand mit einem silberfarbenen Fahrrad vor sich dicht neben der Hauswand und blickte mich an. Sie trug dunkelblaue Jeans und einen schwarzen Wollpullover, über ihrer Schulter hing eine schwer bepackte Tasche. Sie war sicher mit Büchern vollgestopft. Klar, sie kam wohl gerade aus der Uni.

»Ja, eigentlich schon«, gab ich verlegen zu und sah kurz zur Tür. »Aber du warst nicht da, und deswegen habe ich einfach hier auf dich gewartet«, beendete ich meine Erklärung noch ein wenig verlegener, denn sie hatte auf eine bezaubernde Art und

Weise den Kopf schiefgelegt.

»Hast du geklingelt?« fragte sie verwundert. Ihre Nase kräuselte sich dabei. »Woher weißt du, wie ich heiße?« erkundigte sie sich und begann langsam einen Schlüsselbund aus ihrer Tasche herauszukramen. Ein quietschgelbes Stoffband war an ihm befestigt. Ich mutmaßte im Stillen, daß sie ihn oft verlegte.

»Nun, um ehrlich zu sein, habe ich auf den einzigen Knopf gedrückt, der mir passend erschien«, gestand ich etwas beschämt, weil ich mich durchschaut fühlte.

Auf ihr Gesicht schlich sich ein kleines Lächeln. Ich konnte es nur undeutlich erkennen, denn sie hatte sich mittlerweile fast vollständig mitsamt Fahrrad zur Tür umgedreht.

»Aha. Wo hast du denn geklingelt?« fragte sie amüsiert weiter. Mein Verhalten mußte absolut tolpatschig wirken.

»Bei Kramer . . .?« sagte ich halb fragend und schwer hoffend, nicht bei jemand anderem geläutet zu haben.

Nico hatte mittlerweile aufgeschlossen. Ich hielt ihr die Tür ein Stückchen auf, damit sie ihr Fahrrad besser ins Haus schieben konnte. »Die ›Nicole‹ hat mich verraten, was?« fragte sie über ihre Schulter hinweg in meine Richtung und schob das Rad zu einem Ständer im Innenhof.

Ich nickte nur und folgte ihr tapsig. Sie schien nicht wütend auf mich zu sein. Zumindest ließ sie sich bis jetzt noch nichts anmerken.

»Ich wohne im Vorderhaus«, erklärte sie und deutete mit dem Kopf in die Richtung, aus der wir gekommen waren. Der Aufgang befand sich dort.

Langsam schritten wir zusammen zurück und gingen die Treppen in den dritten Stock hinauf. Es lag wider Erwarten keine nervöse Spannung zwischen uns. Im Gegenteil, ich fühlte mich wohl an ihrer Seite. Oben schloß sie die Tür auf und bedeutete mir voranzugehen. Die Wohnung war hell, wie ich auf den ersten Blick erkennen konnte.

»Ich glaube, meine Schwester ist nicht da«, stellte sie fest und zog sich die Schuhe aus.

Ich tat es ihr gleich. Für einen kurzen Moment fragte ich mich, ob sie vielleicht noch bei ihren Eltern wohnte. Sie mußte meine Gedanken erraten haben.

»Keine Sorge, meine Eltern tauchen hier sicher nicht auf. Es sei denn, sie reisen heute noch aus Hamburg an«, erklärte sie.

Ich lächelte beruhigt. Wieso konnte sie mich nur so durchschauen? Wir standen nun ohne Schuhe voreinander im Flur und musterten uns.

»Alex also«, stellte sie fest, während sie mich weiter betrachtete.

Ich nickte schuldbewußt. Es war wirklich eine dumme Idee gewesen, mich als Paula auszugeben.

Sie atmete einmal tief ein, dann forderte sie mich sanft auf: »Komm.« Sie deutet auf eine offenstehende Tür.

Ich hielt den Raum für das Wohnzimmer. Jedenfalls befand sich kein Bett darin, dafür aber eine gemütliche Couch und ein Fernseher. Wir setzten uns gemeinsam auf das Sofa »Bist du böse?« brachte ich verlegen heraus.

Nico zuckte mit den Schultern. »Kommt darauf an, was du mir jetzt erzählst«, antwortete sie und taxierte mich wieder von oben bis unten.

Mir wurde ganz heiß unter ihrem Blick. »Ich habe das nicht mit böser Absicht gemacht, Nico«, begann ich etwas kleinlaut. Ich fühlte mich wie ein Kind, das gerade gestehen mußte, wie sehr es sich danebenbenommen hatte.

Nico nickte. »Das habe ich auch nicht geglaubt. Schließlich wärst du ansonsten heute nicht hier aufgetaucht«, kombinierte sie scharf. Klar, wieso hätte ich in diesem Fall kommen sollen. Sicher nicht, um mich zu entschuldigen.

»Es tut mir leid, ich wollte dich nicht so hintergehen. Ich wollte eigentlich nur Paula helfen«, erklärte ich und traute mich nicht, sie anzusehen. Was ich getan hatte, war nicht sehr fair ihr gegenüber gewesen.

»Was ist denn inzwischen mit Paula? Wie hat sie reagiert?« fragte Nico. Was sie selbst darüber dachte, gab sie erst einmal nicht preis.

»Sie war erst ziemlich wütend auf mich, als ich gestern nach Hause kam«, erzählte ich.

»War aber ziemlich spät?« unterbrach mich Nico.

»Was?« fragte ich überrumpelt. Ich wußte nicht, auf was sie anspielte.

»Kommst du oft so spät nach Hause?« erkundigte sie sich erneut. »Ich habe mit Paula erst gegen halb zwölf gechattet.«

Ihre Worte holten die bis jetzt gut verdrängte Erinnerung an Katrin zurück. Jetzt war die Gelegenheit, ihr die ganze Wahrheit zu offenbaren. Zu erklären, wie ich im Moment fühlte. Daß ich mich selbst nicht verstand und das Gefühl hatte, alles, aber auch alles verkehrt zu machen. Aber würde sie mich nicht sofort hochkant hinauswerfen, wenn sie von Katrin erfuhr? Das wollte ich nicht. Es zog mich zu ihr hin. Ganz besonders jetzt in diesem Moment, wo sie mir bei Tageslicht gegenübersaß und mich mit ihren sanften, grünen Augen aufmerksam musterte.

»Äh, ja. Doch, ich komme oft spät nach Hause«, rettete ich mich und erwähnte nicht mit einer Silbe Katrin und den letzten Abend; nichts von dem, was auf ihrem Sofa oder im Kino passiert war.

Nico zog nur eine Augenbraue hoch, ließ sich aber nicht zu einem Kommentar hinreißen. Sie schwieg einfach, und das bedeutete wohl, daß ich weiterreden sollte.

»Aber wir haben uns dann noch ausgesprochen. Jedenfalls haßt sie mich zumindest nicht mehr«, versuchte ich einen Witz.

Nico schenkte mir ein halbherziges Lächeln.

»Bist du sauer auf sie? Ich meine, schließlich war es ihre Idee«, sagte ich und beeilte mich hinzuzufügen: »Was jetzt nicht mein Verhalten entschuldigen soll. Sicher nicht.« Es sollte nicht so aussehen, als wollte ich Paula die ganze Schuld in die Schuhe schieben. Ich hätte mich ja nicht darauf einlassen müssen, das war mir schon lange klar geworden.

Nico lächelte wieder ein wenig mehr.

»Was ist?« fragte ich unsicher.

Sie sah zur Seite. »Süß, wie du dich in Erklärungsnöten windest«, gestand sie und richtete ihren Blick wieder auf mich. Natürlich war sie auch heute noch genauso schüchtern wie am Samstag. Das fand wiederum ich ziemlich niedlich an ihr.

Auch ich mußte zwangsläufig verlegen lächeln. Wer wurde denn nicht gern für süß befunden? Es schmeichelte mir.

»Nein. Ich bin Paula nicht böse. Auch wenn es ziemlich kindisch von euch war. Aber was war denn so schlimmes passiert, daß sie sich mir nicht zeigen wollte?« entgegnete Nico mit einer kleinen Verspätung.

Unfreiwillig grinste ich belustigt. »Das hat sie dir nicht erzählt?« fragte ich mit Nachdruck – obwohl Nico das ja bereits gerade zu verstehen gegeben hatte – und zwang mich dazu, ernst zu bleiben. Die vielen roten Pusteln tauchten wieder vor meinem inneren Auge auf.

Sie schüttelte energisch den Kopf. »Wie schon gesagt, nein«, wiederholte sie. »Also, was war los?« forderte sie jetzt eine Erklärung.

Natürlich hatte sie diese ohne Zweifel verdient, aber Paula würde mich für einen solchen Verrat umbringen. Ich fürchtete sehr, daß das unser eh schon angespanntes Verhältnis noch weiter verschlechtern würde, und wollte lieber nichts preisgeben. »Ich ... Also, wenn Paula es dir nicht selbst gesagt hat, dann weiß ich nicht ...«, begann ich mich aus der Sache herauszuwinden.

Aber Nico grinste. »O nein, Alex. Das bist du mir schuldig. Komm schon. Was hat dich veranlaßt, so ein herrliches Theater zu spielen?« fragte sie und sah mich verschmitzt an, während sie immer näher auf mich zukam.

»Nico, was hast du vor? Ich kann dir das nicht –« stammelte ich nervös. Sie würde mit Sicherheit gleich einen meiner wunden Punkte anrühren. Ich war doch so verdammt kitzelig. »Nein, nein!« schrie ich und versuchte vom Sofa zu springen.

Doch sie lag bereits auf mir, und es war zu spät. Sie war stärker, als ich geglaubt hatte, und noch dazu nutzte sie geschickt ihr gesamtes Gewicht, um mich unter sich zu halten. Ich konnte mich nicht befreien. »Raus mit der Sprache oder ich kitzele dich so lange, bis du keine Luft mehr bekommst«, drohte sie mir, als ich sowieso nur noch jämmerlich nach Atem rang und schwache Hilfeschreie hervorbrachte.

Irgendwie mußte ich ein »Also gut« zustandegebracht haben. Zumindest ließ sie für einen Moment endlich wieder von mir ab und gab mir Zeit, um tief Luft zu holen.

»Also?« fragte sie nach einer kurzen Verschnaufpause erwartungsvoll, und das Grün ihrer Augen funkelte mich wild an.

»Aber du sagst ihr nichts, abgemacht?« verlangte ich vorsichtshalber.

»Ich glaube nicht, daß du hier in einer Position bist, in der du mit mir über sowas verhandeln kannst«, bemerkte sie energisch. Ihre Stimme hatte einen spielerischen Unterton, der mir verriet, daß sie es Paula sicherlich nicht erzählen würde.

»Sie hatte sich für den Abend eine besondere Creme gekauft. Sie wollte schließlich auch besonders schön zu ihrem Blind Date kommen. Das wirklich Besondere an der Creme ist allerdings, daß sie zu der U.G. Pflegeserie gehört – die bekanntermaßen bei einigen Personen allergische Reaktionen hervorruft – und nach ihrer Verwendung unzählige rote Pusteln in Paulas Gesicht auftauchten. Es war ihr zu peinlich, dich in diesem Zustand zu treffen, deswegen wollte sie, daß ich einspringe«, erzählte ich ihr.

Nico schmunzelte vor sich hin. »Ich dachte nicht, daß du so kitzelig bist«, meinte sie dann entschuldigend und glitt von meinem Körper runter neben mir aufs Sofa.

»So, also ich schon«, brummte ich, und wir lachten beide kurz.

Dann wurde sie wieder nachdenklicher. »Sag mal, was war der Abend denn für dich?« fragte sie mich direkt.

Ich hatte mir darüber auch schon Gedanken gemacht. Was war der Abend für mich gewesen? Ab irgendeinem Zeitpunkt hatte sicherlich ich das Ruder übernommen. Ich hatte aufgehört, für Paula den Lakaien zu geben, und versucht mir die Zeit schön zu machen. »Ich gebe zu, am Anfang habe ich probiert, so gut wie möglich zu verbergen, daß ich definitiv nicht Paula bin. Das scheint mir allerdings nicht besonders gut gelungen zu sein«, begann ich.

Nico lächelte kurz und sah mich dann wieder aufmerksam an. Sie hatte ja selbst an dem Abend kommentiert und auch später in ihrer E-Mail geschrieben, daß sie einen deutlichen Unterschied hatte feststellen können. Allzugut konnte ich mich wirklich nicht geschlagen haben.

»Aber dann«, sinnierte ich weiter, »war es plötzlich nicht mehr Paulas Verabredung, sondern meine eigene. Ich habe mich irgendwann nicht mehr darum gekümmert, ob ich nun einen guten Ersatz abgab oder nicht. Ich wollte einfach nur noch ich sein. Ja, ich wollte einfach nur noch Alex sein«, gestand ich mit einem nachdrücklichen Kopfnicken. Ich hatte das Gefühl, daß Nico mir ansehen konnte, wie sehr mich die Situation beschäftigte. Ich konnte es nicht verbergen, nicht verstecken, wie diese ganzen verworrenen Begebenheiten an mir nagten. Wie sie mich geradezu auffraßen.

»Ich glaube, ich mag Alex«, sagte sie in aufrichtigem Tonfall. Sie sah mich an, schien in mein Innerstes schauen zu können.

»Ich glaube, ich mag dich auch sehr«, entgegnete ich verträumt und versuchte so viel Gefühl wie möglich dadurch auszudrücken.

Es war wieder wie im Auto. Es war, als ob Nicos tiefer Blick mich magisch zu ihr zog, wir zogen uns offenbar beide gegenseitig an. Unsere Lippen berührten sich sachte. Ich sah sanftes Grün, das mich anstrahlte, mir bedeutete, daß ich meine ganzen Sorgen wegwerfen konnte, weil nun alles in Ordnung war. Ich fühlte mich zum ersten Mal seit Tagen wieder für einen Augenblick gut.

Ein Schlüssel drehte sich im Schloß der Wohnungstür, und wir ließen automatisch voneinander ab. Es war kein wirklich leidenschaftlicher Kuß gewesen, nicht wie der mit Katrin. Aber es hatte viel Zärtlichkeit darin gelegen.

»Nico? Nicole?« rief eine fröhliche Frauenstimme. Ich war zunächst verwirrt, erinnerte mich dann aber daran, daß Nico ja mit ihrer Schwester zusammenwohnte. Das mußte sie wohl sein.

»Das ist Laura«, flüsterte sie erklärend an meinem Ohr. Dann drehte sie sich Richtung Flur und antwortete auf die Begrüßung: »Hallo, Laura. Wir sind im Wohnzimmer.«

Schritte bewegten sich auf das Zimmer zu, dann stand eine junge Frau vor uns, die fröhlich grinste. Lauras Wangen erstrahlten in einem gesunden Rosa und sie hatte einen dichten, dunklen Lockenkopf. Sie war nicht so schlank wie Nico, sondern eher ein wenig rundlich um die Hüften. Trotzdem fand ich, daß sie in ihrem langen, braunen Rock und dem Rollkragenpullover recht attraktiv aussah. Sie war wohl etwas älter als Nico. Jedenfalls wirkten ihre Bewegungen reifer auf mich, sie waren nicht mit Nicos jugendlicher Frische zu vergleichen.

»Ich wußte gar nicht, daß du Besuch erwartet hast«, sagte sie munter mit einem Seitenblick auf mich.

»Ich glaube, das wußte Nico auch nicht. Ich bin unhöflicherweise unangemeldet vorbeigekommen«, erklärte ich und versuchte ein charmantes Lächeln aufzusetzen.

Sie zog interessiert eine Augenbraue hoch und lächelte noch eine Spur breiter. »So, so«, machte sie. Dann stellte sie sich vor: »Hallo, ich bin Laura. Nicos Schwester.«

»Oh, ach so, ja«, entfuhr es Nico plötzlich. »Das wäre ja meine Aufgabe gewesen. Ähm, das ist Alex«, sagte sie zu ihrer Schwester und deutete ungeschickt auf mich.

Laura hielt kurz inne. Ihr schien mein Name bereits etwas zu sagen. Natürlich, sie waren schließlich Schwestern. Nico mußte ihr längst von der ganzen Geschichte erzählt haben. Laura sah mit prüfendem Blick noch einmal von ihrer Schwester zu mir, stellte fest, daß die Situation entspannt wirkte, und entschied sich für ein erneutes Lächeln. »Paula-Alex, richtig?« fragte sie und drückte so aus, daß sie Bescheid wußte.

Es war mir, obwohl ich es vorher schon geahnt hatte, total peinlich. Schließlich warf es nicht das allerbeste Licht auf mich. Verlegen dreinblickend nickte ich. »Ja, also, ab heute eigentlich nur Alex«, stellte ich klar.

Sie grinste mich nur an. Auch Nico lächelte. Wahrscheinlich war ich mal wieder süß. »Na, der Name paßt auch viel besser zu dir«, befand Laura, dann wandte sie sich wieder an Nico: »Mama hat angerufen. Sie fragt, ob wir zu Tante Heidis Geburtstag kommen.«

Nico verdrehte die Augen. »Tante Heidi«, murmelte sie wenig begeistert.

»Komm schon, sie war immer sehr lieb zu uns«, ermahnte Laura ihre jüngere Schwester.

Schließlich nickte Nico. »Aber klar kommen wir. Das stand ja nie wirklich außer Frage«, sagte sie.

Laura lachte wieder bloß. Überhaupt schien sie ein sehr fröhliches und offenes Wesen zu haben. Sie war mir auf Anhieb sympathisch. »Gut, gut. Dann will ich mal nicht weiter stören«, sagte sie abschließend und verschwand mit einem deutlichen Augenaufschlag wieder aus dem Zimmer.

Nico sah mich an. »Das war meine Schwester«, seufzte sie.

»Du schuldest mir noch eine Antwort«, erinnerte ich sie an unser Gespräch von vorhin. Wir hatten noch nicht geklärt, ob sie mir mein Verhalten noch übelnahm.

Sie wußte sofort, auf was ich anspielte, denn sie ließ sich Zeit mit ihrer Antwort. »Weißt du, mein Herz hat dir schon verziehen, aber es bleibt trotzdem noch ein ungutes Gefühl in meinem Bauch zurück«, begann sie zögerlich und sah mich fest an. »Ich weiß nicht, ob ich dir nach dem allen wirklich vertrauen kann«, eröffnete sie mir schließlich.

Mir wurde schlagartig unwohl in meiner Haut. Konnte man mir denn vertrauen? Alles in mir schrie laut »Ja!«, aber eigentlich wußte ich es doch besser. Ich meine, was machte ich denn hier gerade? Ich belog und betrog sie doch schon wieder nach Strich und Faden, schließlich hatte ich bisher mit keinem einzigen Wort Katrin erwähnt.

Zaghaft nahm ich ihre Hand. »Es geht alles viel zu schnell mit uns. Ich versuche dich nicht zu enttäuschen, aber laß mir bitte etwas Zeit. Im Moment sind so viele Dinge in meinem Kopf«, stöhnte ich und faßte mir nervös an die Schläfe. Meine Erklärungsversuche gerieten ins Stocken. Wie sollte ich ihr das jetzt bloß sagen? Besonders wenn sie mich weiterhin so ernst betrachtete?

»Ich wollte dir nicht zu nahe treten«, versicherte sie mir entschuldigend.

Ich begann ablehnend den Kopf zu schütteln. »Nein, nein. Das bist du nicht. So ist das nicht«, sagte ich hastig. Sie war gerade dabei, völlig falsche Schlüsse zu ziehen. Verzweifelt suchte ich in meinem Kopf nach Worten, um endlich auf den Punkt zu kommen. Ich mußte doch nur einen kleinen Satz herausbringen. Aber es kam keiner. Ich wußte genau, daß es so wichtig war, ihr die Wahrheit zu sagen, doch ich fürchtete mich auch so sehr davor. Was, wenn sie sich von mir abwenden würde? Mich einfach wieder wegschickte? Ich hatte ein solch starkes Bedürfnis, in ihrer Nähe zu sein, daß ich eine Zurückweisung einfach nicht ertragen hätte.

»Hör zu, wir haben alle Zeit der Welt. Wir können alles ganz langsam angehen lassen und schauen, was passiert«, schlug sie in beruhigendem Tonfall unvermittelt vor und legte mir dabei behutsam eine Hand auf den Oberschenkel.

Ich war so dankbar für diese Berührung. Ich atmete tief ein, um die aufsteigende Panik zu unterdrücken und mich allmählich wieder zu fangen.

Nicos Augen ruhten auf mir. Es lag fast ein wenig Sorge in ihnen, als sie wieder zu sprechen begann. »Vielleicht möchtest du irgendwann mit mir über all das reden, was dich so sehr beschäftigt. Das muß aber nicht jetzt sofort sein.«

Ich nickte langsam, während sie mich noch immer ausgiebig musterte. »Danke«, war alles, was ich über die Lippen brachte. Mit so viel Verständnis hatte ich nicht gerechnet.

»Okay«, sagte sie und nickte jetzt auch. Sie nahm ihre Hand wieder von meinem Bein und fuhr sich durchs Haar. Unschlüssig saßen wir uns gegenüber. Sie wirkte verunsichert, als wüßte sie nicht mehr, wie sie mit mir umgehen sollte.

»Wollen wir heute noch etwas Zeit miteinander verbringen?« erkundigte ich mich schließlich vorsichtig.

Sie lächelte mich ohne zu zögern an. Anscheinend hatte ich genau die richtige Frage gestellt. »Magst du *Tatort?*« fragte sie prompt.

»Kommt darauf an, wer ermittelt«, gab ich als Antwort und sah schon ihr Augenzwinkern.

Weil zu einem Fernsehabend immer eine Pizza gehört, verschlug es uns zunächst direkt in die Küche. Sie fing damit an den Teig vorzubereiten, während ich mich daran machte, Paprika in feine Streifen zu schneiden.

»Du bist ja Linkshänderin«, stellte sie mit einem Seitenblick auf mich fest.

»Ja, zum Glück«, antwortete ich ihr, und sie legte verwundert die Stirn in Falten.

»So? Nervt es dich denn nicht, daß du immer spezielle Linkshändergegenstände kaufen mußt? Ich meine, sogar ein gewöhnlicher Schreibblock hat die Spiralen auf der falschen Seite«, erkundigte sie sich interessiert und begutachtete intensiv den Teig vor ihr in der Schüssel.

Ich nickte. »Das ist natürlich ein bißchen blöd. Aber für Handball ist es ziemlich praktisch. Ich kann meine Position viel besser spielen als die meisten Rechtshänder«, klärte ich sie auf, und sie zog skeptisch eine Augenbraue hoch.

»Du spielst Handball?« hakte sie nach. »Dann kannst du doch sicher gut fangen.«

»Ich glaube schon. Ich meine, irgendwann bekommt man eine gewisse Übung darin«, erwiderte ich, weiterhin mit der Paprika beschäftigt. Natürlich konnte ich hervorragend fangen, ich wollte bloß nicht zu großspurig klingen.

»Ja? Na, dann fang mal das hier«, hörte ich sie sagen, und noch während ich meinen Kopf in ihre Richtung drehte, landete die erste Ladung Mehl in meinem Gesicht.

Damit hatte ich überhaupt nicht gerechnet. Halbblind rang ich um Fassung, während Nico sich köstlich amüsierte. Bedächtig wischte ich mir über die Augen. Sie stand breit grinsend vor mir und funkelte mich herausfordernd an. Das war eindeutig eine Aufforderung zum Spielen. Ich überlegte nicht lange. »Na warte«, warnte ich sie und ging drohend auf sie zu.

Aber noch bevor ich sie erreicht hatte, bekam ich auch noch den halben Teig ab. Aus dem Augenwinkel sah ich, wie sie nach der Mehlpackung tastete.

Rasch griff ich nach ihren Armen und hielt sie fest, damit sie mir nicht auch noch die ganze Tüte über den Kopf schütten konnte. Ich drückte sie mit sanftem Druck gegen die Wand und hielt unnachgiebig ihre Arme fest. Dabei fiel das ganze Mehl in einer gewaltigen Staubwolke zu Boden. Einen Moment lang funkelten wir uns nur an.

»Das tust du jetzt nicht, oder?« fragte sie dann in banger Erwartung und versuchte sich wieder zu befreien.

»Nach dem, was du mir alles angetan hast?« fragte ich zuckersüß zurück und schmiegte auch schon meinen Kopf in ihre Halsbeuge. Ich streifte erst meine eine Wange an ihrer ab, dann die andere, während sie allmählich ihren Widerstand aufgab und stillhielt. Gesicht an Gesicht blieben wir stehen.

Sie blickte mich abwartend an, ihr Atem war ein wenig beschleunigt nach der Rangelei. Ich öffnete behutsam meine Hände und gab sie wieder frei. Sie blieb reglos stehen. »Und jetzt?« flüsterte sie leise.

Ich bewegte mein Gesicht Millimeter für Millimeter auf sie zu. Sie schloß erwartungsvoll die Augen. Vorsichtig lehnte ich meine Stirn an ihre, und sie legte ihre Arme um mich. Einen Augenblick lang waren wir nur mit Fühlen beschäftigt. Unsere Körper waren so dicht beieinander, daß ich ihren Herzschlag spüren konnte. Ich hätte in dem sanften Takt versinken können. Und sie roch auch noch so gut.

Scheu schlug sie wieder die Augen auf und betrachtete mich schweigend. Ich begann zu grinsen. Ihr Gesicht war so voller Mehl und Teig, sogar die Haare hatten noch etwas abbekommen. Ihr Anblick war einfach nur niedlich.

»Ist ja schade drum«, entfuhr es mir, und ich knabberte ungefragt einen Teigfetzen von ihrem Hals ab.

Sie fing an zu kichern, es mußte sie wahnsinnig gekitzelt haben.

Ich richtete mich wieder auf und fing erneut ihren Blick ein. »Du bist irgendwie unberechenbar.« Ich mußte es ihr einfach sagen. Ich betrachtete einen Augenblick amüsiert die Küche. Sie war ein einziges Schlachtfeld.

Auch Nico hatte inzwischen die Ausmaße der Verwüstung wahrgenommen und grinste verschmitzt. »Ich konnte einfach nicht widerstehen«, kommentierte sie die Bescherung und sah leicht verlegen weg.

»Ja, manchmal kann man einfach nicht widerstehen«, wiederholte ich abwesend und ertastete vorsichtig ihr Kinn. Sachte drehte ich ihr Gesicht wieder zu mir und näherte mich ihr. Noch bevor sie in mein Haar griff, wußte ich, daß sie mich auch küssen wollte.

»Wie sieht es denn hier aus?«

Der Aufschrei kam so unerwartet, daß ich mitten in der Bewegung innehielt. Erschrocken machte ich einen hastigen Schritt zurück und sah mich mit Laura konfrontiert, die beinahe geschockt die Küche musterte.

Nico und ich schwiegen betreten, während Laura zunächst in die Küche kommen wollte, es sich aber angesichts der Verwüstung doch anders überlegte.

Sie strich sich eine Haarsträhne aus dem Gesicht, bevor sie sich übertrieben räusperte. »Ich nehme an, ihr beseitigt dieses Chaos wieder?« fragte sie und blickte zwischen uns beiden hin und her.

Wir nickten betroffen. Ihr Tonfall hatte keinerlei Widerspruch zugelassen.

Laura wirkte zufrieden. »Gut, also, ich bin dann jetzt weg«, eröffnete sie uns und begutachtete nochmals kopfschüttelnd den Raum. »Macht nicht zuviel Unsinn.« Sie konnte sich ganz offensichtlich diesen schwesterlichen Rat nicht verkneifen. Dann drehte sie sich auf dem Absatz um und ließ uns allein zurück.

Wir warteten stumm, bis wir die Wohnungstür ins Schloß fallen hörten. Gleichzeitig mit dem Knall prusteten wir wie auf Kommando los. Wir ließen uns auf den verschmierten Boden sinken und brauchten eine ganze Weile, um uns wieder zu fangen.

Nach einer Weile zog ich mich an der Küchenzeile hoch und lehnte mich neben Nico. »Jetzt heißt es wohl putzen«, stöhnte ich. Allerdings war ich noch immer blendend aufgelegt und sie wohl auch, obwohl sie ihre Augen groß aufriß und nur widerwillig zustimmend nickte.

Nachdem unsere Backversuche sich derart verselbständigt hatten und am Ende mehr Teig an mir als noch in der Schüssel geklebt hatte, waren wir gezwungen, auf Plan B zurückzugreifen und der hieß: Bestellung bei der Pizzeria. Dieser Umstand kam uns ganz gelegen, schließlich mußten wir ja auch noch das Desaster in der Küche beseitigen.

Ich kann mit Sicherheit sagen, daß ich zuvor noch auf keiner meiner Verabredungen geputzt hatte. Mit Nico war es trotzdem eine vergnügliche Beschäftigung.

Nach der Arbeit waren wir mächtig hungrig und stürzten uns auf die Pizza, die inzwischen eingetroffen war. Nach einigen Minuten gefräßiger Stille lagen nur noch vereinzelte Reste in den Kartons auf dem Wohnzimmertisch.

Mittlerweile lagen wir nebeneinander auf der Couch und sahen uns zusammen *Tatort* an. Eigentlich war das schmale Sofa zu eng für zwei. Ich mußte mich ziemlich nah an Nico schmiegen, andernfalls wäre ich runtergefallen. Ihr Kopf lag deswegen bequem auf meiner Schulter, während mein linker Arm zwangsläufig auf ihrem Bein ruhte.

Die ARD zeigte sich heute von ihrer besten Seite, und es begann gerade richtig dramatisch zu werden. Während auf dem

Bildschirm eine wilde Hetzjagd stattfand, in der die Kommissare unaufhörlich dem Bösewicht näherkamen, fand ich persönlich etwas anderes viel spannender: Ganz unbemerkt hatte sich Nicos zarte Hand in meine geschlichen.

Während ich aufgeregt ihre Finger begrüßte, löste ich meinen Blick vom Fernseher und sah zu ihr. Sie verfolgte immer noch gebannt die Handlung. Ich hielt den Atem an und strich über ihren Handrücken.

Ein kleiner Schauer fuhr durch ihren Körper. Es war kaum zu sehen, aber in ihrem Nacken stellten sich die kleinen Härchen auf.

Fasziniert wiederholte ich das Spiel mit der Innenseite, fuhr liebevoll ihren Handteller entlang.

Nico schloß für einen Moment die Augen.

Ich genoß stumm, wie sie erwartungsvoll an meinem Körper lehnte. Ihr Atem strich sanft an meinem Hals vorbei, was mir eine Gänsehaut bereitete. Wenn ich meinen Kopf nur ein bißchen drehte, dann könnte ich sie küssen.

Die Abspannmusik ertönte erbarmungslos pünktlich und doch zum völlig falschen Zeitpunkt. Auch wenn ich sonst diese etwas antiquierte Melodie mochte, verteufelte ich sie gerade um so mehr.

Nico öffnete überrascht wieder ihre Augen und blinzelte mich an. Der Moment war endgültig vorüber. »Jetzt haben wir den Schluß verpaßt«, stellte sie trocken fest und rappelte sich langsam auf, um nach der Fernbedienung zu suchen. Mit einem Knopfdruck schaltete sie den nervenden Ton ab. Zwar lag sie jetzt nicht länger in meinem Arm, aber wenigstens hielt ich noch ihre Hand.

»Ein bißchen schade«, offenbarte ich mich und blickte auf unsere Hände. Sie machte keine Anstalten, mir ihre wieder zu entziehen. Unschlüssig ließen wir beide unsere Blicke wieder zum Fernseher wandern, auf dem nur noch tonlose Bilder flimmerten. Sie hatte gerade ebensowenig auf den Film angespielt wie ich. Die laufende Sendung zeigte eine ruhige Waldlandschaft. Anscheinend ging es um heimische Vogelarten.

»Ich mag Wälder«, sagte Nico, während wir die schönen Bilder betrachteten. »Hier in der Stadt fehlt mir die Natur.«

Als sie das sagte, überkam mich die unbändige Lust, endlich mal wieder einen kleinen Abstecher ins Grüne zu machen. Daß Nico auch ein echtes Naturkind war, lag auf der Hand, und ich stellte mir einen Ausflug mit ihr aufregend vor. »Ich kenne ein ganz nettes Waldstück, gar nicht so weit weg von hier. Man muß nur ein kleines Stück rausfahren«, erzählte ich. Ich hatte dort viele Stunden verbracht, besonders als Kind.

»Und wann nimmst du mich mit?« fragte sie kühn. Erwartungsvoll betrachtete sie mich. Sie hatte ihre Frage ganz ernst gemeint.

Ich auch. »Wann immer du willst.« Ich wollte ihr die Entscheidung überlassen.

»Wie wäre es dann mit morgen?« entschloß sie sich spontan und blickte mich prüfend an. Das war natürlich schon verdammt kurzfristig.

»Du meinst, wir schwänzen einfach die Uni?« fragte ich zurück und legte den Kopf schief.

»Du könntest es auch Freinehmen nennen«, schlug sie verschmitzt vor.

Ich mußte lachen. Das klang tatsächlich viel besser. Diese Formulierung sorgte dafür, daß ich fast kein schlechtes Gewissen hatte. »Gut, dann nehmen wir uns frei. Ich hole dich um 11 Uhr ab«, konkretisierte ich unseren Plan. Ich hatte auch schon eine Idee, wohin genau ich mit ihr aufbrechen wollte.

»Ich freu mich«, versicherte sie mir mit leuchtenden Augen.

Es war einfach das größte, sie glücklich zu sehen. Stundenlang hätte ich nur dieses Strahlen betrachten können, ohne mich irgendwann an ihrer Freude sattzusehen. »Weißt du eigentlich, daß du schön bist?« fragte ich sie unvermittelt. Die Worte sprudelten geradezu aus mir heraus.

Nico betrachtete angestrengt einen Fussel auf ihrer Hose. Ihre Wangen färbten sich in dem mir mittlerweile vertrauten zartrosa Ton, den sie nur annahmen, wenn sie verlegen war. Das ließ sie allerdings noch hinreißender aussehen. Ich schmunzelte verzückt. »Na, ich weiß nicht . . .«, flüsterte Nico zweifelnd vor sich hin und wagte es dann endlich doch, mich anzusehen.

Wir betrachteten uns einen Augenblick schweigend. Sie war

so fürchterlich natürlich, alles an ihr war echt. Es gab nichts Affektiertes oder gar Gespieltes an ihr. Ich konnte kaum glauben, wie sehr ich die Nähe zu ihr genoß.

Vorsichtig strich ich über ihren flachen Bauch. Sie ließ mich friedlich gewähren, hielt einfach nur weiterhin meine andere Hand. Versonnen ließ ich meine Finger kreisförmig wandern. Langsam führte ich sie in Richtung Herz und berührte zärtlich die Stelle.

»He, ihr Turteltauben«, tönte es ganz unvermittelt hinter uns.

Wir schreckten beide überrascht auf. Die angenehme Atmosphäre war schlagartig dahin.

Laura störte uns schon wieder. Ich blickte mich zu ihr um und ließ schweren Herzens meine Hand sinken.

Laura lehnte vergnügt im Türrahmen und sah schmunzelnd zu uns rüber. Es war nicht sonderlich schwierig zu erraten, was sie gerade dachte. Das hatte sie eben unmißverständlich zum Ausdruck gebracht.

Ich fühlte mich unangenehm ertappt. Warum mußte sie ausgerechnet jetzt zurückkommen? Ich ärgerte mich außerordentlich über diesen Umstand.

Auch Nico sah nicht gerade glücklich aus. Sie warf Laura flehende Blicke zu. »Du bist schon zurück?« fragte sie mit fehlender Begeisterung.

Laura nickte breit grinsend, machte aber keine Anstalten wieder zu verschwinden. »Und was macht ihr noch so spät?« fragte sie amüsiert. Sie genoß sichtlich die zufällige Tatsache, daß sie die Ältere war.

»Wir unterhalten uns«, klärte Nico sie ungeduldig auf. Auch sie wollte anscheinend so schnell wie möglich wieder mit mir allein sein.

»Habt ihr dann doch keine Pizza gebacken?« erkundigte sich Laura und deutete mit dem Kopf auf die fettigen Pappkartons.

Nico schwieg. Die Situation fing an peinlich zu werden.

»Nein, aber wenn du willst, kannst du dir die Reste hier mitnehmen. Von der Hawaii ist noch etwas da«, schlug ich Laura mit einem Lächeln vor, von dem ich mir eine ausladende Wirkung erhoffte.

»Das ist gar keine schlechte Idee«, wägte sie meinen Vorschlag ab, dann deutete sie auf die Pizza und fragte mich mit einem durchschauenden Lächeln: »Oder möchtest du sie lieber mit nach Hause nehmen? Ich meine nur, falls du nicht hier übernachtest.«

Ich wußte im ersten Moment nicht recht, was ich sagen sollte. Ich hatte das Gefühl, für den Versuch, Laura auf diese schroffe Art und Weise loszuwerden, eine verbale Ohrfeige kassiert zu haben. Also gab ich nach und schüttelte verneinend den Kopf. »Nein, ich wollte bald gehen.«

Ich hatte noch nicht ganz ausgesprochen, als Laura sich prompt auf die Pizza zubewegte. »Hervorragend«, summte sie, während sie sich den Karton vom Tisch angelte. Einen kurzen Moment sah sie von mir zu ihrer kleinen Schwester.

Eine Sekunde zuvor hätte ich noch geschworen, daß sie diesen skurrilen Auftritt absichtlich inszeniert hatte, um uns zu stören. Aber mitten in der Überlegung, ob ich deswegen etwas Wütendes sagen sollte, fiel mir auf, daß sie etwas wackelig auf den Beinen war.

Laura grinste uns an. »Gut, dann viel Spaß noch, bei was auch immer ihr macht«, wünschte sie uns und verschwand mit der Pizza um die Ecke.

»War deine Schwester betrunken?« fragte ich vorsichtig.

Nico verdrehte unangenehm berührt die Augen. »Na ja, sie wollte heute abend zumindest in eine Cocktailbar«, erklärte sie mit nur mühsam unterdrücktem Grinsen. Das war auch eine Antwort.

»Erst dachte ich ja, sie wollte mich provozieren«, kommentierte ich.

Nico fuhr sich verlegen über den Nacken. »Wegen der Frage nach dem Übernachten?« vermutete sie ganz richtig.

Ich nickte. Plötzlich wurde mir das Ganze erneut peinlich. Die Vorstellung, bei Nico zu übernachten, war aufregend. Aber da war ja noch der morgige Ausflug. Ich konnte gar nicht darüber nachdenken hierzubleiben, schließlich mußte ich mich dafür noch etwas vorbereiten. Außerdem hatte Nico mich auch nicht eingeladen. Das war auch viel besser so.

»Ich –« Wir hatten beide gleichzeitig zu reden begonnen.

Nico sah schüchtern zu mir. Es schien mir, als ob sie mich irgend etwas hatte fragen wollen. »Bitte«, ließ sie mir den Vortritt und straffte die Schultern.

Ich seufzte. »Ich könnte überhaupt nicht bleiben, weil ich morgen früh noch etwas zu erledigen habe«, offenbarte ich ihr.

Sie ließ ihre Schultern wieder locker und schwieg.

»Und du? Ich meine, was wolltest du sagen?« erkundigte ich mich bei ihr.

»Ist nicht so wichtig«, behauptete sie und machte eine wegwerfende Handbewegung. Dann lächelte sie schnell. Wieder breitete sich Stille zwischen uns aus.

»Gut, dann werde ich mal«, sagte ich, und wie auf Kommando zog sie ihre Hand aus meiner. Ich Trottel hatte wohl soeben alles vermasselt.

»Ich bringe dich noch zur Tür«, schlug sie vor.

Irgendwie wurde die Situation jetzt fast hektisch. Wir gingen zur Wohnungstür, und ich quälte mich umständlich in Jacke und Schuhe. Als hätte ich mich vorher noch nie selbst angezogen, verhedderte ich mich zunächst im Ärmel, und dann wollte mir auch einfach keine ordentliche Schleife gelingen.

Wieder standen wir stumm voreinander. Im Anstarren und Anschweigen bekamen wir langsam Übung.

»Gute Nacht, Nico«, wünschte ich ihr und wußte nicht recht, was ich tun sollte.

»Bis morgen«, murmelte sie und vergrub ihre Hände in den Hosentaschen.

Ich wollte eigentlich schon gehen, überlegte es mir aber noch mal anders. Ruckartig ließ ich die Türklinke wieder los und drehte mich zu ihr um. »Ich werde bestimmt von dir träumen«, flüsterte ich ihr zu und küßte sie einfach mitten auf den Mund. Es war kein stürmischer Kuß, aber er war doch bestimmt, und sie erwiderte ihn. Ich hatte keine Ahnung, ob es unverschämt von mir war, aber es fühlte sich wahnsinnig gut an.

Der Kuß dauerte keine Ewigkeit, er ähnelte eher einem schüchternen Abschiedsgruß. Aber dieser Gruß ließ ein durch und durch beschwingtes Gefühl in mir zurück. Strahlend öffnete ich jetzt die Tür.

»Wir sehen uns in deinem Traum«, rief sie mir an der Wand

lehnend hinterher.

Ich machte mich auf den Heimweg, mit einer kindischen Vorfreude auf mein Bett und diesen Traum, in dem ich sie treffen würde. Davon war ich ganz überzeugt.

Kapitel 8

Nico und ich gingen langsam nebeneinander den Waldweg entlang. Über uns breitete sich das dichte Blätterdach des Waldes aus wie ein schützender Schirm. Ihre Hand lag, wie am Abend zuvor, wieder bereitwillig in meiner. Sorgsam umschloß ich ihre zarten Finger.

Ich hatte die Strecke heute früh schon einmal abgelaufen. Dabei war ich noch der festen Überzeugung gewesen, daß wir unseren Ausflug wohl oder übel würden verschieben müssen. Der Tag war alles andere als schön. Es war kühl, und der Himmel sah verdächtig nach Regen aus. Ich konnte den Regen schon beinahe in der Luft riechen.

Nico hatte allerdings vehement auf den Trip bestanden. Vielleicht haben Hamburger einfach eine andere Einstellung zum Wetter. Trotzdem, ich bereute nicht, daß wir uns doch aufgemacht hatten. Hier draußen war es einfach wunderschön und zusammen mit Nico noch viel schöner.

»Wohin gehen wir eigentlich?« erkundigte sie sich, nachdem wir nun schon eine ganze Weile unterwegs waren. Hinter dem aufgestellten Kragen ihres Fließpullovers blickte sie erwartungsvoll zu mir rüber.

Ich schmunzelte vergnügt. »In den Wald«, antwortete ich geheimnisvoll. Auf keinen Fall wollte ich ihr verraten, was ich für uns geplant hatte.

»Hast du vielleicht auch noch eine etwas genauere Beschreibung?« hakte sie sogleich nach. Ich hatte eindeutig ihr Interesse geweckt.

»Du bist doch nicht etwa neugierig?« gab ich amüsiert zurück.

»Nein. Aber du verschwiegen«, behauptete sie prompt.

Wir blieben an einer Wegkreuzung stehen. Nico zog eine Augenbraue hoch, während ich absichtlich lange abwartete.

Sie löste sich von mir. »Links oder rechts? Oder hast du die Orientierung verloren und suchst in Wahrheit verzweifelt nach dem Rückweg?« fragte sie spitz und stemmte anmutig eine Hand in die Hüfte.

»Ich studiere Geographie, da verliere ich doch nicht die Orientierung«, behauptete ich und grinste überlegen. »Wir gehen querfeldein«, klärte ich sie dann auf und verließ den festen Pfad. »Aber im Ernst, ich kenne mich hier wirklich aus, du brauchst dir keine Sorgen zu machen«, beruhigte ich sie und streckte ihr wieder meine Hand entgegen.

Sie griff sogleich danach und ließ sich von mir tiefer in den Wald führen.

Eine Weile schwiegen wir. Einzig das leise Knacken des Geästs unter unseren Füßen war zu hören. Ihre Hand lag sicher in meiner, während wir über alte Baumstümpfe stiegen und versuchten das gröbste Gestrüpp zu umgehen. Kinder spielen so gern im Wald, weil es etwas von Abenteuerspielplatz hat. Und wirklich, es war aufregend, mit Nico nach dem besten Weg durch das schwierige Gelände zu suchen.

Für einen Moment verweilten wir auf einem umgefallenen Baum. Irgendein Sturm mußte ihm mächtig zugesetzt haben, denn er war nah am Boden, im unteren Drittel, abgebrochen. Das morsche Holz seines Stumpfes ragte wie ein großer Speer neben uns in die Höhe.

»Die Stille hier im Wald ist atemberaubend«, hörte ich Nico unvermittelt neben mir sagen und wandte ihr meinen Blick zu. Ihre Wangen waren inzwischen leicht gerötet, aber sie schien mir entspannt und glücklich zu sein. Ich mußte darüber lächeln, wie anmutig sie dastand und in den Wald hineinlauschte.

»Ist es noch weit?« fragte sie, während sie sich jetzt nach einem möglichen Ziel umblickte.

Ich schüttelte den Kopf. »Nein wir sind fast da. Nur noch ein paar Minuten«, antwortete ich, und wir setzten uns langsam wieder in Bewegung.

»Aber erwarte bitte nicht zuviel, es ist eigentlich nicht wirklich etwas Besonderes«, erklärte ich ihr, während die Baumreihen langsam spärlicher wurden. Wir hatten uns derart spontan zu diesem Ausflug entschlossen, daß ich für eine großartige Planung keine Zeit gehabt hatte und zur Improvisation gezwungen war.

Kurze Zeit später hatten wir auch schon die Lichtung erreicht und traten ins Helle. Vor uns erstreckte sich eine zu dieser Jahreszeit noch nicht voll erblühte wilde Blumenwiese, direkt an einem ruhigen Waldsee.

Während Nico eingehend die Landschaft betrachtete, stellte ich erleichtert fest, daß die Kiste, die ich heute morgen mühsam hierher gebracht hatte, noch genauso dastand, wie ich sie hinterlassen hatte.

»In ein paar Wochen blüht es hier richtig, dann ist es natürlich viel schöner«, kommentierte ich den Ort, den ich für unser Picknick ausgewählt hatte.

»Es ist toll«, meinte Nico und löste ihren Blick vom blauen See. »Und um ehrlich zu sein, ist es sogar besser, daß wir jetzt hierher gekommen sind. Ich habe nämlich Heuschnupfen«, verriet sie mir lächelnd.

Ich betrachtete nervös die vereinzelten Blüten und Gräser vor uns. »Geht es denn jetzt? Oder hast du schon Probleme damit?« erkundigte ich mich besorgt. Diese Möglichkeit hatte ich überhaupt nicht bedacht.

Sie nickte beruhigend. »Nein. Jetzt vor der vollen Blüte ist das alles kein Problem«, befand sie, und ich war sichtlich erleichtert. Langsam stemmte ich die Kiste in die Höhe und begann mit der Suche nach einer ebenen Stelle, um unser Lager aufzubauen.

»Wo hast du die denn plötzlich her?« fragte sie verwundert und folgte mir weiter auf die Lichtung. Sie hatte eben erst die Kiste registriert.

»Ich war heute morgen schon einmal hier«, gab ich bereitwillig Auskunft und setzte vorsichtig meine Last ab.

»Und das alles nur, um mich zu überraschen?« fragte sie perplex und sah mir dabei zu, wie ich mit wenigen Handgriffen eine Decke ausbreitete.

Ich lächelte nur. Wir ließen uns gemeinsam nieder, und ich begann die restlichen Zutaten für unser Picknick auszupacken.

Dabei achtete ich darauf, nichts davon zu sehr in Nicos Nähe kommen zu lassen. »Nur zur Sicherheit. Wer weiß, ob du nicht wieder Anwandlungen bekommst, mit dem Essen herumzuwerfen«, erklärte ich ihr mit einem Augenzwinkern. Die Mehltüte war längst nicht vergessen.

»Ich werde mich heute ausnahmsweise mal benehmen«, versprach sie mir treuherzig, und so benutzte ich schließlich auch ihre Hälfte der Decke.

Am frühen Morgen hatte ich so ziemlich alles Eßbare aus unserem WG-Kühlschrank entwendet und dazu noch Paulas geliebten Orangensaft ... geborgt. Das Picknick wäre nichts für einen König gewesen, es war aber durchaus angemessen für zwei hungrige Mäuler wie uns.

»Wenn ich mir dieses Fleckchen hier so anschaue, verstehe ich, glaube ich, warum du Geographie studierst. Anders findet man solche Orte bestimmt nicht«, sagte Nico und ließ ihren Blick zum wiederholten Male über den See schweifen.

Solche Orte fand man massenhaft, wenn der Großvater früher der hiesige Förster war. Aber dieses Detail verschwieg ich ihr. »Um ehrlich zu sein, hatte ich nie vorgehabt, Geographie zu studieren«, gestand ich statt dessen.

Sie runzelte die Stirn. »Warum machst du es dann?« kam sogleich ihre Frage.

Ich kratzte mich verlegen am Kopf. »Weil ich für das, was ich eigentlich machen wollte, keinen Studienplatz bekommen habe«, antwortete ich ihr und stützte im Liegen den Kopf auf die Faust. Früher war es mir immer peinlich gewesen, das zu erzählen. Ich hielt es für einen ungemein großen Makel, der liebend gern mein Ego malträtierte. Aber es Nico zu sagen, war irgendwie okay.

»Und was war das?« hakte sie interessiert nach. Ihre Aufmerksamkeit ruhte vollkommen auf mir.

Ich zuckte mit den Schultern. »Vielleicht Psychologie oder Politikwissenschaften. Aber Geographie ist schon in Ordnung«, bemerkte ich schließlich versöhnlich. Ich konnte nicht einmal ganz sicher sagen, was ich denn letzten Endes wirklich hatte studieren wollen. Ich hatte nie auch nur die kleinste Chance gehabt, in einem der beiden Studiengänge aufgenommen zu werden, deswegen hatte ich mich auch nie um eine Entscheidung bemüht.

»Vielleicht ist es ganz gut, daß du das nicht studierst«, bemerkte Nico, während sie mit der einen Hand einen Grashalm flach strich. Sie sah amüsiert zu mir. »Meine Eltern sind nämlich beide Psychologen und, um ganz ehrlich zu sein, so richtig normal sind die nicht«, sagte sie und grinste mich an.

»Sie sind aber sicher doch sehr verständnisvoll«, vermutete ich.

Nico rollte mit den Augen. »Sicher«, stöhnte sie und stürzte ein Glas Orangensaft hinunter. Ich beobachtete, wie sie es wieder absetzte.

»Und du? Ich meine, warum studierst du Literaturwissenschaften und das auch noch gerade hier? Hamburg ist doch viel schöner«, fragte ich sie. Ich mochte ihre Heimatstadt und konnte nicht verstehen, wie sie freiwillig von dort weggehen konnte.

»Wahrscheinlich studiere ich das, weil ich gern träume. So viele Dichter und Schriftsteller versuchen die Welt zu verbessern, aber die Realität wehrt sich mit Klauen und Zähnen dagegen. Trotzdem ist der Glaube daran reizvoll, und die Versuchung, noch ein weiteres Buch zu lesen, viel zu groß, als daß ich widerstehen könnte«, erläuterte sie anschaulich. »Tja, und warum ich aus Hamburg weg bin, ist einfach gesagt: Meine Familie erdrückt mich!« begann sie impulsiv von ihren anderen Beweggründen zu berichten. »Versteh mich bitte nicht falsch. Ich liebe meine Eltern wirklich sehr«, beschwichtigte sie sofort. »Aber in Hamburg waren alle derart besorgt um mich, daß ich es einfach nicht mehr ausgehalten habe. Ich hatte das dringende Bedürfnis, endlich meine eigenen Entscheidungen zu treffen. Zu Hause war das nicht möglich, hier schon.« Sie seufzte kurz. »Sieht man mal von dem Anstandswauwau in Form meiner Schwester ab«, fügte sie zähneknirschend hinzu.

»Das hört sich belastend an«, kommentierte ich ihre Ausführungen.

Sie nickte zustimmend. Sie war sozusagen vor der übermäßigen Liebe ihrer Familie geflüchtet.

»So eine Situation kenne ich gar nicht. Meine Eltern interessieren sich nicht sonderlich für mich«, überlegte ich laut.

Nico wirkte ungläubig. »Das kommt dir vielleicht nur so vor. Alle Eltern interessieren sich doch für ihre Kinder, nur eben nicht immer so krankhaft wie meine«, vermutete sie.

Für einen winzigen Augenblick mußte ich noch mal kurz lachen. Dann schüttelte ich jedoch den Kopf. »Nein, meine nicht. Sie lieben mich nicht mal«, gab ich ihr zu verstehen und fühlte mich urplötzlich elend. Ich wollte das Thema so schnell wie möglich wechseln.

Nach einer kurzen Pause begann sie wieder: »Glaubst du nicht, daß du dir das nur einbildest? Ich meine –«

»Wenn du deine Mutter fragst, ob sie dich liebt, und sie dir antwortet, daß sie dich mag, ist das doch ziemlich eindeutig, oder?« unterbrach ich sie barsch. Ein bißchen war ich über meinen eigenen Tonfall erschrocken. Ich hatte sie nicht so anfahren wollen. Sie hatte damit nichts zu tun und meinen Zorn nicht verdient.

Nico starrte mich unsicher an. »Ich ...«, begann sie und wandte dann ihren Blick ab. »Ich weiß gar nicht, was ich sagen soll«, brachte sie heraus, während sie angestrengt den See fixierte.

»Du brauchst gar nichts zu sagen, ich habe gelernt damit umzugehen«, beschwichtigte ich sie leise. Ich hatte sie nicht erschrecken wollen. »Ich rede nur einfach nicht gern darüber. Deswegen war ich eben auch so ekelhaft zu dir. Es tut mir leid«, entschuldigte ich mich vorsichtig. Eigentlich redete ich sonst überhaupt nie über meine Eltern.

Nico drehte sich wieder zu mir. »Mir tut es leid, ganz ehrlich«, versicherte sie mir zutiefst betroffen.

Am liebsten hätte ich sie in die Arme geschlossen, aber zwischen uns befand sich das gesamte Picknick. So lag ich einfach nur zwischen Sandwich und Tomaten und war berührt wie schon lange nicht mehr. Unfähig eine einzige Emotion zu äußern, verharrte ich und war glücklich, diesen Menschen mit den grünen Augen um mich zu haben.

Wie um mich aus meiner Erstarrung zu reißen, berührte ein kleiner Tropfen meinen Handrücken. Es hätte genausogut eine Träne sein können, aber es war ein Regentropfen, der mich aufrüttelte. Ich warf einen besorgten Blick gen Himmel. Im

Moment nieselte es nur, aber ich konnte nur unweit entfernt schon die dunklen Wolken sehen. Auch Nico betrachtete den Horizont mit Sorgenfalten auf der Stirn.

»Wir sollten uns auf den Rückweg machen«, schlug ich vor. »Der Regen wird gleich richtig anfangen.«

Sie nickte zustimmend. »Ich glaube, wir sollten uns besser beeilen«, kam es von ihr wie ein Startsignal.

Mit hastigen Handgriffen luden wir das gesamte Picknick in die Kiste. Dann packten wir die Kiste von beiden Seiten an und hoben sie zwischen uns hoch. So hasteten wir etwas ungeschickt in den Wald, in der Hoffnung, schneller als die Wolken zu sein und dem allergröbsten Regenguß entgehen zu können.

Unsere Flucht vor dem Regen stellte sich als unmögliches Unterfangen heraus. Mit der Kiste im Schlepptau hatten wir nicht den Hauch einer Chance, meine Wohnung trocken zu erreichen. Schon nach wenigen Minuten war der Regen so stark geworden, daß er problemlos durch das dichte Blätterdach drang. Das richtige Debakel erwartete uns dann zurück in der Stadt. Es goß dermaßen wie aus Eimern, daß uns der Regen, als wir schließlich vor meiner Tür angelangten, bis auf die Unterhosen durchnäßt hatte.

Hastig betraten wir die Wohnung, um endlich wieder ins Warme zu kommen. Ich fand es nicht so schlimm, im Sommer bis auf die Haut naß zu werden. In jeder anderen Jahreszeit fror ich allerdings bereits nach wenigen Minuten ganz erbärmlich.

Wir setzten die Kiste ab. Zitternd ließ ich die Tür hinter uns ins Schloß fallen und betrachtete Nico. Ich bezweifelte, daß ich an ihr noch eine einzige trockene Stelle gefunden hätte.

»Wie fühlst du dich?« erkundigte ich mich sorgenvoll.

»Naß«, antwortete sie und grinste. »Und du?« Wo wir standen, hatten sich auf den Dielen bereits kleine Pfützen gebildet.

Ich lächelte zurück und vernahm nebenbei leise Wassergeräusche aus dem Badezimmer. »Auch naß und dazu noch kalt.« Ich warf einen sehnsüchtigen Blick in Richtung Bad. »Ich würde dir ja gern eine warme Dusche anbieten, aber ich fürchte, wir werden uns gedulden müssen«, klärte ich sie auf.

Sie folgte meinem Blick und zog unbehaglich mit einem leichten Zittern die Schultern zusammen.

»Aber was Trockenes, das ginge sofort«, bot ich ihr an und deutete auffordernd mit dem Kopf auf meine Zimmertür.

»Das wäre schön«, sagte sie dankbar, und wir schlichen durch den Flur. In meinem Zimmer herrschte wie immer ein ziemliches Chaos.

»Es tut mir leid, daß es so unordentlich ist«, entschuldigte ich mich bei ihr. Für gewöhnlich räumte ich auf, wenn ich wußte, daß ich Besuch bekam.

Sie schien es allerdings nicht sonderlich tragisch zu nehmen und schmunzelte. »Es gibt durchaus einen Grund, warum wir den gestrigen Abend im Wohnzimmer verbracht haben«, gestand sie kleinlaut. Sie war wohl auch nicht die Ordentlichste.

Ich zwinkerte verschwörerisch und bewegte mich auf meinen Kleiderschrank zu. Während ich frische Sachen heraussuchte, ließ Nico sich auf die Bettkante sinken. Als ich mich zu ihr umdrehte, sah ich, daß sie angeregt das Buch studierte, das ich gerade las. Ich ging zu ihr und setzte mich neben sie.

»Das scheint ein gutes Buch zu sein«, bemerkte sie, ganz in die Betrachtung des Buches versunken, als ich ihr die trockenen Kleider reichte.

»Ich lese es zum Einschlafen«, erzählte ich ihr, während ich mit dem Umziehen begann.

»Also ist es langweilig«, vermutete sie und zog sich das T-Shirt über den Kopf.

»Eigentlich nicht. Ich habe es nur schon fünfmal gelesen. Beim ersten Mal konnte ich es noch kaum aus der Hand legen. Aber wenn ich nicht schlafen kann, ist Spannung das letzte, was ich brauche. Dann lese ich Romane, die ich sehr gut kenne. Die vertrauten Zeilen beruhigen mich, ich kann dann den Tag loslassen und schlafen«, erläuterte ich ihr meine vorherige Antwort.

»Vielleicht sollte ich das auch mal versuchen«, überlegte sie und reichte mir das Buch.

Wir saßen halb angezogen nebeneinander auf der Bettkante. Ich konnte ihre nackten Knie sehen, die seidige Haut ihrer Beine.

Im Badezimmer begann jemand damit, sich die Haare zu fönen. Das würde wohl noch eine Weile dauern.

»Dir ist immer noch kalt«, stellte ich fest.

Sie nickte.

Mir war auch nicht wirklich warm. Also rutschte ich ein Stückchen in mein Bett hinein, den Roman in der einen Hand, mit der anderen hielt ich ihr die Bettdecke auf. »Bis wir ins Bad können, müssen wir wohl noch eine Weile warten. Ich lese dir so lange was vor«, schlug ich vor.

Sie nickte zustimmend und kroch zu mir unter die Bettdecke. Wie am gestrigen Abend lehnte sie ihren Kopf an meine Schulter und konnte so mit mir ins Buch schauen.

Ich begann mit dem Lesen. Jedes Wort, das ich über die Lippen brachte, war einzig und allein nur für Nico bestimmt. Ich spürte ihren schmalen Körper ganz dicht an meinem, an unseren Knien berührte sich unsere nackte Haut. Und während ich für sie aus den schwarzen Buchstaben auf dem weißem Papier Phantasie-Welten erschuf, begann sich meine eigene Welt zu drehen.

Ganz unvermittelt ließ sie ihre Hand über meinen Bauch gleiten. Es war eine zaghaft Berührung, erst über meinem T-Shirt, dann darunter. Zwei ihrer Finger tasteten sich aufregend über meine nackte Seite.

Ich ließ meine freie Hand behutsam über ihren Rücken wandern und erwiderte ihre Zärtlichkeiten. Langsam berührte ich ihre Schulter, strich mit den Fingerspitzen über ihr zartes Schlüsselbein und unendlich sanft ihre Wange entlang.

Sie klappte bedächtig das Buch zu, und ich mußte zwangsläufig mitten im Satz abbrechen. Sie legte ihre Hand in das weiche Kissen neben meinem Kopf und stützte sich auf dem anderen Unterarm ab. Dann beugte sie sich über mich. Ihr Gesicht näherte sich ganz langsam meinem. Ihre Lippen hauchten einen zarten Kuß auf meinen Hals.

Ich streichelte über ihren Bauch, ihre Seite entlang bis zum Oberschenkel, während sie weiterhin meinen Hals liebkoste.

Sie hielt kurz inne, um mich anzusehen. Ein, zwei Sekunden lang betrachtete sie mich schweigend, als wollte sie herausfinden, ob ich mit ihren Aktionen einverstanden war.

Ich blickte voll kaum unterdrückter Sehnsucht in das sanfte Grün über mir und wünschte mir nichts sehnlicher, als weiter von ihr geküßt zu werden.

Mit verträumtem Blick legte sie ihre Hand an meine Schläfe, und ich ließ meinen Arm um ihren Oberkörper gleiten. Ganz behutsam zog ich sie auf mich hinunter und wir küßten uns ganz vorsichtig.

Diese Berührung war so intensiv, daß ich hätte zerspringen mögen. Es war einer dieser Küsse, bei denen um einen herum alles verschwand. Nur noch ein einziges Gefühl dominierte, und wenn ich mich dort hineinfallen lassen hätte, wäre ich der Unendlichkeit ein Stück nähergekommen.

»He, Alex, ich –«

Ein harter Schlag traf meinen Kopf. Verschwommen sah ich in ein entsetztes Gesicht. Rote Pusteln tanzten vor meinen Augen.

»O Gott«, entfuhr es Paula nahezu tonlos, und sie drehte sich um.

Ich richtete mich etwas im Bett auf, aber das kam einem Erdbeben gleich. Mein Hinterkopf schmerzte. Ich sah nur noch, wie Paulas Rücken durch die Tür verschwand. »Paula!« rief ich ihr hinterher.

Das Echo war eine knallende Haustür. Sie hatte uns gesehen und jetzt war sie fort.

Völlig geschockt führte ich meine Hand an die pochende Stelle und erinnerte mich nun, was passiert war. Als ich Paulas Stimme gehört hatte, hatten Nico und ich uns vor Schrecken ruckartig voneinander gelöst. Dabei hatte ich mir den Kopf an der Wand gestoßen. Zum Glück fühlte sich mein Schädel noch heil an; trotz des großen Schmerzes gab es keine Wunde. Allerdings würde dort morgen bestimmt eine große Beule meinen Kopf verzieren.

Eine Hand legte sich an meine Wange und unterbrach meine Überlegungen. Der Schmerz ebbte ab. Langsam klärte sich mein Blick wieder. Ich sah Nico aufgewühlt neben mir im Bett sitzen. Sie streichelte besorgt mein Gesicht. »Ist mit dir alles in Ordnung?« erkundigte sie sich und sah mir prüfend in die Augen.

Ich nickte. »Ich glaube schon«, antwortete ich ihr und startete einen zweiten Versuch, mich im Bett aufzusetzen. Mühsam stemmte ich mich hoch. Betreten sahen wir beide zur Tür, wo eben noch Paula gestanden hatte.

»Das war also Paula«, sagte Nico in die Stille hinein.

»Ja«, bestätigte ich lethargisch. Das mußte auch für Paula ein riesiger Schreck gewesen sein. Schließlich hatte sie die Wohnung fluchtartig verlassen. »Scheiße«, fluchte ich leise und fuhr mir nochmal durchs Haar.

Nico betrachtete mich einen Augenblick lang. »Vielleicht solltest du ihr nachgehen«, schlug sie vor.

Da gab es gar keinen Zweifel, ich mußte ihr einfach nachgehen. Es würde besser sein, sofort darüber zu reden. Unbehaglich blickte ich zu Nico. Paula nachzugehen, bedeutete allerdings auch, fürs Erste die Nähe zu Nico zu verlieren. »Ist das okay für dich?« hakte ich vorsichtig nach.

Sie nickte. »Natürlich, das ist jetzt wichtiger. Ich suche meine Sachen zusammen und verschwinde dann«, sagte sie und machte Anstalten aufzuspringen.

»Ich will dich auf keinen Fall rausschmeißen. Wenn du willst, kannst du hier ruhig noch duschen«, bot ich ihr an.

»Vielleicht mache ich das wirklich«, entgegnete sie und blickte sorgenvoll zur Tür. »Aber jetzt geh, sonst findest du sie nicht mehr. Für uns bleibt ein anderes Mal noch Zeit«, sagte sie.

Ich versuchte mich so schnell wie möglich richtig anzuziehen. Nur widerwillig ließ ich sie mit einem hastigen Kuß und einer liebevollen Umarmung allein zurück. Aber ich mußte mich jetzt um Paula kümmern und mit ihr sprechen. Sie war so entsetzt gewesen.

Kapitel 9

Als ich endlich meinen Weg aus dem Haus fand, war Paula erwartungsgemäß längst über alle Berge.

Mir blieb nur der Blick auf die verwaiste Straße. Sie war geradezu fluchtartig davongestürmt, ich dagegen hatte in meiner Überrumpelung wertvolle Minuten verloren. Allein das Anziehen meiner Jeans war mir wie eine kleine Ewigkeit vorgekommen.

Wo genau sie jetzt stecken mochte, war ich außerstande zu sagen. Allerdings wollte ich mich auf keinen Fall geschlagen geben und setzte trotzdem zu einer Suche an.

Während ich mit schnellen Schritten die wenigen Meter zu meinem Wagen nahm, legte ich mir einen Plan zurecht. Die Anzahl der Lokalitäten, wo Paula sich momentan aufhalten konnte, war begrenzt. Falls sie sich nicht zu einer Freundin geflüchtet hatte, bestand eine nicht mal kleine Chance, sie irgendwo im Nachtleben zu finden. Ich kannte ihre Gewohnheiten, und mir fielen sofort reihenweise Bars, Cafés, Restaurants und Clubs ein, die sie regelmäßig besuchte. Also beschloß ich, mein Glück zunächst in der Innenstadt zu probieren.

Ich stieß die Tür zu einem weiteren Café auf. Mittlerweile hatte mich meine Suche fast überallhin verschlagen. Bisher absolut erfolglos. Wahrscheinlich hatte ich Paula gehörig unterschätzt. Ich wußte nicht, ob sie wirklich die Absicht hatte, sich vor mir zu verbergen, doch wenn, dann war sie verdammt gut darin. Meine Hoffnung, sie doch noch aufzuspüren, tendierte mittlerweile gegen null. Mit meiner Motivation sah es nicht anders aus. Das gehetzte – und bis jetzt vergebliche – Umherrennen hatte mich zermürbt.

Angestrengt ließ ich meinen Blick durch das Grande Café wandern. Es war ein traditionsreiches Café mit viel Chic und Wiener Flair. Eigentlich verschlug es mich so gut wie nie hierher, und ich ging fest davon aus, daß mein jetziger Aufenthalt auch nicht von langer Dauer sein würde.

An der Bar saß niemand. Das Personal hinter dem Tresen hantierte geschäftig mit der Espressomaschine. Von der Fensterfront vernahm ich unaufhörliches Gekicher einer Gruppe angetrunkener Frauen. Ansonsten saßen zwei Paare beim Abendessen, ein Tisch voller Anzugträger handelte einen Vertrag aus, und in der hintersten Ecke saß ein einsamer Blondschopf, mit dem Rücken zu mir gedreht. Paula war eindeutig nicht hier.

Ich wollte gerade auf dem Absatz kehrtmachen, da erhaschte ich einen weiteren Blick auf die blonde Frau. Ich verharrte einen Moment und sah ein drittes Mal hin. Die kannte ich doch.

Sanny waren die Locken tief in die Stirn gefallen. Sie wirkte bedrückt und rührte lustlos in ihrem Kaffee, während sie vorgab in einem Buch zu lesen. Ich hatte nicht damit gerechnet, sie zu treffen, und Zeit hatte ich schon gar nicht für sie. Trotzdem machte ich jetzt ein paar Schritte auf sie zu. Ich konnte ja wenigstens mal »Hallo« sagen.

Ich griff unaufgefordert nach einem Stuhl und zog ihn vom Tisch. Ohne zu fragen, setzte ich mich zu ihr. Sie bemerkte mich erst, als ich bereits vor ihr im Stuhl lehnte. Sichtlich erschrocken weiteten sich ihre Augen.

Ich versuchte ein Lächeln. »Hallo«, sagte ich sanft, während sie sich ihre Fassung wiedererkämpfte. Ihr war mein spontanes Auftauchen deutlich unangenehm. Ich war mir sicher, daß sie mittlerweile herausgefunden haben mußte, wer ich war. Vermutlich hatte Marion es ihr erzählt.

»Hallo«, überwand sie sich nach einigen Sekunden schließlich zu sagen.

Es schien mir, als hätte auch sie nicht erwartet, ausgerechnet hier auf ein bekanntes Gesicht zu treffen. Obwohl, eigentlich kannten wir uns noch gar nicht. Das meiste, was wir voneinander wußten, beruhte ausschließlich auf dem, was wir über die andere gehört hatten. Gesehen hatten wir uns bis jetzt auch nur ein einziges Mal, und das war weder besonders erfreulich gewesen noch hatten wir überhaupt ein einziges Wort miteinander gewechselt.

»Tut mir leid, ich wollte dich nicht stören«, eröffnete ich das Gespräch und versuchte möglichst freundlich zu klingen. Bei unserer letzen Begegnung hatte ich sie ganz schön vor den Kopf gestoßen. Vielleicht befürchtete sie, heute wieder ähnlich schroff angefaucht zu werden.

Sie sah mich immer noch mit scheuen, großen Augen an. »Nein, ist schon gut. Ich habe nur nicht gedacht ... Ich meine ... Wir kennen uns doch nicht«, antwortete sie aufgewühlt und schüttelte den Kopf.

Ich lächelte sie erneut an, um noch ein bißchen das Eis zu brechen. »Das stimmt. Außer einer kleinen Auseinandersetzung in einer Buchhandlung verbindet uns praktisch nicht viel«, gab ich zu. Daß ich mich zu ihr gesetzt hatte, war wirklich sehr merkwürdig gewesen. Aber irgend etwas hatte mich zu ihr hingezogen.

Jetzt lächelte auch Sanny, allerdings nicht erfreut, sondern zutiefst verlegen. Der Vorfall war ihr sichtlich peinlich. »Willst du deswegen mit mir reden?« fragte sie und ging vorsichtig auf unser letztes Aufeinandertreffen ein.

Ich nickte zögernd. »Auch deswegen. Eigentlich habe ich, wenn ich ehrlich bin, gar keinen bestimmten Grund, um mit dir zu sprechen. Ich hatte nur das Gefühl, es wäre vielleicht gut, wenn du einmal von der anderen Seite etwas über Franzi erfährst«, erklärte ich mein plötzliches Auftauchen. Denn das war es wohl auch wirklich gewesen, was mich dazu bewogen hatte, mich an ihren Tisch zu setzen. Ich dachte an Franzis traurige Augen und die eindeutig traurige Gestalt, die ich jetzt hier vor wenigen Minuten erblickt hatte, und die nun vor mir saß. Ich dachte auch an das Versprechen, daß ich Franzi neulich gegeben hatte.

Sanny richtete sich prompt in ihrem Stuhl auf. Wie alarmiert straffte sich ihr ganzer Körper. Sie war plötzlich viel angespannter als zuvor. Die Erwähnung eines einzigen Namens hatte all das ausgelöst. »Hat sie dich etwa zu mir geschickt?« fragte sie mit einem leicht feindseligen Unterton. Sie schien sehr geübt in dieser Abwehrhaltung und nicht dazu bereit, schnell wieder davon abzurücken.

Ich erhob beschwichtigend die Hand. »Nein, das hat sie nicht getan. Ich wußte nicht einmal, daß du hier sein würdest, bevor ich dieses Café betrat«, beruhigte ich sie sofort.

»Nicht?« entfuhr es ihr überrascht. Es war klar zu erkennen, wie es fieberhaft in ihr arbeitete. Nach allem, was Marion ihr mittlerweile eingeredet haben mußte, war sie offenbar nicht dazu geneigt, meiner Beteuerung so ohne weiteres Glauben zu schenken.

»Vielleicht weißt du doch nicht so viel über Franzi, wie du glaubst«, bemerkte ich, und ihre Augen zogen sich zusammen.

»Ich weiß, was ich wissen muß«, bemerkte sie finster, fast trotzig. Das war ganz eindeutig eine Schutzreaktion.

»So? Dann weißt du sicher auch, daß Franzi den lieben langen

Tag an nichts anderes mehr denken kann, als an dich«, sagte ich zu ihr.

»Ärgert es deine Freundin so sehr, daß sie mich nicht ins Bett gekriegt hat?« fragte sie sarkastisch.

Ich schüttelte langsam den Kopf. »Sie ist so sehr verliebt in dich, daß sie dich nicht vergessen kann. Daran ändert sich auch nichts, wenn sie ignoriert, beschimpft oder bedroht wird«, klärte ich sie nüchtern auf und registrierte augenblicklich Sannys Verwunderung. Das Wort ›bedroht‹ hatte sie hellhörig gemacht. Genau das hatte ich mir auch dabei erhofft.

»Ich verstehe dich nicht. Ich habe doch das Recht, ihr deutlich meine Meinung zu sagen. Und bedroht hat sie nun wirklich niemand«, sagte sie mit deutlich spürbarer Verärgerung. Es schien, als würde sie mich der Übertreibung bezichtigen. Als hätte ich Franzi zu Unrecht als Opfer dargestellt.

»Du irrst dich. Eine deiner feinen Freundinnen hat sie sehr wohl bedroht. Letzte Woche, mitten in der Uni. Da ist jemand außerordentlich daran interessiert, daß Franzi dir fernbleibt«, eröffnete ich ihr und hoffte sehr, damit bei ihr punkten zu können.

Sie schwieg einen Augenblick. »Und warum sollte ich dir glauben?« fragte sie immer noch mißtrauisch, aber durchaus interessiert.

Ich zuckte mit den Schultern. »Okay. Du brauchst mir nicht zu antworten, aber frag dich doch mal selbst etwas anderes: Wenn Franzi nicht ernsthaft an dir interessiert wäre, würde sie dir dann so lange nachweinen?« konterte ich, ohne ihre Frage zu beantworten. Es gab keinen guten Grund, mir zu glauben. Entweder sie tat es oder sie tat es nicht. Mein Einfluß darauf war begrenzt. Ich konnte ihr nur weiter gute Argumente liefern, die sie vielleicht überzeugen würden.

Sie sog langsam die Luft ein. Dann blickte sie scheu zu mir. »Wer hat sie bedroht?« wollte sie wissen. Anscheinend war sie gewillt, wenigstens über die Möglichkeit nachzudenken, daß ich die Wahrheit gesagt hatte.

»Ich kann dir keinen Namen nennen. Ich weiß nur, daß sie groß und dunkelhaarig war und dazu ziemlich wütend«, antwortete ich ihr bereitwillig, so gut ich nur konnte.

Sanny schien nachzudenken.

»Diese Beschreibung ist nicht die allerbeste, das gebe ich zu«, setzte ich nach. Wie viele Frauen mochte sie kennen, auf die diese Schilderung paßte?

»Es könnte sein . . .«, murmelte sie plötzlich vor sich hin. Sie saß da und biß sich betroffen auf die Lippen, als fiele es ihr gerade wie Schuppen von den Augen. Dann fixierte sie mich. »Du heißt Alex, oder?« erkundigte sie sich.

»Ja«, antwortete ich knapp.

Sie seufzte und fuhr sich mit einer Hand über die Stirn. »Alex, du belügst mich doch nicht, oder?« fragte sie direkt. Die Sorge stand ihr dabei mitten ins Gesicht geschrieben.

Ich schüttelte den Kopf.

»Welchen Grund hättest du auch dafür«, seufzte sie. Diese letzte Bemerkung war klar an sie selbst gerichtet.

»Gar keinen«, bestätigte ich ihr trotzdem.

Sie lächelte bitter. »Vielleicht habe ich doch einen Fehler gemacht«, stellte sie unangenehm berührt fest. Sie schien innerlich vor Ärger zu kochen.

»Es ist noch nicht zu spät«, wandte ich ein und legte den Kopf schräg. Es gab immer noch eine gute Chance für die beiden, da war ich mir absolut sicher. Sanny mußte nur wieder ein winziges Stück auf Franzi zugehen.

»Ich hoffe es«, sagte sie beunruhigt und trommelte aufgeregt mit den Fingerspitzen auf der Tischplatte.

»Ich . . .«, begann sie fahrig und hielt dann inne. »Ich muß sofort etwas klären. Nimm es mir nicht übel, aber ich muß jetzt gehen. Ich sollte wohl besser ein paar meiner angeblichen Freundinnen aufsuchen. Ich habe das Gefühl, daß da gerade etwas ohne mein Wissen seinen Lauf nimmt. Dem muß ich ein Ende setzen.«

Sie streckte ihre Hand nach einem kleinen Angebotszettel vor uns auf dem Tisch aus. Hastig nahm sie einen Kugelschreiber aus ihrer Handtasche und schrieb einige Zeilen darauf. Dann faltete sie das Blatt in der Mitte zusammen und reichte es mir. »Gib das bitte Franzi«, sagte sie.

Ich nahm den Zettel umgehend an mich und verstaute ihn in der Hosentasche.

Sie war mittlerweile aufgestanden. »Es war sehr aufschlußreich, dich hier zu treffen. Danke ... für alles«, verabschiedete sie sich hastig und eilte zur Bar, um dort schnell ihre Rechnung zu bezahlen.

Ich blickte ihr überrascht hinterher. Als ich das Café betreten hatte, hatte sie noch vollkommen lethargisch gewirkt. Jetzt bahnte sie sich kraftvoll ihren Weg. Etwas mußte sie wachgerüttelt haben. Es war, als hätten sich in ihrem Kopf längst bekannte Puzzleteile endlich zu einem Ganzen zusammengefügt. Ich hatte keine Ahnung, was genau in diesem Freundeskreis ablief. Doch wenn ich mir so Marions Machenschaften überlegte, lag es nicht fern, eine Intrige zu vermuten.

Aber ich hatte meine eigenen Probleme. Und als sie mir jetzt wieder siedend heiß einfielen, wollte ich mir nicht weiter den Kopf über Sanny zerbrechen.

Ich sah auf die Uhr. Es war spät. Paula würde ich sicherlich nicht mehr ausfindig machen. Wo sie wohl stecken mochte? Ich machte mir Sorgen, aber sie war schließlich erwachsen und würde schon nichts Unüberlegtes tun.

Also beschloß ich, meine Suche nach Paula jetzt und hier abzubrechen.

Ich würde umgehend nach Hause gehen und Franzi die Notiz von Sanny aushändigen. Auch wenn ich nicht wußte, was sie geschrieben hatte, war ihre Reaktion doch verheißungsvoll gewesen. Die Chancen waren also gut, daß ich Überbringerin einer guten Neuigkeit sein würde. Ich raffte mich auf und machte mich umgehend auf den Heimweg.

Müde ging ich durch die Dunkelheit hindurch auf den Hauseingang zu. Mit einem Blick nach oben sah ich, daß bei uns im dritten Stock immer noch Licht brannte. Vielleicht war Paula inzwischen nach Hause gekommen und hielt sich gerade in der Küche auf.

Angetrieben von diesem Gedanken beschleunigte ich meine Schritte. Ich tastete ungeduldig in meiner Hosentasche nach dem Schlüssel und bog schwungvoll in den Hauseingang.

Vollkommen unerwartet sah ich plötzlich ein Gesicht vor mir. Es war finster, aber ich konnte deutlich die Konturen eines

Körpers erkennen, der lässig an der Hauswand lehnte. Mein Herzschlag schien für eine Sekunde auszusetzen. Ich war absolut nicht darauf gefaßt gewesen, hier jemandem zu begegnen. Schon gar nicht ihr.

Ich schluckte, um mich zu beruhigen, und versuchte, mir die Überraschung nicht anmerken zu lassen. Langsam nahm ich den Haustürschlüssel gänzlich aus der Tasche und bewegte mich auf die Tür zu.

Sie stand weiterhin stumm da und hielt die Arme vor der Brust verschränkt. Ich konnte es nicht richtig erkennen, aber ich glaubte ein amüsiertes Grinsen auf ihrem Gesicht zu sehen. Ohne ihr weiter Beachtung zu schenken, versuchte ich das Schlüsselloch zu finden, und drehte ihr dabei den Rücken zu. Es gestaltete sich schwierig, denn ich konnte im Dunkeln kaum etwas erkennen.

»Alexandra Falk, nicht?« hörte ich Anne hinter mir sagen.

Ich spürte, wie sie sich behäbig von der Wand abstieß und sich hinter mir aufbaute. »Was willst du?« fragte ich aggressiv über meine Schulter. Ich hatte keine Lust, mich mit ihr zu unterhalten. Sie hatte hier nichts zu suchen, und woher zum Teufel kannte sie überhaupt meinen Namen?

»Mit dir reden«, gab sie cool zurück, und ich brachte den Schlüssel endlich ins Loch.

»Ich wüßte nicht worüber«, knurrte ich und drehte ihn herum. Noch zwei Sekunden, dann würde ich Anne einfach hier stehen lassen. Nicht nur, daß ich keinerlei Interesse daran hatte, mit ihr zu sprechen, ich wollte mich auch durch ihr unerwartetes Auftauchen nicht einschüchtern lassen. Ich schob die Tür einen Spalt auf.

»So? Wie wäre es mit Katrin?« schlug Anne hinter mir ungemütlich vor.

Ich wollte einen Schritt ins Haus hinein machen, da legte sich eine kräftige Hand auf meine Schultern. »Ich glaube nicht, daß es da etwas zu besprechen gibt, und jetzt nimm deine verdammte Hand von mir weg«, wies ich sie rüde an und versuchte ihre Hand abzuschütteln.

Ihr Griff verfestigte sich augenblicklich. Mit einem heftigen Ruck drehte sie mich zu sich um. Ich konnte mich dessen nicht erwehren. »Ach? Na dann hör mir jetzt mal gut zu. Du wirst dich in Zukunft von meiner Freundin fernhalten, sonst könnte das schmerzliche Konsequenzen für dich haben«, forderte sie in einem bedrohlichen Tonfall. Ihre Finger drückten sich erbarmungslos tief in meine Schulter.

»Vielleicht hast du da etwas nicht mitbekommen, aber Katrin ist nicht mehr deine Freundin«, provozierte ich sie mit ungeahnter Courage.

Ihre Augen blitzten für den Bruchteil einer Sekunde. Ohne Vorwarnung packte sie mich an Kragen und Hals und stieß mich heftig gegen die Wand. Ich keuchte gequält und versuchte verzweifelt, ihre Hände von mir zu lösen. Sie fixierte mich wutentbrannt und drückte nur noch kräftiger zu. Inzwischen schnürte sie mir dadurch die Luft ab. Panik stieg in mir auf. Sie hörte einfach nicht auf.

»Ich werde mich sicherlich nicht noch einmal von Katrin betrügen lassen. Schon gar nicht mit dir, du Arschloch!« schrie sie mich an. Ihre stählerne Hand drückte immer noch erbarmungslos zu. Vor meinen Augen begann alles zu verschwimmen, ich hatte nicht genügend Kraft, um ihren Griff zu lösen. Jedes Zerren war zwecklos.

»He! Was ist denn da unten los. Wer klingelt denn hier Sturm?«, rief eine aufgebrachte männliche Stimme aus einem der Fenster über uns.

Mir wurde plötzlich bewußt, daß die metallenen Klingelknöpfe in meinen Rücken bohrten. Anne preßte mich noch immer dagegen.

Alarmiert versuchte sie, einen Blick nach oben zu werfen, und dadurch verminderte sie ungewollt ein wenig den Druck. Sie stellte schnell fest, daß der Hauseingang von oben nicht einsehbar war, und zog mich von den Klingeln fort. Sie wuchtete mich beinahe spielerisch gegen die feste Hälfte der Doppeltür und ließ dann plötzlich von mir ab. Während ich nach Atem rang und hektisch an meinen Hals griff, sank ich zu Boden. Meine Lungen brannten grauenvoll.

Der Nachbar, der mich gerade eben gerettet hatte, schloß sein Fenster. Die Ruhestörung war vorbei, für ihn war die Welt wieder in Ordnung.

Anne stand bebend vor mir und blickte kalt auf mich herab. Langsam beugte sie sich ein kleines Stück zu mir, damit sie mir in die Augen sehen konnte. »Ich schau dir auf die Finger. Früher oder später werde ich über jeden deiner Schritte Bescheid wissen. Vergiß das nicht«, zischte sie mich an.

Ich keuchte immer noch jämmerlich. Weder konnte noch wagte ich etwas zu erwidern.

Anne lächelte selbstgefällig. »Schönen Abend noch«, grinste sie und drehte sich auf der Stelle um.

Ich blieb verstört im Hauseingang liegen und sah ihr nach. Mein Atem beruhigte sich allmählich. Ich war geschockt von der Brutalität, die Anne eben gezeigt hatte. Noch nie in meinem Leben war ich so mit Gewalt in Berührung gekommen, und jetzt, als es endlich vorüber war, fühlte ich noch immer den schmerzhaften Griff um meinen Hals. Wie gelähmt verharrte ich auf dem Boden und fühlte graue Furcht meinen Körper durchströmen. Es lagen keine Hände mehr um meinen Hals, statt dessen schnürten mir jetzt eine unbändige Angst und große Fassungslosigkeit die Kehle zu.

Was wäre wohl passiert, wenn niemand gerufen und sie so in ihrer Wut unterbrochen hätte?

Ich weiß nicht genau, wie ich es schaffte, aber ich raffte mich auf und schleppte mich nach oben. Immer noch tobte wilde Panik in mir. Ich stolperte mehr in die Wohnung, als daß ich sie betrat. Mir war schwindelig und übel.

»Was ist denn mit dir los?« rief mir Thea alarmiert entgegen. Sie kam gerade aus der Küche und mußte mir meinen elenden Zustand sofort angesehen haben.

Ich stützte mich an der Wand ab, dann zuckte ich so lässig wie möglich mit den Schultern. Wie schrecklich die Begegnung mit Anne im Hauseingang auch gewesen sein mochte, ich wollte Thea auf keinen Fall beunruhigen oder am Ende noch in die ganze Geschichte mit hineinziehen. Außerdem war mir überhaupt nicht danach, jemanden an meinem Innenleben teilhaben zu lassen. Ich wollte wirklich nicht darüber sprechen müssen. »Ist Franzi da?« fragte ich deswegen nur und schlüpfte aus meiner Jacke, als hätte es den Vorfall nie gegeben.

Thea antwortete nicht auf meine Frage. »Was ist mit deinem Hals?« fragte sie bestürzt und sah hektisch in Richtung Küche. »Franzi«, rief sie und machte zwei schnelle Schritte auf mich zu.

Mir war unwohl. Annes Hände mußten sichtbare Spuren an mir hinterlassen haben. Mein Hals war sicherlich von der Auseinandersetzung gezeichnet. Ich wich vor Thea zurück und sah zur Tür.

Aufgeregt stürzte Franzi aus der Küche und blieb mitten im Flur stehen. »Ach du Scheiße«, entfuhr es ihr, und auch sie bewegte sich nun eilig auf mich zu.

»Was um Gottes willen ist denn passiert?« forschte Thea sorgenvoll nach und verfolgte mich, bis ich schließlich durch die Wand in meinem Rücken gestoppt wurde. Ohne daß ich mich hätte wehren können, begutachtete sie augenblicklich meinen Hals.

Ich spürte, wie ich zu zittern begann. »Es ist nichts«, log ich, wußte aber sofort, daß mir das sowieso kein Mensch glauben würde.

»Wer war das?« erkundigte sich Franzi gewohnt pragmatisch, aber mit einem deutlichen Zorn in der Stimme. Ihre Haare waren wild zerzaust. Sie hätte durch den Lernstreß eigentlich ein Nervenbündel sein müssen, aber davon war jetzt nichts zu spüren.

Auch Thea sah mich erwartungsvoll an. »Anne«, brachte ich kleinlaut heraus. Das letzte, woran ich jetzt denken wollte, war Anne.

Theas Augen weiteten sich. »Aber warum?« konnte sie nur sagen.

»Weil sie psychisch gestört ist. Aber keine Sorge, das hält nur noch so lange an, bis ich sie in die Finger bekomme!« brüllte Franzi rasend vor Wut und krempelte augenblicklich die Ärmel hoch. Anscheinend wollte sie sofort zur Tat schreiten, denn sie ging zielstrebig auf die Tür zu.

Aber das mußte ich verhindern. Ich löste mich ruckartig aus meiner Erstarrung und stellte mich ihr in den Weg. »Franzi, beruhige dich«, forderte ich sie auf und hielt sie am Arm fest.

Für einen Moment schien sie zu überlegen, ob sie sich losreißen sollte. Dann hielt sie allerdings doch inne.

»Man kann nicht alles mit Gewalt lösen«, sagte ich zu ihr und ließ jetzt auch den Arm sinken. Es war falsch, überhastet zu einem ebenfalls abscheulichen Gegenschlag anzusetzen.

»Feuer muß man mit Feuer bekämpfen«, sagte sie erregt und fuhr sich durchs Haar, was ihr ein noch wilderes Aussehen verlieh.

»Aber Wasser nicht mit Wasser. Komm, wir setzen uns hin und reden in Ruhe darüber«, entgegnete ich, und Franzi schluckte.

»Franzi, jetzt beruhige dich mal«, sagte jetzt auch Thea und taxierte sie eingehend.

Franzi nickte widerstrebend, und wir gingen langsam in die Küche. Auf dem Tisch lag eines ihrer Lehrbüchern. Sie lernte immer noch und, wie mir schien, ohne wirklich voranzukommen. Ihre Gedanken mußten tatsächlich unaufhörlich nur um Sanny kreisen.

Ich setzte mich langsam an den Tisch.

Franzi folgte mir. Wie es schien, war sie inzwischen etwas besänftigt. »Wann ist das passiert?« wollte sie wissen. Hinter ihr machte sich Thea am Eisfach zu schaffen.

»Gerade eben, im Hauseingang«, antwortete ich und beobachtete, wie Thea einige Eiswürfel in ein Handtuch wickelte.

»Im Hauseingang?« keuchte Franzi. Wieder der Griff in die Haare. Bestürzt sah sie mich an.

»Das Klingeln, das . . .«, stotterte Thea erschrocken. Es schockierte sie sichtlich, daß das alles im Grunde direkt vor ihrer Nase geschehen war.

»Anne hat mich gegen die Klingeln gestoßen«, erklärte ich.

Thea atmete betroffen ein und drückte mir das Eis vorsichtig gegen den Hals. Es war fürchterlich kalt und ich zuckte, biß aber die Zähne zusammen.

»Mein Gott, ich hätte dir helfen können«, machte sich Franzi erste Vorwürfe.

»Hättest du nicht. Als ihr das Klingeln gehört habt, hatte sie mich doch schon längst gewürgt. Ich sähe jetzt nicht anders aus«, redete ich ihr das sofort wieder aus.

Sie seufzte resigniert.

»Hat sie das wegen Katrin getan?« erkundigte sich Thea, während sie immer noch mit dem Eis beschäftig hinter mir stand.

Ich legte den Kopf in den Nacken, um sie sehen zu können. »Natürlich wegen Katrin. Sie scheint der festen Überzeugung zu sein, daß sie noch ihre Freundin ist und ...«, begann ich zu erzählen, stutzte aber dann. Was hatte Anne gesagt? Sie würde sich nicht noch einmal von Katrin betrügen lassen? Die Bedeutung ihrer Worte wurde mir erst jetzt so recht bewußt.

»Alles klar bei dir?« fragte Franzi besorgt.

Ich nahm den Kopf aus dem Nacken. »Ja, sie hat da etwas gesagt, an das ich mich erst jetzt wieder erinnert habe und das mich verwundert«, sagte ich.

»Das sehe ich, du legst die Stirn in Falten«, kam es von Franzi, die mir gegenübersaß.

»Sie sagte, daß sie sich nicht noch einmal von Katrin betrügen lassen würde«, komplettierte ich schließlich meine Aussage.

Jetzt runzelte auch Franzi die Stirn. »Du glaubst also, Katrin hat Anne betrogen, was durchaus auch der Grund für ihre Trennung gewesen sein könnte?« hakte sie interessiert nach und stützte ihr Kinn auf die rechte Hand.

Ich zuckte ratlos mit den Schultern.

»Alex hat aber auch gesagt, daß Anne immer noch der festen Überzeugung ist, daß ihre Beziehung mit Katrin noch existiert. Also könnte sie ebensogut eine Geschichte gemeint haben, die in Wahrheit nach der Beziehung passiert ist«, überlegte Thea.

Franzi spreizte zustimmend die Finger an ihrer Hand ab und ließ sie anschließend wieder gegen ihre Wange schlagen. »Oder es war überhaupt nichts dergleichen, und sie hat es sich nur eingebildet«, bot sie mir noch eine andere Alternative an. Anne war derart manisch auf mich losgegangen, daß das durchaus sein konnte.

Ich seufzte.

»Wenn du Gewißheit haben willst, wirst du wohl Katrin fragen müssen«, schlug Thea mir vor.

Vielleicht war das gar keine schlechte Idee. Ich mußte sowieso dringend mit ihr reden, wegen Nico. Nico und ich waren uns in den letzten beiden Tagen derart nahe gekommen, daß es der reine Anstand gebot, Katrin endlich reinen Wein einzuschenken.

»Was überlegst du?« wollte Franzi wissen.

Ich blickte in ihr Gesicht und in die trüben haselnußbraunen Augen, die mir von schrecklichem Liebeskummer erzählten. Mir fiel augenblicklich die Nachricht von Sanny wieder ein. Wie hatte ich das nur vergessen können. Der Zettel steckte noch immer unangetastet in meiner Tasche. »Ich habe etwas für dich«, sagte ich zu ihr und zerrte die gefaltete Notiz hervor.

»Was ist das denn?« fragte sie und streckte die Hand danach aus.

»Eine Nachricht für dich, von Sanny«, erklärte ich ihr und reichte den Zettel rüber.

Franzi wirkte augenblicklich verunsichert. »Wo hast du die denn her?« wollte sie wissen und begann das Papier aufzufalten.

»Ich habe sie in der Stadt getroffen, als ich auf der Suche nach Paula war, und dann haben wir uns kurz unterhalten«, berichtete ich von den merkwürdigen Umständen, die zum Entstehen dieser Nachricht geführt hatten.

»Wieso hast du denn Paula gesucht?« fragte Thea interessiert. Die Geschichte kam ihr komisch vor.

Franzi überflog derweil ausdruckslos Sannys Zeilen.

»Ich habe sie gesucht, weil ...«, setzte ich zu einer Erklärung an und seufzte, »weil sie Nico und mich gesehen hat, als wir uns in meinem Zimmer geküßt haben.« Es war so schön gewesen – bis zu dem Moment, in dem Paula hereinplatzte.

»Du hast sie geküßt?« fragte Thea überrascht. »Aber was ist mit Katrin?«

Franzi faltete langsam die Nachricht wieder zusammen und starrte uns beide an.

»Ist es sehr schlimm?« fragte ich bedauernd. Angesichts ihrer Reaktion konnte ich nur auf eine Absage schließen.

Auch Thea wirkte angespannt. Sie musterte Franzi bekümmert und schien für einen Augenblick meine Sorgen vergessen zu haben.

Franzi schüttelte allerdings zu meiner Überraschung den Kopf. »Nein, es ist eher ...«, begann sie zögerlich, schüttelte sich nochmals und begann dann plötzlich übers ganze Gesicht zu strahlen, »überraschend schön!«

Ich registrierte, wie sich meine Mundwinkel unweigerlich

nach oben schoben. Franzi so glücklich zu sehen, das war einfach fabelhaft.

»Was schreibt sie denn?« wollte Thea neugierig wissen.

Franzi grinste. »Na ja«, sagte sie und sah verlegen zur Seite. »Ihr wißt schon ...« Sie zwinkerte vertraulich. Es war ihr scheinbar zu peinlich, uns die Nachricht vorzulesen. Romantische Worte gehörten für gewöhnlich nicht zu ihrem Repertoire. Und im Grunde ging uns das auch überhaupt nichts an.

»Verstehe«, murmelte ich amüsiert und versuchte Franzi nicht direkt anzusehen. Sonst wäre sie vermutlich vor lauter Peinlichkeit vom Stuhl gefallen.

»Und wie kam es jetzt dazu, daß du Nico geküßt hast?« sprach Thea das unliebsame Thema von vorhin wieder an.

Dieses Mal war es an mir, verlegen zu werden. »Wir können uns, glaube ich, gut leiden«, war das klügste, was mir dazu einfiel.

Franzi kniff belustigt die Augen zusammen. »Wenn da mal nicht jemand bis über beide Ohren verliebt ist«, mutmaßte sie – nachdem ihre eigene Verliebtheit nun nicht länger im Fokus stand, war sie natürlich wieder ganz das gewohnte Großmaul – und lehnte sich lässig zurück.

Ich ging nicht auf ihren Kommentar ein.

»Was machst du mit Paula und vor allem mit Katrin?« fragte statt dessen Thea und legte endlich den Eisbeutel mit einem »Ich glaube, das reicht« aus der Hand.

»Ich werde wohl mit beiden reden müssen«, gestand ich ein. Anders würde die Schar meiner Probleme niemals gelöst werden. An der Wahrheit führte kein Weg vorbei.

»Das heißt, du beendest die Geschichte mit Katrin?« brachte es Franzi direkt auf den Punkt.

»Wenn es das ist, was ich tun muß, um Nico nicht zu verlieren? Ja«, antwortete ich und wußte, daß das keine leichte Aufgabe war. Weil ich Katrin mochte, weil da wirkliches Gefühl für sie in mir vorhanden war.

»Paula wird sich schon wieder beruhigen«, warf Thea ungefragt ein. Sie stützte sich nachdenklich auf einer Stuhllehne ab und blickte mich an.

»Die Kleine muß einfach erwachsen werden. Es nutzt nichts,

immer alle Welt für das eigene Unglück verantwortlich zu machen«, bemerkte Franzi dazu und gähnte. »Aber von Unglück mag ich jetzt nicht länger reden«, schnurrte sie zufrieden und strich zärtlich über Sannys Nachricht.

»Ich glaube, daß Sanny weiß, wer dich bedroht hat und vor allem warum«, fiel mir da wieder ein. Ich erinnerte mich daran, daß es für mich so ausgesehen hatte, als wäre Sanny überraschend eine Erleuchtung gekommen.

»Das würde ja mal endlich Licht ins Dunkle bringen. Aber was machen wir wegen deinem Hals?« kam ihre Frage zurück.

Ich fuhr mir unschlüssig durchs Haar. »Ehrlich gesagt, weiß ich es nicht«, antwortete ich und versuchte die Erinnerung an Annes Hände sofort wieder zu verdrängen.

»Wenn du tatkräftige Hilfe brauchst, ich bin da«, sagte Franzi zu mir und stand abrupt auf.

Auch wenn ich darauf sicher nicht zurückgreifen wollte, fand ich dieses Angebot in seiner Art unglaublich anrührend und ich schenkte ihr ein kleines, dankbares Lächeln.

»Entschuldigt, aber ich halte es nicht mehr aus. Ich muß telefonieren«, sagte sie dann mit einem Lächeln und verließ die Küche. Es war ein Wunder, daß sie überhaupt hatte abwarten können.

»Du solltest auch besser schlafen gehen, Alex«, riet mir Thea. Erneut taxierte sie kummervoll meinen malträtierten Hals. »Kommst du damit klar?« fragte sie vorsichtig.

»Ich weiß es nicht«, antwortete ich ihr ganz offen. »Ich glaube, ich muß das erst mal verarbeiten. Es kommt mir jetzt so vor, als wäre das gar nicht real gewesen. Nur wenn ich gezielt daran denke, dann ...« Ich versuchte meine Gefühle zu beschreiben, aber es fiel mir nicht einfach. »Aber ich will jetzt nicht daran denken, sonst überkommt mich wieder Panik.« Ich stöhnte schwer und faßte mir an die Stirn. Ich wollte mich nicht daran erinnern. Aber die Frage schob sich immer wieder in den Vordergrund: Was wäre passiert, wenn niemand gerufen hätte?

»Wenn ich Paula sehe, rede ich mit ihr«, schlug Thea vor und strich mir vorsichtig durchs Haar.

»Ich sollte Nico anrufen«, sagte ich. Schließlich wußte ich nicht, wie sie den Abend verbracht hatte und wie es ihr nach meinem etwas überstürzten Aufbruch ergangen war.

»Heute nicht mehr, es ist mitten in der Nacht«, sagte Thea gutmütig.

Ich nickte. Sie hatte recht, wahrscheinlich schlief Nico schon längst.

»Komm, ich bringe dich ins Bett«, sagte sie liebevoll.

Ich ging wortlos auf ihr Angebot ein. Wir verließen zusammen die Küche, während Franzi das Telefon in ihr Zimmer schleppte und aufgeregt zu telefonieren begann.

Kapitel 10

Ich erwachte aus einem scheinbar nicht enden wollenden Traum, den ich beim ersten Öffnen meiner Augen schon nicht mehr greifen konnte. Ruhig fuhr ich mir über die Stirn und bemerkte die vorwitzig durchs Fenster fallenden Sonnenstrahlen. Ich hatte tatsächlich bis tief in den Nachmittag hinein geschlafen. Die kleine Leuchtanzeige meines Weckers zeigte halb fünf. Ich quälte mich mühsam aus dem Bett. Ohne Probleme hätte ich den gesamten Tag dort verbringen können, aber ich hatte noch etwas zu erledigen.

Die ersten Schritte führten mich ins Badezimmer. Im Spiegel begutachtete ich schon fast teilnahmslos meinen Hals. Es war bei weitem nicht so schrecklich, wie ich befürchtet hatte. Ich konnte einige dunkle Stellen sehen, an denen Annes Finger besonders stark zugedrückt hatten. Sonst nichts. Vielleicht hatte das frühe Kühlen das Schlimmste verhindert. Seufzend wandte ich mich von meinem Spiegelbild ab und beschäftigte ich mich mit Zähneputzen und Duschen.

Ich fragte mich, ob Paula inzwischen nach Hause gekommen war. Thea hatte zwar angeboten, mit ihr zu sprechen, aber es wäre mir lieber gewesen, das persönlich zu klären.

Nach dem Duschen suchte ich mir einen Rollkragenpullover aus dem Schrank. Ich hatte nicht vor, Annes Machwerk auch noch zur Schau zu tragen.

Mein nächster Weg führte mich zu Paulas Zimmertür. Vorsichtig klopfte ich an, aber drinnen regte sich nichts. Zur Sicherheit blieb ich noch einen Moment länger ruhig vor der Tür stehen und lauschte. Stille. Sie war tatsächlich nicht zu Hause. Wohin hatte Paula sich so lange verkrochen? Unser Gespräch würde wohl oder übel noch warten müssen.

Ich schritt an der ungewöhnlich leeren Küche vorbei und stürzte mich aufs Telefon. Nicos Nummer war schnell gewählt. Ich wagte es nicht, das in mir aufkommende Gefühl Sehnsucht zu nennen, mußte aber insgeheim zugeben, daß sie mir wahnsinnig fehlte. Ich hatte gestern so schnell fortgemußt, daß wir nicht einmal Zeit für eine echte Verabschiedung gefunden hatten. Jetzt überkam mich das dringende Bedürfnis, wenigstens kurz ihre Stimme zu hören.

Nach dem fünften Klingeln schaltete sich automatisch der Anrufbeantworter ein. Lauras Stimme trug einen dieser unsinnigen Sprüche vor, und ich legte enttäuscht auf. Ich hatte mit Nico selbst sprechen wollen und weigerte mich, auf dem Band ihres Anrufbeantworters eine improvisierte Nachricht zu hinterlassen.

Unglücklich wandte ich mich wieder vom Telefon ab. Daß man einen Menschen in so kurzer Zeit derart vermissen konnte, war mir neu. Mit aufkeimender Katerstimmung stand ich einen Augenblick lag einfach nur da und überlegte, ob es wirklich angebracht war, mich selbst zu bemitleiden. Zum Abschluß dieses Gedankens kam es nicht, denn vor mir wurde plötzlich die Wohnungstür aufgestoßen.

Fröhlich plappernd kamen Thea und Franzi in den Flur gestolpert. Thea trug zwei große Taschen auf dem Arm, Franzi eine Kiste Wasser. Sie kamen eindeutig vom Einkaufen.

»Hi«, begrüßte mich Franzi bis über beide Ohren grinsend und bog unverzüglich in die Küche ab, um ihre Last loszuwerden.

Ich ging Thea einen Schritt entgegen und nahm ihr eine der Tüten aus der Hand.

»Danke«, seufzte sie.

Ich konnte mir nicht verkneifen, eine Augenbraue hochzuziehen und fragend mit dem Kopf in Richtung Küche zu deuten.

»Sie sind heute verabredet«, klärte sie mich im Flüsterton über die Ursache für Franzis blendende Laune auf.

»Guten Morgen, Frau Langschläferin«, hörte ich Franzi auch schon hinter mir flöten. Fehlte nur noch, daß sie anfing zu singen.

Zusammen mit Thea ging ich zu ihr in die Küche, und wir begannen damit, die Einkäufe wegzuräumen.

»Wie ein kleiner Zettel die Laune doch verändern kann«, gab ich zurück und konnte förmlich fühlen, wie ihr Lächeln in meinem Rücken noch breiter wurde.

»Unter Umständen«, erwiderte Franzi leichthin. »Aber das Gleiche gilt mit Sicherheit auch für Telefonanrufe«, stellte sie dann munter in den Raum.

»War es noch schön gestern?« hakte ich nach und klappte behutsam die Hängeschranktür vor mir zu. Interessiert lehnte ich mich gegen die Arbeitsplatte und sah gespannt zu Franzi.

»Das auch«, schmunzelte sie mir geheimnisvoll entgegen. »Übrigens hat deine Nico heute morgen für dich angerufen.« Damit war wohl das Thema Sanny fürs Erste erledigt.

Mein Herz machte augenblicklich einen Hüpfer. Allein die Erwähnung ihres Namens brachte die Endorphine in meinem Blut dazu, wilde Partys zu veranstalten. Nico hatte mich angerufen! Nein: *Meine* Nico hatte mich angerufen. Dieser kleine Unterschied scheuchte die Schmetterlinge in meinem Bauch gleich noch einmal zusätzlich auf.

»Wußte ich es doch«, behauptete Franzi prompt und nickte zufrieden.

»Was wollte sie denn? Und warum hast du mich nicht ans Telefon geholt?« forschte ich ungeduldig nach.

Franzi legte eine Kunstpause ein und strich sich durchs Haar. »Nico wollte dich nicht wecken. Aber ich soll dir ausrichten, daß sie dich wirklich sehr gern gesprochen oder gesehen hätte. Aber sie mußte leider auf den Geburtstag ihrer Tante in Hamburg. Morgen ist sie aber schon wieder zurück«, gab Franzi mir endlich Auskunft.

Ich freute mich wahnsinnig darüber, daß Nico sich gemeldet hatte, aber ein bißchen wehmütig war ich trotzdem. Schließlich würde ich sie heute auf keinen Fall sehen können.

»Ihr habt morgen auch noch für alles Zeit«, sagte Thea und tätschelte sanft meine Schulter. Anscheinend hatte ich eben einen kleinen Schmollmund aufgesetzt.

Ich griff nach ihrer Hand und streichelte kurz dankbar darüber. Ihre Anteilnahme war richtig lieb.

»Was macht dein Hals?« erkundigte sie sich fürsorglich und spähte unter den Rollkragen.

»Geht schon«, erwiderte ich ausweichend.

Sie ließ den Kragen wieder sinken und seufzte.

Ich wollte allerdings jetzt auf keinen Fall wieder über Anne reden und fragte deshalb schnell: »Hat eine von euch Paula gesehen?«

Die beiden schüttelten nur die Köpfe.

»Wo zum Teufel steckt sie nur?« knurrte ich ungeduldig. Ich wollte das jetzt endlich mit ihr klären.

»Warum hat Paula eigentlich so heftig darauf reagiert, daß ihr jetzt zusammen seid? Ich dachte, sie wußte es und war okay damit?« wollte Franzi wissen.

Ich zuckte hilflos mit den Schultern. »Ich weiß eigentlich gar nicht, ob wir jetzt überhaupt schon fest zusammen sind«, sagte ich etwas verunsichert.

Franzi zog belustigt einen ihrer Mundwinkel hoch. »Da bist du aber die einzige, Süße. Oder bist du etwa so antiquiert, daß du dich förmlich danach erkundigst, ob deine Auserwählte mit dir gehen will?« schmetterte sie mir dreist entgegen.

Ich schüttelte leicht verlegen den Kopf. Natürlich tat ich das nicht.

»Mich interessiert noch viel brennender, ob du Katrin inzwischen reinen Wein eingeschenkt hast«, kam gleich der nächste Seitenhieb, diesmal von Thea. Und sie zielte damit treffsicher auf mein schlechtes Gewissen. Das meldete sich in diesem Moment mal wieder zu Wort.

Ich öffnete den Mund, um eine Ausrede zu erfinden, schloß ihn aber wieder. Es half nichts, sich selbst etwas vorzumachen. Langsam wurde es Zeit für ein klärendes Gespräch. Auch wenn ich das lieber noch eine Weile hinausgezögert hätte. Außerdem war da auch noch Anne. Ich mußte mit Katrin unbedingt über sie sprechen.

»Ich sag dir was, Alex. Wir essen jetzt eine Kleinigkeit, und dann gehst du bei Katrin vorbei und bist einfach mal ganz locker«, schlug mir Franzi mit lässigem Zwinkern vor.

Die Nervosität machte sich jetzt schon in mir breit. In den letzten Tagen war es mir gelungen, fast alles zu sein – locker aber bestimmt nicht. Im Gegenteil, mein Körper glich einer kleinen Adrenalinfabrik. Der sollte ich allmählich mal den Saft abdrehen.

Ich stand vor Katrins Wohnungstür und klingelte zögernd. Ob sie zu Hause war, wußte ich nicht, schließlich waren wir nicht miteinander verabredet. Die Haustür hatte unten offen gestanden, und ich war spontan nach oben gegangen.

Daß Katrin Anne betrogen haben sollte, konnte ich so recht immer noch nicht glauben. Trotzdem hatte mich eben genau diese Frage hergetrieben. Und noch eine weitaus schwerere Aufgabe: Ich mußte ihr von Nico erzählen.

Ich hörte, wie sich langsam Schritte näherten. Sie war also da. Sachte wurde die Tür einen Spaltbreit aufgemacht, und Katrin spähte etwas verschlafen durch die Öffnung.

Bei ihrem Anblick wurde mir unwohl in meiner Haut. Sie trug bereits einen Schlafanzug und sah geradezu niedlich darin aus. Anscheinend hatte ich sie soeben geweckt. Überrascht blinzelte sie mir entgegen. Mir war es allerdings überhaupt nicht spät vorgekommen, und als ich jetzt verlegen auf meine Armbanduhr blickte, bestätigte sich mein Gefühl: Es war erst halb zehn. Ich hatte mich doch nicht in der Zeit getäuscht.

»Hallo«, sagte ich zur Begrüßung und wandte den Blick wieder von meiner Uhr ab. »Komme ich ungelegen?«

Sie schüttelte den Kopf. »Hallo«, murmelte sie gähnend. Allem Anschein nach war sie ziemlich müde. »Moment, ich muß noch die Kette abmachen«, sagte sie und schloß die Tür wieder, um sie danach richtig zu öffnen.

Jetzt konnte ich sie ganz sehen. Sie sah wirklich niedlich aus, wie sie so fürchterlich verschlafen vor mir stand. Jedenfalls wirkte sie in ihrem hellblauen Schlafanzug, mit vereinzelten weißen Schäfchen darauf, nicht halb so abgeklärt wie tagsüber. Ich mußte unwillkürlich grinsen.

»Komm schon rein, bevor mich die Nachbarn noch so sehen«, forderte sie mich mit deutlichem Nachdruck auf. Ein latentes Unbehagen lag in ihrer Stimme. Ihr Aufzug mußte ihr peinlich sein.

Ich bemühte mich, möglichst schnell einzutreten, und zog leise die Tür hinter mir zu.

»Wir haben heute nacht noch eine Razzia. Deswegen bin ich so früh schlafen gegangen«, erklärte sie.

»Ach so«, erwiderte ich und blickte sie weiterhin nur an. Es konnte einfach nicht wahr sein, was Anne da behauptet hatte. Wenn ich Katrin so ansah, dann konnte ich nicht einmal glauben, daß ich überhaupt Zweifel an ihr gehabt hatte. So gering diese Zweifel auch gewesen waren.

»Wollen wir vielleicht . . .?« fragte Katrin in die Stille hinein und deutete den Flur entlang. Sie war durch mein Schweigen sichtlich irritiert.

Ich beschloß augenblicklich, mich wieder etwas mehr zusammenzureißen. Also nickte ich und folgte ihr. Zu meiner Verblüffung betraten wir allerdings nicht die Küche oder das Wohnzimmer, sondern ihr Schlafzimmer.

Der Raum war nicht besonders groß. Eigentlich bestand er nur aus einem Bett, einem Schrank mit hellen Fronten und einem Stuhl, auf dem Katrins Uniform lag.

Ich sah ihr zu, wie sie wieder zurück ins Bett kroch und sich unter die Decke legte. Betreten stand ich mitten im Zimmer und wußte nichts mit mir anzufangen. Irgendwie erschien mir alles unpassend: die Situation an sich, der Anlaß für meinen Besuch, in Katrins Schlafzimmer zu stehen . . . Einen schlechteren Zeitpunkt hätte ich mir nicht aussuchen können.

Amüsiert grinste sie mich an. »Ich beiße nicht«, sagte sie einladend und deutete auf die freie Bettseite neben sich.

Mir wurde es mulmig zumute. Ich konnte unmöglich jetzt zu ihr ins Bett steigen. Nicht einmal zum Kuscheln. Ich mußte das klären. Also ließ ich mich erst mal auf die Bettkante sinken und holte tief Luft. Wie machte man so etwas bloß? Ich wußte einfach nicht, wie ich anfangen sollte.

»Spuck's aus«, forderte sie mich auf. Anscheinend sah man es mir mal wieder an der Nasenspitze an, daß etwas nicht in Ordnung war.

Ich atmete tief durch. »Sag mir bitte, was zwischen dir und Anne damals abgelaufen ist«, machte ich einen Anfang und fixierte sie.

Katrin schien von dieser Eröffnung eindeutig überrascht zu sein. Zunächst verengten sich ihre Augen um eine Winzigkeit, dann setzte sie unruhig zu einer Gegenfrage an: »Wieso fragst du das?«

»Weil ich etwas über deine Beziehung gehört habe und nicht weiß, ob es wahr ist«, sagte ich geradeheraus. Ich wollte zunächst verschweigen, von wem ich es gehört hatte. Es war sicher nicht so gut, gleich mit allem auf einmal herauszuplatzen.

Katrin richtete sich sofort erschrocken im Bett auf. »Was hast du denn gehört?« fragte sie beinahe betroffen. Ich wurde unruhig und zuckte unbehaglich mit den Schultern. Anne hatte eine ziemlich schwere Anschuldigung gegen sie vorgebracht. Ich hielt es nicht für ratsam, sie ihr unüberlegt an den Kopf zu werfen.

»Ich . . . Also . . .«, setzte ich umständlich an und brach dann wieder ab.

Katrins Blick hatte sich schlagartig verändert. »Verstehe«, murmelte sie und sah einen Moment lang von mir weg.

Ich zögerte, weil ich nicht wußte, wie ich das deuten sollte. Aber anscheinend schien sie zu wissen, um was es ging. Oder täuschte ich mich?

Da drehte sie sich zu mir zurück und griff nach meiner Hand. »Alex, es stimmt. Ich habe Anne betrogen«, sagte sie ernst.

Mir war, als würde ich innerlich gefrieren. Ich hatte gehofft, nein, ich hatte es mir so gewünscht, daß es nicht wahr wäre. Jetzt traf mich die Realität wie ein Schlag ins Gesicht. Mein Bild von ihr begann wie ein Kartenhaus in sich zusammenzufallen.

»Aber . . . Das ist alles auch nicht so einfach zu erklären«, machte sie weiter.

Ich konnte nichts antworten. Ich wußte nicht, was ich fühlen oder denken sollte.

»Hörst du mir zu?« fragte sie und ließ meine Hand wieder los.

»Sicher«, versprach ich angespannt. Ich wollte es verstehen, wollte *sie* verstehen.

»Es fing an mit einem Streit. Vor dem Ende unserer Beziehung hatten wir uns eigentlich nur noch gestritten. Es ging immer um dieselben Dinge. Anne war eifersüchtig. Klar, ich flirte gern, aber das bedeutet gewöhnlich nichts. Für mich gab es damals nur sie«, erinnerte sie sich, ihr Blick war dabei auf einen Punkt weit in der Ferne gerichtet.

»Wir wollten zusammenziehen, aber wir konnten uns wegen der Wohnung nicht einig werden. Das Haus ihrer Eltern hätte sich angeboten, aber ich mochte mich nicht in diese Abhängigkeit begeben. Überhaupt wollte ich lieber in ein anderes Bundesland, weil da meine Berufsaussichten viel besser gewesen wären. Ich hatte sogar einen Tauschpartner für Bayern. Anne wollte aber auf keinen Fall weg von hier ...« Der ganze angestaute Frust lag in Katrins Worten, als erlebte sie die Zeit noch einmal.

»An dem Abend, als es begann richtig zu Ende zu gehen, ging es wieder um all das. Wir haben stundenlang diskutiert und uns zum Schluß nur noch gegenseitig Vorwürfe gemacht. Sie sagte zu mir, daß ich nicht so scheinheilig tun solle. Ich würde sie nur benutzen und hinter ihrem Rücken mit anderen Frauen schlafen. Ich warf ihr vor, daß sie mich im Grunde nur besitzen und mich am liebsten in einen goldenen Käfig sperren wollte. Das waren alles nur Reaktionen auf die Verletzungen von zuvor. Dann allerdings kam die nächste, und die traf zu tief«, erzählte sie aufgewühlt.

Ich nickte ihr wohlwollend zu, aber sie nahm mich gar nicht war.

»Sie sagte: ›Du liebst mich nicht. Geh doch zu deinem Flittchen, wie auch immer sie heißen mag, und laß es dir doch heute nacht besser von ihr besorgen. So gut bist du nun auch nicht im Bett, als daß du unersetzbar wärst!‹ Ganz kalt hat sie all das gesagt, richtig gehässig.« Die Erinnerung hatte die alten Gefühle wieder erweckt, und nun lief ihr eine einzelne Träne über die Wange.

Ich wußte nicht, wie lange diese Nacht zurücklag, aber ich konnte den Schmerz mitspüren, den Katrin fühlen mußte. Sie hatten sich gegenseitig weh getan, obwohl sie eigentlich das

Gegenteil davon gewollt hatten.

Ich wischte ihr mit einer kleinen Handbewegung die Träne aus dem Gesicht. Ihre Erinnerung hatte mich stark berührt. Die Person, die jetzt vor mir saß, war sicherlich nicht gefühllos. Und vielleicht auch nicht so stark und gefestigt, wie ich angenommen hatte. Was auch immer jetzt noch kommen mochte, ich würde nichts Schlechtes von ihr denken können.

Behutsam legte ich meine Hand wieder auf ihre. »Ich verstehe«, ließ ich sie wissen und strich sanft mit meinem Daumen über ihre Knöchel, so wie sie es ein paarmal bei mir getan hatte.

»Das Ende ist einfach erzählt. Ich bin wutentbrannt davongestürmt und in die nächste Disco gefahren, um dort ihre Unterstellungen in die Tat umzusetzen. Mit wem, war mir total egal. Ich habe einfach die Nächstbeste genommen. Brigitte hieß sie. Noch ein ziemlich junges Ding. War damals gerade mal achtzehn und hat sich viel mehr erhofft, als nur ihre Jungfräulichkeit an eine zu verlieren, die es ihrer Freundin heimzahlen wollte. Meiner Beziehung mit Anne hat das den entscheidenden Dolchstoß versetzt. Das war ein zusätzlicher Vertrauensbruch, der nicht mehr wieder gutzumachen war. Schließlich haben wir uns dann vor ein paar Wochen getrennt«, erzählte sie mir auch noch den Rest der Geschichte. Sie sah wieder zu mir und versuchte ein Lächeln.

Ich lächelte verständnisvoll zurück, sagte aber nichts. Ich hatte das Gefühl, daß sie noch nicht fertig war.

»Wir sind trotzdem nicht im Bösen auseinandergegangen. Wir wollten beide den Schnitt, damit wir uns menschlich nicht noch mehr voneinander entfernen. Wir haben gemerkt, daß wir unterschiedliche Prioritäten haben und nicht zusammen in einer Beziehung leben können. Auch wenn es erst einmal schmerzt, anders würde es das noch viel mehr«, resümierte sie tapfer.

»Es tut mir leid«, brachte ich nur heraus. Ich hatte mir vieles vorgestellt, aber nicht das. Auch wenn ich Anne inzwischen verachtete, konnte ich für Katrins Situation nur größtes Bedauern empfinden.

»Das muß es nicht«, beruhigte mich Katrin. »So wie es gekommen ist, ist es in Ordnung«, versicherte sie mir. Die krankhafte Eifersucht ihrer Exfreundin hatte ich erst kurz zuvor am eigenen Leib zu spüren bekommen. Es war nicht nur in Ordnung, diese Trennung war wahrscheinlich das beste, was Katrin hatte passieren konnte. Auch wenn es weh tat und wenn sie sich dessen noch nicht bewußt sein mochte.

»Hm«, kommentierte ich einsilbig. Ich wußte nicht, ob ich ihr von dem Übergriff erzählen sollte. Vermutlich hatte sie ein Recht darauf, es zu erfahren. »Liebst du sie noch?« fragte ich erst einmal vorsichtig, ohne ihre Hand loszulassen.

Katrin seufzte tief. »Sicherlich. Ich liebe sie als Menschen, und das wird sich wahrscheinlich nie ändern, zumindest nicht nach so kurzer Zeit. Aber ich kann und will keine Liebesbeziehung mehr mit ihr führen, und das will sie auch nicht«, behauptete sie bestimmt.

Da war ich eindeutig anderer Meinung. Trotzdem schwieg ich dazu. »Und was ist das mit uns für dich?« mußte ich jetzt noch wissen. Wie sie für mich empfand würde entscheiden, ob ich sie letztendlich mit Annes Übergriff belasten mußte und ob ich Nico überhaupt erwähnen würde.

»Ich hatte eher den Eindruck, daß du diejenige bist, die nicht weiß, was sie fühlt, Alex«, entgegnete Katrin.

Das stimmte irgendwie und irgendwie auch nicht. Sicherlich war ich innerlich noch nicht mit mir im Reinen. Mein Gewissen quälte mich unentwegt. Diese Geheimnisse mit mir herumzutragen, das bekam mir gar nicht gut.

Aber wußte Katrin denn so genau, was sie empfand? Wie hatte ich überhaupt übersehen können, daß nicht nur ich in einem absoluten Gefühlschaos steckte? Ich bezweifelte, daß Katrin wirklich schon bereit für eine neue Beziehung war. Waren da nicht noch zuviel alte Gefühle, die noch nicht richtig verarbeitet waren?

Ich lächelte schief und sah in ihre Augen. Unsicher und traurig blickten sie zu mir. Ich konnte ihr nicht so weh tun. Ich konnte ihr nicht von Nico und mir erzählen. Auf jeden Fall nicht heute nacht.

»Gewiß«, gab ich zu, ohne auf Anne oder Nico einzugehen. Statt dessen schluckte ich nur.

»Das Leben ist einfach kompliziert, damit müssen wir uns

wohl abfinden«, bemerkte sie und lächelte zurück.

Ich zuckte mit den Schultern. Vielleicht mußte man die Dinge wirklich so annehmen, wie sie eben waren. »Darf ich dich noch was fragen?« fragte ich. Wenn nicht jetzt, wann würde sich die nächste Gelegenheit bieten, um Unklarheiten auszuräumen?

»Nur zu«, ermutigte sie mich und wartete geduldig auf meine Frage.

»Wer hat neulich abend bei Michael nach dir gefragt? Ich hatte zunächst angenommen, daß es Anne gewesen war, weil sie kurz darauf so plötzlich aufgetaucht ist«, sagte ich.

Katrins Augen bekamen einen amüsierten Glanz. »Du warst also ein bißchen eifersüchtig?« hakte sie nach und blickte mich wissend an.

Ich wurde eine Spur verlegen. »Vielleicht ein bißchen«, gestand ich ihr und schließlich auch mir selbst ein.

»Das brauchst du nicht zu sein. Zwischen uns ist es endgültig vorbei. Daß ich neulich abend so überhastet weg mußte, war ein unglücklicher Zufall«, versuchte sie die Situation zu erklären.

Mich überkam trotzdem der Verdacht, daß Anne nur irgend etwas vorgeschoben hatte, um Katrin von unserer Verabredung wegzulotsen.

»Es gab da ein paar Probleme. Ein zu Schrott gefahrenes Auto, Unfall mit Fahrerfluch. Das ist etwas kompliziert.« Sie seufzte genervt. Vielleicht hatte ich Anne dieses Mal doch Unrecht getan.

»Verstehe schon«, erwiderte ich und winkte ab. Auf die lange Geschichte war ich nicht mehr versessen.

»Mach dir keine Sorgen wegen Anne. Wir hatten unsere Chance. Das Leben ist manchmal eben eine Einbahnstraße: Wenden verboten. Für uns gibt es kein Zurück«, sagte sie mit einem Zwinkern, das ich wahnsinnig süß fand.

Ich konnte mich ihrem Charme einfach nicht entziehen. Ich bewunderte sie. Sie konnte nicht nur die Endgültigkeit mancher Dinge erkennen, sie konnte sie auch akzeptieren. Das war es wohl, was mir fehlte. Sie schien nichts und niemandem nachzutrauern, sondern richtete ihre Aufmerksamkeit voll auf das, was die Zukunft ihr bieten konnte. Vielleicht ermöglichte ihr eine solche Sichtweise, die Chancen, die sich ihr eröffneten, konsequenter zu nutzen.

»Aber zu deiner Frage. Es war Brigitte, die sich an dem Abend nach mir erkundigt hat. Ich habe ja bereits erwähnt, daß sie sich wirklich Hoffnungen gemacht hat. Seitdem sie weiß, daß Anne und ich uns getrennt haben, versucht sie permanent, mit mir in Kontakt zu kommen«, erklärte sie und versuchte ihre Verärgerung darüber zu unterdrücken, was ihr aber nicht ganz gelang.

Ich seufzte lautlos. Brigitte tat mir irgendwie leid. Sie war sozusagen das Bauernopfer in einer zerbrochenen Liebesgeschichte.

»Sie tut mir auch leid«, gestand Katrin schuldbewußt. Sie mußte mein Seufzen richtig gedeutet haben.

Ich errötete innerlich. Im Moment schien ich geradezu ein offenes Buch zu sein. So richtig verbergen konnte ich wohl nichts vor ihr.

»Es war ein großer Fehler, und mit Sicherheit hätte Brigitte auch eine richtige Entschuldigung verdient. Aber ich kann sie im Moment nicht sehen. Das geht mir noch viel zu nahe. Außerdem befürchte ich auch, daß ich damit ungewollt vielleicht auch wieder ihre Hoffnungen schüren könnte. Im Moment grenzt ihr Engagement durchaus an Stalking«, sagte sie und seufzte tief.

Ich wollte ihr auf keinen Fall Vorwürfe machen. Nur allzugut verstand ich, wie sie sich im Augenblick fühlen mußte. »Alles nicht so einfach«, murmelte ich vor mich hin und betrachtete meine Schuhe. Die Situation war mir unangenehm. Ich hatte das Gefühl, ziemlich in ein Fettnäpfchen getreten zu sein.

»Liebe ist nie einfach, aber trotzdem wunderschön«, hörte ich sie sagen und wandte meinen Blick wieder ihr zu. »Oder sie tut verdammt weh«, seufzte sie wieder und schlug dann die Augen nieder.

Nicht die Liebe tat ihr weh, ich war es. Ich tat ihr weh, indem ich hier auf ihrer Bettkante saß und mich immer tiefer in ihr Herz hineinschlich. »Das muß aufhören«, sagte ich versonnen.

»Wie bitte?« fragte sie, und ich bemerkte erst jetzt, daß ich meinen Gedanken laut geäußert haben mußte.

»Es ... Entschuldigung ...«, begann ich, brach meinen Erklärungsversuch aber wieder ab und atmete tief durch.

Sie lächelte milde. »Was ist das nur mit uns?« fragte sie in den Raum.

Ich zuckte nur mit den Schultern. Was war das nur mit uns? Katrin faszinierte mich, sie zog mich an wie ein wunderschöner Magnet, aber irgend etwas hinderte mich daran, meine Arme auszubreiten und sie darin einzuschließen.

»Komm«, sagte sie zaghaft aber bestimmt und bedeutete mir, zu ihr ins Bett zu kommen.

Ich versuchte abzulehnen. »Katrin, das –«

»Ich will dich nur bei mir haben, sonst nichts«, unterbrach sie mich sofort mit sanfter Stimme.

Ich verharrte eine Sekunde reglos und zögernd auf der Bettkante. Ich war mir nicht sicher, ob ich ihr im Falle des Falles wirklich würde widerstehen können. Aber ich würde es können müssen. Weil ich Nico das nicht antun wollte, wo sie mir doch so viel bedeutete. Aber Katrin war heute so schwach, so verletzt. Ich konnte ihr weder von Nico und mir erzählen, noch sie jetzt fortstoßen. Also nahm ich mir ein Herz und entschied mich aus dem Bauch heraus dafür, ihre Einladung anzunehmen.

Trotz aller Bedenken stellte ich es mir schön vor, Katrins Körper zu spüren, sie einfach nur ganz nahe bei mir zu haben. Seit letzter Nacht ging es mir scheußlich. Sie hatte mir heute ihre Verletzlichkeit gezeigt. Warum sollte ich mich jetzt nicht auch ihr nahe fühlen dürfen?

Ich zog mir langsam zuerst den Rollkragenpullover über den Kopf und dann die restlichen Sachen aus, bevor ich zu ihr unter die Decke kroch, die sie mir bereitwillig aufhielt.

Sie schmunzelte darüber. Anscheinend fand sie mich so schüchtern ziemlich süß. »Das paßt gar nicht zu dem, was ich über deine Qualitäten als Liebhaberin gehört habe«, konnte sie sich nicht verkneifen, in mein Ohr zu flüstern.

Ich mußte unwillkürlich lächeln. »Von wem hast du denn das gehört?« fragte ich interessiert und spürte plötzlich, wie sie sich ruckartig hinter mir aufrichtete.

Ich drehte mich zu ihr um und schaute sie nur überrascht an.

Sie sah sorgenvoll auf mich herab, die Stirn in Falten gelegt.

Als ich sah, wohin sie blickte, wurde mir schlagartig klar, was geschehen war. Ich hatte vollkommen meinen Hals vergessen. Er war ja bis vor wenigen Momenten sorgsam unter dem Pullover verborgen gewesen, der nun irgendwo auf dem Fußboden lag.

»Was ist das da an deinem Hals?« fragte sie ungewohnt ernst. Eigentlich war diese Frage überflüssig, denn sie war Polizistin und wußte genau, von was diese Spuren zeugten.

Ich wußte, daß sie sich vielmehr für die Ursache dafür interessierte. »Also, ich wurde ... Na ja, ich ...«, stotterte ich unruhig.

»Wer hat dich so gewürgt, Alex?« kam nun ihre direkte Frage in einem fordernden Ton, der mir deutlich mitteilte, daß sie keine Ausflüchte zulassen würde.

Ich konnte es nicht länger verschweigen und setzte zu einer Erklärung an. »Deine Exfreundin hat mich vor meiner Haustür abgefangen«, gestand ich schließlich.

In ihren Augen stand blankes Entsetzen. »Was?« fragte sie geschockt und strich sich aufgewühlt das Haar aus dem Gesicht.

Ich überlegte fieberhaft, was ich zu ihrer Beruhigung sagen konnte. Mir fiel aber nichts vernünftiges ein.

»Wieso sagst du das erst jetzt?« fragte sie mich mit eindringlichem Blick und schüttelte langsam verwirrt den Kopf.

»Ich wollte nicht, daß du dir Sorgen machst«, antwortete ich ihr wahrheitsgemäß.

Ihre Hände ballten sich zu wütenden Fäusten. »Herrgott, Alex. Wenn dir meine durchgeknallte Exfreundin so was antut, will ich das doch erfahren«, brauste sie zornig auf und boxte eine Hand in ihr Kopfkissen. Auf ihrem Hals zeichnete sich eine pochende Ader ab, die ich zuvor bei ihr noch nicht so gesehen hatte.

Ich wußte gar nicht, wie mir geschah und sah sie etwas besorgt an. So einen Gefühlsausbruch hatte ich ihr gar nicht zugetraut.

Langsam löste sie wieder ihre verkrampften Hände und seufzte tief. »Du bist mir nämlich wichtig, weißt du«, betonte sie dann ganz sanft. Sie mußte bemerkt haben, daß sie mich erschreckt hatte, denn sie blickte mich betreten an.

»Ich wollte es nicht verschweigen, ich wollte nur auf einen besseren Moment dafür warten«, setzte ich zu einem Erklärungsversuch an.

»Ich weiß doch. Ach, verdammt, ich hätte das nicht so sagen dürfen. Ich hätte dich eigentlich in den Arm nehmen sollen«, entschuldigte sie sich und schaute auffordernd zu mir. »Na komm schon endlich her«, forderte sie mich liebevoll auf und zog mich zu sich heran.

Ich lehnte mich mit dem Rücken schwer gegen ihren Oberkörper und ließ mich festhalten. Es tat gut, endlich von jemandem in die Arme genommen zu werden.

»Ich verstehe nicht, wie Anne das tun konnte«, murmelte Katrin vor sich hin und streichelte behutsam über meine Hand. »Hast du sie schon angezeigt?« fragte sie dann und betrachtete mich eingehend.

Ich schüttelte den Kopf. »Nein, habe ich nicht«, erwiderte ich kleinlaut.

»Du wirst es aber noch tun, ja?« hakte sie drängend nach, wobei ihr Tonfall erkennen ließ, daß sie nicht mit einem Widerspruch von mir rechnete.

»Ich weiß nicht. Soll ich das wirklich tun?« wollte ich von ihr wissen. Bei dem Gedanken daran, zur Polizei zu gehen, wurde mir schlecht.

»Aber natürlich!« kam sofort ihre Antwort. Sie war ganz die Polizistin. Was auch immer sie einmal für Anne empfunden haben mochte, ihre Auffassung von Recht und Ordnung wurde dadurch nicht beeinflußt. »Wir können das zusammen machen«, versuchte sie mir eine Brücke zu bauen, als sie mein Zögern bemerkte.

»Vielleicht«, entgegnete ich und hoffte inständig, sie damit zu beschwichtigen. Ich wollte nicht auf ein Polizeirevier gehen. Ich wollte zu dem Vorfall kein Protokoll verfassen lassen und auch keine lästigen Fragen beantworten.

»Wir können morgen noch einmal darüber reden. Ganz in Ruhe. Aber es ist wahnsinnig wichtig, damit zur Polizei zu gehen«, tastete sie sich erneut vorsichtig heran.

»Okay, wir können darüber reden«, willigte ich schließlich in ihren Vorschlag ein. Zumindest zuhören konnte ich ihr ja.

Endlich lächelte sie wieder ein bißchen. »Fühlt sich gut an, dich so im Arm zu halten«, stellte sie trocken fest und ließ ihre Finger über meinen Bauch gleiten.

Es fühlte sich auch gut an, an Katrins Brust zu lehnen. Aber es gab da etwas, das mich davon abhielt, mich jetzt zu ihr umzudrehen und meinen Gefühlen freien Lauf zu lassen. Mein Gewissen rebellierte wie wild und wurde zu einem kreischenden Teufel, als Katrin sich jetzt leicht vorbeugte und zärtlich meinen Hals küßte. »Du hattest etwas versprochen«, erinnerte ich sie, langsam die Augen schließend und um Fassung ringend. Ich brauchte sie nicht zu sehen, um zu wissen, was für eine tolle Frau mich da im Arm hielt.

»Das halte ich auch, ich konnte nur für einen Augenblick nicht widerstehen«, antwortet sie treuherzig und stützte sich hinter mir auf. »Ich mache das Licht aus, okay?« warnte sie mich vor und knipste dann die Nachttischlampe aus.

Wir brauchten einen Augenblick, um uns in der Dunkelheit zu arrangieren. Ich wurde nervös, als sie sich behutsam an meinen Rücken kuschelte. Jetzt, wo wir im Dunklen dicht aneinander lagen, breitete sich sofort eine knisternde Spannung aus. Ihr Atem strich sachte über meinen Nacken. Ich hatte eine Vorahnung, als ob sie mich sofort nochmals an derselben Stelle küssen wollte wie zuvor, und bangte um meine eben noch bewiesene Standhaftigkeit.

»Gute Nacht«, wünschte sie mir leise und vergrub ihren Kopf an meiner Schulter.

»Gute Nacht«, antworte ich einerseits überrascht, andererseits aber auch erleichtert.

Sie prüfte mich in dieser Nacht nicht weiter. Sie schlief sogar recht bald ein, während ich Stunde um Stunde aufgeregt wach lag und bei dem leisen Geräusch ihres Herzschlages versuchte meine wirren Gedanken zu ordnen.

Kapitel 11

Als ich wach wurde, war Katrin immer noch nicht wieder von der Razzia zurück, und ich flüchtete regelrecht aus ihrer Wohnung. Ohne Zettel und ohne Notiz. Draußen dämmerte es gerade erst.

Was da gestern zwischen uns abgelaufen war, hätte niemals passieren dürfen. Ich hätte mich nicht von ihr in die Arme nehmen lassen und schon gar nicht bei ihr übernachten sollen. Sicher, ich hatte mich miserabel gefühlt. Aber es war trotzdem falsch gewesen, der Sehnsucht nachzugeben und mich von ihr trösten zu lassen.

Ich hätte für klare Verhältnisse sorgen müssen. Ich hätte endlich reden und ehrlich sein müssen. Statt dessen war ich auf dem besten Weg, unweigerlich ihr Herz zu brechen. Und meines gleich mit. Katrin hatte sich natürlich auch nach mir gesehnt. Ich hatte ihr diesen Wunsch erfüllt, aber so würde ich ihr nun letzten Endes doppelt wehtun. Ich hätte mich ohrfeigen können. Nein, ich hätte mich ohrfeigen *sollen*.

Zu Hause gestattete ich mir nicht, nochmals ins Bett zu schlüpfen. Statt dessen zwang ich mich zum Joggen. Wie bekloppt rannte ich mit dem mp3-Player im Ohr eine große Runde durch den Park, um mich danach vollkommen fertig unter die Dusche zu retten. Das Wasser reinigte zwar meinen Körper, nicht aber mein Gewissen.

Ich wollte gleich wieder mein Zuhause verlassen, also zwängte ich mich erneut in einen Rollkragenpullover. Zum Glück besaß ich eine kleine Vorliebe für dieses Kleidungsstück und hatte daher reichlich davon im Schrank. Den Undercoverlook würde ich also noch ein paar Tage durchziehen können.

»Alex, warte«, rief mir Paula hinterher, als ich aus der Wohnung stürmen wollte. Es klang drängend. Wir hatten immer noch nicht miteinander gesprochen. Paula sah mich aus unsicheren Augen an. Sie schien ungewöhnlicherweise den ersten Schritt machen zu wollen. Aber für eine Aussprache fehlten mir vollkommen die Nerven. Ich hatte jetzt andere Probleme.

»Nicht jetzt, Paula. Tut mir leid.« Ich ließ sie stehen und verließ die Wohnung, ohne mein Tempo zu verlangsamen.

Ich machte mich auf den direkten Weg zu Nico. Ich konnte es kaum erwarten, sie endlich wiederzusehen. Unsere letzte Begegnung ging mir nicht aus dem Kopf. Es war wunderschön gewesen, bis Paula reinplatzte und alles verdarb. Nur zu gut war mir der abgebrochene Kuß noch in Erinnerung.

Genau um halb zehn stand ich vor ihrer Haustür und wollte klingeln. Bevor ich aber den Knopf drücken konnte, wurde die Tür von innen aufgestoßen.

»Schon wieder ein Überraschungsbesuch?« Völlig unerwartet lächelte mir Nico entgegen. Sie stützte ihr Fahrrad mit der einen Hand ab, mit der anderen hielt sie die Tür auf. Trotzdem schaffte sie es noch, sich ein Stückchen vorzubeugen und mir einen Kuß auf die Wange zu geben. »Guten Morgen«, flüsterte sie, als wäre es bereits Gewohnheit zwischen uns. Am liebsten hätte ich sie gedrückt, aber das Rad war im Weg. Sie lehnte sich wieder zurück, für meinen Geschmack viel zu schnell.

»Ich hoffe, du bist nicht allergisch dagegen«, fragte ich mit einem Lächeln und half ihr mit der Tür.

Sie schüttelte den Kopf. »Nein. Aber hast du nichts Besseres zu tun, als mich vor der Uni abzupassen?« fragte sie.

Ich registrierte zum ersten Mal das Fahrrad so richtig. Das bedeutete wohl, daß sie aufbrechen mußte. »Heißt das, du hast keine Zeit für mich?« tastete ich mich vorsichtig heran und schob ein wenig schmollend die Unterlippe vor. Ich wollte sie nicht ziehen lassen. Nicht schon wieder.

Sie schielte auf ihre Uhr. »Den ganzen Tag kann ich mir nicht freinehmen«, begann sie und benutzte wieder diese charmante Umschreibung fürs Schwänzen. Dann sah sie auf und strahlte mich an. »Aber Immanuel Kant kann ich heute morgen einen Korb geben«, sagte sie schelmisch.

Ich versuchte, nicht allzu unkontrolliert meine Freude darüber zu zeigen. Ich war so euphorisch, ich hätte platzen können.

»So schnell kann ich also dein Lächeln zurückzaubern«, stellte sie fest und legte den Rückwärtsgang ein. »Warte, ich stelle nur noch kurz mein Rad weg. Das Wetter ist zu schön, um im Haus zu bleiben«, erklärte sie, und ich sah ihr dabei zu, wie sie das Fahrrad zurück in den Innenhof schob.

Tatsächlich schickte sich die Frühlingssonne an, mit ihren zarten Strahlen einen schönen Tag entstehen zu lassen. Endlich mal wieder ein bißchen Licht und Wärme. Ich war des grauen Winters schon so lange überdrüssig.

Nico kam zurück und griff nach meiner Hand. Sie zog mich mit sich, und wir setzten zu einem kleinen Spaziergang um den Block an.

Während wir die ersten Meter gingen, lag ein friedliches Schweigen zwischen uns. Keine erzwungene Konversation, die den Moment zerstört hätte. Wie stille Genießer erfreuten wir uns am Wetter, an der Ruhe und vor allem aneinander.

»Hat sich das mit Paula eigentlich geklärt?« fragte Nico sie doch nach einigen Minuten in die Stille hinein.

»Wir haben seitdem noch nicht miteinander gesprochen«, mußte ich gestehen. Vielleicht hätte ich vorhin doch auf Paulas Angebot eingehen sollen.

»Hat es sie wirklich so tief getroffen?« erkundigte sich Nico sorgenvoll.

»Ich weiß nicht. Um ehrlich zu sein, sie wollte heute morgen mit mir darüber sprechen, aber ich habe ihren Versuch ziemlich schroff abgeblockt«, erzählte ich von dem Vorfall und blinzelte schüchtern zu ihr rüber. »Es hat mich plötzlich total genervt. Außerdem war es mir wichtiger, dich zu sehen«, rückte ich schließlich auch mit dem Rest heraus.

Nico nickte trotzdem verständnisvoll. »Es ist manchmal nicht leicht, die Balance zu halten«, sagte sie dazu.

»Du glaubst also nicht, daß es falsch war? Ich weiß nicht warum, aber ich habe das Gefühl, schuld an ihrem Liebeskummer zu sein«, hakte ich nach, weil es mir deutliche Schwierigkeiten bereitete, mein Verhalten mit meinem Gewissen zu vereinbaren.

Nico schenkte mir einen nachdenklichen Seitenblick. »Hör auf, dich immer für alles so schrecklich verantwortlich zu fühlen, Alex«, sagte sie dann ganz liebevoll und führte mich weiter die Straßen entlang.

Wir bogen um die nächste Ecke. Ich suchte in meinem Kopf nach passenden Worten, die ich erwidern konnte, bis ich merkte, daß sie wahrscheinlich gar keine Antwort darauf erwartete.

Sie hatte recht. Ich machte mir zu viele Gedanken. Ich konnte ebensogut auch heute abend mit Paula darüber sprechen. Wir wohnten zusammen, da konnten wir uns nicht ständig aus dem Weg gehen. Und eine ordentlich geführte Diskussion war allemal besser, als es ein gehetztes Gespräch zwischen Tür und Angel gewesen wäre.

Ich stoppte überrascht und blickte Nico erwartungsvoll an. Während ich mich meinen Grübeleien hingegeben hatte, war sie unvermittelt stehengeblieben.

»Welches Eis essen nachdenkliche Leute?« fragte sie und betrachtete mich amüsiert, als ich nicht sofort reagierte.

Ich brauchte ein paar Sekunden, um zu begreifen, daß wir gerade direkt vor einer Eisdiele standen. Anscheinend hatten wir nur aus diesem Grund den kleinen Spaziergang gemacht. Der Frühlingstag mußte Nico hierher gelockt haben. Aber Eis zum Frühstück? Eine hervorragende Idee! »Ich möchte zweimal Vanille«, entschied ich mich und schmunzelte. »Nachdenkliche Leute brauchen manchmal etwas länger.«

Nico zwinkerte mir verschmitzt zu, dann bestellte sie Stracciatella und Zitrone. Der Italiener hinter der Theke reichte uns die Eiswaffeln.

»Ist dir zweimal Vanille nicht zu langweilig?« erkundigte sie sich, während wir mit unserem Eis allmählich den Rückweg antraten. Zugegeben, meine Wahl war nicht halb so gewagt wie ihre.

»Nein. Früher habe ich außer Vanille immer noch andere Sorten probiert. Aber dann mußte ich jedes Mal feststellen, daß mir Vanille einfach tausendmal besser schmeckt«, antwortete ich ihr.

Sie nickte akzeptierend.

»Ich habe mal irgendwo gelesen, daß die Lieblingseissorte etwas über die Persönlichkeit aussagen soll«, erzählte ich in Erinnerung eines, wie ich damals fand, haarsträubenden Zeitungsartikels.

Ungläubig blickte sie auf ihr Eis und setzte eine kritische Miene auf. »Willst du mir damit sagen, daß ich in Wahrheit unter einer Persönlichkeitsspaltung leide?« fragte sie belustigt und zog aufreizend eine Augenbraue hoch.

Lächelnd schüttelte ich den Kopf. »Nein, bestimmt nicht«, beruhigte ich sie und wollte damit das Thema beenden.

»Was das Vanilleeis über dich aussagt, wüßte ich jetzt aber schon gern«, gab sie mir zu verstehen, nachdem ich ein paar Sekunden geschwiegen hatte.

Ich hatte offensichtlich ihre Neugierde geweckt. Mir fiel plötzlich wieder ein, was für den Vanilletyp charakteristisch sein sollte. »Oh, lieber nicht. Sonst verläßt du mich gleich wieder«, rutschte es mir heraus, wobei mir die Bedeutung meiner Formulierung zunächst nicht richtig bewußt wurde. Die Erkenntnis ließ allerdings nicht lange auf sich warten.

Nico blieb augenblicklich stehen und musterte mich eingehend.

Wir hatten noch kein einziges Wort darüber gesprochen, was wir uns eigentlich bedeuteten. Natürlich hatte man ein inneres Gespür dafür, aber vielleicht war ich eben doch ein bißchen zu weit gegangen. Unruhig wartete ich auf eine Reaktion.

Sie setzte ein freches Grinsen auf. »Dich noch mal ziehen lassen? Das kommt gar nicht in Frage«, stellte sie trocken fest und probierte von meinem Eis.

Ich ließ sie gutmütig gewähren. Für diese Antwort hätte ich die gesamte Welt umarmen können.

Nico ließ langsam das Vanilleeis auf der Zunge zergehen und überlegte einen Augenblick lang angestrengt.

»Und?« fragte ich herausfordernd, schließlich war sie gerade dabei herauszufinden, was sie nun von der Vanilleeisesserin vor sich halten sollte.

Sie hatte mich längst durchschaut. Überlegen strahlte sie mich an. »Sensibelchen«, behauptete sie ziemlich selbstsicher und tippte mir spielerisch in den Bauch.

Ich grinste derart ertappt, daß Leugnen absolut zwecklos gewesen wäre. Also konnte ich mir jedwede ausflüchtige Erläuterung getrost sparen. Statt dessen hielt ich sanft ihren Arm fest. »Ich hoffe, du magst Sensibelchen«, erkundigte ich mich und entschloß mich dazu, mein Image auf andere Art und Weise aufzupolieren: Ich küßte sie ohne Vorwarnung. Es war ein gemischter Kuß, etwas fordernd und etwas vorsichtig. Er schmeckte nach Vanille und Zitrone. Wir balancierten mühsam die Eiswaffeln und ließen uns ganz und gar ineinander versinken.

Wir küßten uns so lange, bis ich spürte, wie es langsam kalt an meinem Handgelenk heruntertropfte. Das ist das blöde an Eis: es schmilzt. Wir hielten inne. Auch Nicos Zitrone-Stracciatella schien sich gerade zu verflüssigen.

Sie beugte sich zu meiner Hand und küßte voller Hingabe das geschmolzene Eis von meinem Handgelenk. »Du solltest mir helfen, sonst wird die Angelegenheit noch klebriger«, schlug sie munter vor und versuchte nun, ihr eigenes Eis zu retten.

Ihr Charme machte sie heute absolut unwiderstehlich. Versonnen widmete ich mich wieder meinem Eis, und wir spazierten langsam den restlichen Weg zurück. Sie verzauberte mich wirklich mit ihrer unkomplizierten aber anmutigen Art, die Dinge zu betrachten.

Als wir ihr Haus erreichten, waren auch die letzten Reste unseres Eis verputzt. »Willst du mich jetzt noch in die Uni begleiten?« fragte Nico erwartungsvoll, während wir etwas unschlüssig vor ihrer Haustür standen.

Ich überlegte. Eigentlich hatte ich noch einige Dinge zu klären. Bilder von Paula und Katrin schlichen sich in meine Erinnerung. Dabei wurde mir schlagartig unwohl.

»Ich könnte versuchen dich zu überzeugen«, schlug Nico vor und kam auch schon näher. Ehe ich mich versah, hatte sie ihre Arme um meinen Hals gelegt und meinem Kopf erneut zu einem spontanen Kuß herangezogen. In die schöne Überraschung mischte sich unerwarteter Schmerz. Ihr Arm drückte unbehaglich auf einen der Blutergüsse an meinem Hals, und mir gelang es nur schwer, ein gequältes Stöhnen zu unterdrücken.

Während Nico mich verliebt mit ihren Lippen berührte, kämpfte ich weiterhin um Beherrschung. Ein nur um eine Winzigkeit verzogenes Gesicht oder ein kleiner Schmerzenslaut würden mich in arge Schwierigkeiten bringen. Jegliche Gefühlsregung, die nichts mit dem zuckersüßen Erregungszustand eines Kusses zu tun hatte, war verdächtig und würde früher oder später Nicos Aufmerksamkeit auf meinen Hals richten und dann unweigerlich zu unangenehmen Fragen führen.

Während ich gerade den Eindruck gewann, daß ich sogar unter übelsten Zahnschmerzen besser geküßt hätte, ließ Nico endlich ihre Hand in meinen Nacken gleiten. Der Schmerz ebbte augenblicklich ab. Ich schloß dankbar die Augen und versuchte mich wieder zu entspannen.

Doch der Schalter in meinem Kopf war unwiderruflich umgelegt. Ohne es zu ahnen, hatte Nico buchstäblich ihren Finger auf die wunde Stelle in mir gelegt. Die Erinnerung an all das, was ich endlich aufklären mußte, war zurück. Und mit ihr auch die große Angst davor.

Einen Moment lang wollte ich noch unbekümmert genießen. Ich drängte meine Furcht beiseite und ließ mich in den Kuß fallen, dann löste ich mich widerstrebend von ihr.

»Ich habe noch deine Sachen oben. Brauchst du sie jetzt, oder nimmst du sie einfach das nächste Mal mit?« fragte Nico und strich mir zärtlich über die Rippen. Sie hatte sich allmählich mit meinem Aufbruch abgefunden.

»Das hat Zeit«, gab ich zurück. Nico mußte am Dienstag in meinen Sachen nach Hause gegangen sein. Ich hatte überhaupt nicht bemerkt, daß einige meiner Klamotten fehlten. Ich machte mir keine Gedanken darüber, sie vielleicht nicht wiederzubekommen.

Es bestand offenbar für uns beide kein Zweifel daran, daß wir uns bald wiedersehen würden. Ganz unbemerkt hatte sich bereits in dieser kurzen Zeit eine Art Gewöhnung, eine Vertrautheit zwischen uns eingestellt, die sehr schön war.

Als mir dies bewußt wurde, begriff ich mit einem Schlag, wie absolut wichtig und drängend es war, endlich mit der Wahrheit herauszurücken.

»Laß dir nicht zu lange Zeit, ich habe nämlich die Befürchtung, daß ich dich sonst vermisse«, eröffnete mir Nico und gab mir wie zum Anstoß einen spielerischen Schubs Richtung Straße.

Ich lächelte sie verliebt an. »Das erwarte ich aber auch«, sagte ich so dreist ich nur konnte und wartete gespannt auf ihre Reaktion. Wenn es einen Menschen gab, von dem ich vermißt werden wollte, dann war das Nico.

»Ich gehe jede Wette ein, daß das ganz auf Gegenseitigkeit beruht«, behauptete sie und schloß die Tür auf, um sich ihr Rad zu holen.

Während sie sich ins Haus schob, kam ich wieder einen Schritt auf sie zu. »Ach?« fragte ich gespielt überheblich und beugte mich zu ihr, um ihr einen winzigen Kuß auf die Lippen zu geben. »Sogar sekündlich mehr«, gab ich dann ganz offen und ehrlich zu, wie sehr ich mich nach ihr verzehrte.

»Tschüß, mein Sensibelchen«, hauchte sie zärtlich in mein Ohr. Dann drückte sie behutsam die Tür von innen zu.

Ich stand reglos da und lauschte ihren Schritten nach. Jetzt, als ich mir diese Tür hatte vor der Nase zuschlagen lassen, gab es nur noch eine Möglichkeit, reinen Tisch zu machen. Ich mußte mit Katrin sprechen.

Kapitel 12

Katrin betätigte auf mein Klingeln hin direkt den Türsummer und ließ mich herein. Ich war nervös, mein Vorhaben würde nicht leicht sein. Meine Hände krampften sich in den Jackentaschen zusammen, während ich die Treppen geradezu hinaufschlich.

Ich überlegte, wie ich anfangen sollte, wie ich es am besten erklären konnte. Aber wieder blieb alles Denken erfolglos, und ich hatte noch keine passenden Worte gefunden, als ich um die letzte Biegung kam und schließlich Katrin erblickte, die in der geöffneten Wohnungstür stand.

Sie betrachtete mich mit undurchdringlicher Miene, als ich mich die letzten paar Stufen zu ihrer Wohnung hinaufschleppte.

Ich konnte ihr nicht ansehen, was sie dachte oder fühlte. Aber ihr ernster Blick beunruhigte mich unwillkürlich. »Hallo«, begrüßte ich sie mit verhaltener Stimme, als ich den Treppenabsatz vor ihrer Tür erreichte.

Sie wirkte nicht sonderlich glücklich, so wie sie mich anblickte. Irgend etwas war merkwürdig. Vielleicht nahm sie mir übel, daß ich heute morgen keine Nachrichtig hinterlassen hatte. »Hallo«, grüßte sie ebenso wortkarg zurück und trat ein Stück zur Seite. Sie wirkte gewohnt selbstsicher und ruhig.

Ich war um so aufgewühlter, versuchte aber meine Nervosität zu verbergen.

»Komm rein«, forderte sie mich etwas kühl auf, und ich ging gehorsam an ihr vorbei in die Wohnung.

Sie zog schweigend die Tür hinter uns zu. Der Riegel fiel mit einem lauten ›Rums‹ ins Schloß. Ich drehte mich zögerlich zu ihr um. Dieses Geräusch hatte in mir eine ungute Ahnung zum Leben erweckt. Die Art, wie Katrin mich musterte, wie sie dastand, die Arme vor der Brust verschränkt, das Gewicht gleichmäßig auf beide Beine verteilt – auf einmal wußte ich, was mit ihr los war.

Auf die Erkenntnis folgte Entsetzen. Augenblicklich beschleunigte sich mein Puls. Ich begriff plötzlich, genau in diesem Augenblick, daß alle meine Befürchtungen sich bewahrheitet hatten, und all meine angestaute Angst wandelte sich in Panik. Ich war panisch, weil ich mich hilflos fühlte. Ich konnte nichts mehr ändern, nichts erklären.

Ich bemühte mich, so gut es ging die Fassung zu wahren. Ich wollte etwas sagen, den Versuch unternehmen, mein absurdes Verhalten doch noch zu erklären. Aber ich kam nicht dazu.

»Sag jetzt nichts«, befahl sie und erstickte so jedes Wort von mir im Keim. Sie sah mich forschend an und änderte nichts an ihrer abwehrenden Körperhaltung.

Es war mir unangenehm, wie sie mich betrachtete. Meine Schuldgefühle schienen mit jeder Sekunde zu wachsen und wurden beinahe unerträglich.

»Ich weiß es«, waren ihre einzigen Worte. Ich hatte erwartet, daß sie schreien oder toben würde. Aber in ihrer Stimme lag nur eine nüchterne Feststellung. Sie sah mich immer noch auf diese unergründliche Art an, die in mir eine entsetzliche Unruhe aufkommen ließ.

Ich hielt es nicht länger aus und setzte zu einer Entschuldigung an. »Ich –«

»Ich habe gesagt, du sollst den Mund halten«, fuhr sie mich sofort mit sehr viel Nachdruck an. Sie packte mich ruckartig am Kragen und stieß mich gegen die Wand im Flur.

Ich hatte von Anfang an geahnt, daß sie ziemlich stark sein

mußte, aber nun wurde mir zum ersten Mal bewußt, daß ich ihr unterlegen war.

Noch einen Augenblick lang funkelten mich ihre Augen böse an, dann wurden sie weich. »Ich weiß nicht, was du hier spielst, aber ich habe Sehnsucht nach dir«, gestand sie sanft, ein wenig verletzt. Dann küßte sie mich auch schon.

Es war wie auf ihrer Couch, mein Körper reagierte auf sie wie auf Knopfdruck. Kaum berührte sie mich, vergaß ich alles um mich herum. Ich konnte nicht mehr denken, wieder nur noch fühlen. Ihre Zunge machte mich fast wahnsinnig.

Meine Hände an ihrem Rücken. Ihre Hände an meinem Po. Sie fühlten sich weich an, streichelten liebevoll und trotzdem fordernd. Ich vertraute diesen Händen jetzt blind und ohne zu zögern. Mein Herzschlag war hart und viel zu schnell. Alles war viel intensiver als gewohnt. Sekunden, Minuten – ich wußte nicht, wieviel Zeit vergangen war, als wir uns wieder voneinander lösten.

Dann legte sich ein Schweigen über den Raum, während wir immer noch dicht aneinandergepreßt dastanden.

Die Situation brachte mich vollkommen durcheinander. »Ich weiß auch nicht, was ich spiele«, gestand ich. Ich wollte ihrem Blick ausweichen und mich wegdrehen. Alles war bisher falsch gelaufen. Jetzt gerade schon wieder. Katrin sollte doch verdammt noch mal wütend auf mich sein.

Aber sie hielt mich weiterhin nur fest und drückte meine Arme sachte gegen die Wand. Mir wurde klar, daß sie mich nicht ohne Antwort gehen lassen würde. »Und nach wem sehnst du dich?« fragte sie und fixierte mich.

Da war sie wieder: Die Frage, die ich mir selbst schon so oft in den letzten Tagen gestellt hatte. Und jetzt, wie wir so nahe beieinander standen und uns berührten, beschloß ein Teil meines Körpers, sie irrwitzigerweise anders zu beantworten als der Rest. Schweigend stand ich da und betrachtete sie fasziniert. Ich bewunderte etwas abgelenkt, wie sich die feinen Muskeln unter ihrem T-Shirt abzeichneten, während ihre schönen Hände mich mit sanfter Gewalt beherrschten. Ein Kribbeln durchlief meinen Körper, bis in die Zehenspitzen, und machte mich wehrlos.

Sie schaute mich noch immer mit ihren strahlend blauen Augen an. »Weißt du, ich schwanke irgendwie dazwischen, dich augenblicklich vor die Tür zu setzen oder dich doch noch in mein Schlafzimmer einzuladen«, eröffnete sie mir erschreckend ehrlich. Dann küßte sie mich, leidenschaftlich und fordernd.

Und ich erwiderte den Kuß, gewiß nicht weniger stürmisch. Vielleicht für eine einzige Sekunde empfand ich noch Skrupel dabei. Aber spätestens in dem Moment, als sich meine Lippen wie von selbst öffneten und sich unsere Zungen wieder begrüßten, waren all meine Bedenken vergessen.

In meinen Kopf war kein Platz mehr für ein schlechtes Gewissen. Viel zu sehr war ich gerade mit Fühlen beschäftigt, als daß ich noch einen klaren Gedanken hätte fassen können. Mein Körper war in Aufruhr, meine Sinne im Aufstand. Ich nahm nichts anderes mehr wahr, nur noch Katrins Mund, der damit begonnen hatte, meinen Hals mit Küssen und Bissen zu bedecken.

Ich war ihr auf eigenartige Weise ausgeliefert, denn sie hielt immer noch meine Handgelenke fest umschlossen und drückte sie gegen die Wand. Aber diese Machtlosigkeit war überraschend erregend.

Ich lehnte bereitwillig den Kopf zurück und überließ mich vollkommen ihrer Kontrolle. Ich ließ mich von ihr beherrschen. Sie drängte mich immer dichter gegen die Wand. Ihr Atem ging mittlerweile schnell und unregelmäßig. Unsere Küsse wurden wilder, und es mischte sich ungeduldiges Stöhnen hinein.

Ich verspürte mehr und mehr den brennenden Wunsch, mit meinen Fingern Katrins Körper zu entdecken, sie über ihre nackte Haut wandern zu lassen. »Ich will dich berühren«, keuchte ich heftig atmend, als ich meinte es nicht länger aushalten zu können, und versuchte mich aus ihrem Griff zu befreien.

Aber Katrin gab mich nicht frei, sondern hielt meine Handgelenkte sogar noch eine Spur fester umschlossen. »Nein«, entgegnete sie mit sanfter Bestimmtheit und für einen Moment hörte sie damit auf, mich zu küssen. Sie sah mich begierig an.

Ich hatte das Gefühl, unter ihrem Blick zu verbrennen. Sofort hörte ich damit auf, mich ihr zu widersetzen. Statt dessen versuchte ich sie zu küssen.

Aber sie entzog sich mir geschickt, so daß meine Lippen die ihren um Haaresbreite verfehlten.

»Du quälst mich«, fluchte ich und konnte meine eigene Erregung kaum noch im Zaum halten.

»Ich weiß«, lächelte sie und kehrte langsam mit ihrem Gesicht zu meinem zurück. Verführerisch hauchte sie einen Kuß auf meinen Mund »Aber nur ein bißchen«, raunte sie beinahe zärtlich.

Dann küßten wir uns mit einer Leidenschaft und Ungeduld, als fürchteten wir die Vergänglichkeit des Augenblicks. Aber vor uns lag die ganze Nacht.

Während unsere Küsse immer ungestümer wurden, ließ Katrin ganz unvermittelt meine Handgelenke los. Ich griff sofort in ihr Haar und hielt ihren Kopf fest. Ich wollte ihr keine Gelegenheit lassen, nochmals damit aufzuhören mich zu küssen.

Katrin ließ ihrerseits ihre Hände wandern, strich mit den Fingern behutsam über meine Wangen und ließ sie dann weiter hinunter über meinen Körper streifen. Zielstrebig schoben sie sich unter mein T-Shirt, erkundeten meinen Bauch und fanden meine Brüste. Vorsichtig ertastete sie meine Brustwarzen und strich mit den Daumen darüber.

Ich explodierte fast vor Lust unter ihren Berührungen. Keuchend schob ich mein Knie ein Stück nach vorn, zwischen ihre Beine. Ich bemerkte, wie ihr Körper mir weiter entgegenkam.

Augenblicklich begannen wir uns gegenseitig auszuziehen, zerrten und rissen ungeduldig an T-Shirts und hatten Mühe, unter all den wilden Küssen nicht aus dem Gleichgewicht zu geraten.

»Ins Schlafzimmer«, verlangte Katrin außer Atem, nachdem ich ihr irgendwie endlich das T-Shirt über den Kopf gezogen hatte. Sie gab mir keine Gelegenheit, darauf zu reagieren, sondern packte mich kurzerhand und trug mich nach nebenan.

Ich wußte gar nicht, wie mir geschah, und klammerte mich ungelenk an ihrem nackten Rücken fest. Ich hatte mich schon auf ein Tête-à-tête im Flur eingestellt.

Sie machte schließlich vor ihrem Bett halt, und im nächsten Moment landete ich unsanft auf der Matratze.

Mit dieser Impulsivität hatte ich nicht gerechnet. Grinsend

wandte ich ihr mein Gesicht zu. »Habe ich das verdient?« fragte ich herausfordernd.

»Ja«, antwortete sie mit Nachdruck und kam zu mir aufs Bett. »Hast du«, bestätigte sie lächelnd und drückte mich sanft mit einer Hand flach auf den Rücken. Dann beugte sie sich über mich, um mich zu küssen.

Wir machten genau dort weiter, wo wir im Flur aufgehört hatten. Klamotten flogen achtlos zu Boden, während wir wild küssend die volle Breite des Bettes ausnutzten. Es war ein Kräftemessen, das ich ohne großen Kampf verlor. Bereitwillig ergab ich mich ihr, ließ mich unter ihren Händen vollkommen gehen. Ich ließ mich gänzlich auf sie und auf meinen Körper ein, folgte meinen Wünschen. Bis ich schließlich müde in den Schlaf hinüberglitt, Haut an Haut mit Katrin. Dabei war mir, als hörte ich sie sagen: »Ich liebe dich.«

Als ich erwachte, war ich verwirrt. Ich war nicht in meinem eigenen Bett und wußte zunächst nicht, wo genau ich denn war. Doch nach einigen Sekunden kam die Erinnerung an die letzte Nacht zurück. Ich stellte ernüchtert fest, daß ich mitten in Katrins Bett lag. Der zweite Gedanke, der mich überfiel, hatte die Wirkung eines Kopfschusses: *Nico!*

Gestern hatte ich zwar auch hier übernachtet, aber außer übermäßigem Herzklopfen war nichts weiter geschehen. Heute dagegen war ich nackt, in eine Decke verwickelt, und ich fühlte mich grauenvoll. Was hatte ich bloß getan?

Katrin lag nicht mehr neben mir. Ich hatte nicht mitbekommen, daß sie das Haus verlassen hatte, aber mit Sicherheit war sie momentan auf der Arbeit.

Ich hatte natürlich ausgeschlafen, in allerbester Studentenmanier. Mühsam stand ich auf und klaubte meine Kleider vom Boden. Es war ein komisches Gefühl, nach so einer Nacht allein in der fremden Wohnung zu sein. Am liebsten hätte ich sofort wieder Reißaus genommen.

Die letzte Nacht war wirklich schön gewesen. Das war sicher ein weiterer Grund dafür, warum ich mich jetzt noch elender fühlte. Ich hatte einen großen Fehler begangen, für den ich mich im Nachhinein entsetzlich schämte. Was hatte ich denn nun wieder angerichtet?

Ich entschloß mich dazu, mich schnell aus Katrins Wohnung zu verflüchtigen. Ich wollte diese Katastrophe weit hinter mir lassen und nach Möglichkeit auch meine Schuldgefühle.

Gehetzt ging ich mit meinen Klamotten unter dem Arm aus dem Schlafzimmer und versuchte das Badezimmer ausfindig zu machen. Es war eine nicht allzugroße Herausforderung, denn es gab in der Wohnung nur noch einen Raum, den ich noch nicht gesehen hatte.

Vorsichtig öffnete ich die Tür zum Bad und lächelte gequält. Auf einer kleinen Kommode, direkt neben der Tür, lag ein frisches Handtuch für mich bereit und daneben eine noch verpackte Zahnbürste. Das war wahnsinnig süß von Katrin. Verdient hatte ich es bestimmt nicht. Trotzdem bediente ich mich dankbar der Zahnbürste und putzte gründlich meine Zähne. Dann beschloß ich, auch noch die wortlose Einladung zum Duschen anzunehmen. Ich hoffte, so mein schlechtes Gewissen von mir abzuwaschen. Vielleicht würde mir das kühle Wasser zumindest einen klaren Kopf verschaffen. Denn den brauchte ich jetzt dringend. Irgendwie mußte ich aus diesem Schlamassel wieder herausfinden.

Wenige Augenblicke später stand ich unter der Dusche und ließ das Wasser über mich laufen. Ich genoß das erfrischende Gefühl auf der Haut und versuchte ein wenig zu entspannen. Es gelang mir nicht.

»Darf ich mitduschen?« hörte ich eine Stimme hinter mir und drehte mich verwundert um.

Katrin lehnte mit verschränkten Armen in der Tür und beobachtete mich anscheinend schon etwas länger. Sie hatte ihren Schlüssel auf der Kommode abgelegt, und sie trug noch ihre Uniform. Sie mußte gerade eben erst zurückgekommen sein. Sie unterdrückte ein Gähnen, die Müdigkeit war ihrem Gesicht abzulesen. Kein Wunder, denn wir hatten beide nicht viel geschlafen.

Ich war zu überrascht von ihrem plötzlichen Erscheinen, um etwas passendes auf ihre Frage zu erwidern. Während ich noch nach Worten rang, begann sie auch schon damit, sich auszuziehen. Sicher erwartete sie nach unserer gemeinsamen Nacht keine ablehnende Antwort von mir.

Unbehaglich betrachtete ich sie dabei, wie sie zunächst die Schuhe und Socken auszog. Dann knöpfte sie langsam ihr Hemd auf und ließ es von den Schultern gleiten, bevor Hose, Slip und BH folgten. Während sie sich entkleidete, bewegte sie sich Stück für Stück auf die Dusche zu. Als sie schließlich ganz nackt war, machte sie den letzten Schritt zu mir hinein.

Katrin war einfach wunderschön, wie sie so vor mir stand und mich mit ihren blauen Augen anstrahlte. Aber das war gerade genausowenig in Ordnung wie alles, was in der letzten Nacht zwischen uns passiert war. Ihr zarter und trotzdem muskulöser Körper schmiegte sich zur Begrüßung an mich, als wäre es das normalste auf der Welt. Innerlich schaltete ich bereits auf Abwehr. Obwohl ich noch gestern der Versuchung nicht widerstehen konnte, wollte ich ihr heute morgen auf keinen Fall ein weiteres Mal verfallen.

»Guten Morgen«, grinste sie mich fröhlich an. »Bist du jetzt erst aufgestanden?«

Ich zuckte mit den Schultern und hoffte inständig, diese Situation so bald wie möglich beenden zu können. Außerdem hatte ich keine Ahnung, wie spät es überhaupt war. Aber ich konnte mir schon denken, daß ich ganz schön lange geschlafen hatte.

Noch breiter grinsend, piekste sie mich nun vorsichtig in die Seite. »Faulpelz«, beschimpfte sie mich liebevoll und griff an mir vorbei nach einem Duschgel.

»Wie spät ist es denn?« fragte ich und gab ihr damit indirekt auch noch recht.

»Halb zwei«, sagte sie leicht abgelenkt. Sie war deutlich mehr an mir als an der Uhrzeit interessiert und ließ etwas Gel auf ihre Handfläche laufen. Unaufhaltsam wanderten ihre Hände in meinen Nacken. Es fing langsam an, brenzlig zu werden. Aber das durfte auf keinen Fall schon wieder passieren.

Ich mußte hier schnellstmöglich weg. Während mein Hormonhaushalt völlig außer Kontrolle zu geraten drohte, versuchte ich, mich wenigstens mental zu beruhigen. »Und wie war dein Tag? Ich meine, die Arbeit«, startete ich einen Versuch, sie von mir abzulenken. Der war allerdings nicht von Erfolg gekrönt, denn sie begann sanft meine Kopfhaut und die Schläfen zu massieren. Natürlich hätte ich das ohne weiteres stundenlang genießen können, aber das durfte ich nicht.

»Anstrengend, und um ehrlich zu sein, bin ich todmüde«, antwortete sie schließ doch noch, während sie mir vorsichtig das Shampoo auswusch, mit dem sie mir mittlerweile die Haare gewaschen hatte.

»Du hast aber geschlafen wie ein Engel«, erwiderte ich und bemerkte erleichtert, wie sie endlich von mir abließ.

»Ja, bis um fünf. Um kurz vor sechs war ich schon beim Dienst«, stellte sie dennoch gutgelaunt fest. Sie begann ihre eigenen Haare zu waschen.

»Oh.« Ich brachte einen kleinen, mitleidigen Seufzer hervor, während ich sehnsüchtig an ihr vorbeisah und mich fragte, wie ich bloß aus der Dusche verschwinden konnte.

»Ach, ich schätze, du hast auch so deine Verpflichtungen. Zumindest nehme ich an, daß du heute noch in die Uni willst«, murmelte sie und begann ohne Vorwarnung meinen Hals zu küssen.

Im ersten Moment konnte ich darauf nicht reagieren. Ich lehnte mich überrumpelt gegen die Duschwand und ließ mich von ihr küssen. Ich stand da und genoß ihre Zärtlichkeit, als hätte mich jemand unter Drogen gesetzt. Erst als ihre Hand allmählich tiefer zu wandern begann, rasteten die Zahnräder in meinem Kopf wieder ein. »Ja, ich muß jetzt wirklich in die Uni«, entfuhr es mir schroff, und ich war drauf und dran, mich mit Gewalt von ihr zu lösen, beherrschte mich aber im letzten Augenblick. Diese Feindseligkeit wäre ungerecht gewesen. Ich wollte Katrin nicht dafür büßen lassen, daß ich meine Gefühle nicht im Griff hatte.

Verwundert hielt sie in der Bewegung inne und sah mich an. »Was ist los mit dir?« fragte sie irritiert.

Ich hatte das Gefühl, unter ihrem Blick vor Scham im Boden versinken zu müssen. Was mit mir los war, wußte ich ja selbst nicht. Mir war nur ganz eindeutig klar, daß das hier nicht gut sein konnte.

Als ich ihr weiterhin keine Antwort gab, nahm sie ganz langsam ihre Hände von mir und, wie von einer Pistole bedroht, hielt sie sie vor sich in die Höhe. »Entschuldige«, sagte sie deutlich pikiert. Sie hätte sicher bereitwillig akzeptiert, wenn ich keine Zeit dafür gehabt hätte, mit ihr zu schlafen. Aber es mußte sie verletzen, daß ich ihr keinen Grund für meine Ablehnung nannte.

»Tut mir leid«, fertigte ich sie kurzerhand ab, obwohl ich ihre Verletzlichkeit in ihrem Gesicht sehen konnte. Es zerriß mir das Herz, sie so betroffen vor mir stehen zu sehen. Ihre traurigen Augen zeigten mir, wie mies ich mich benahm.

Daß ich sie gern hatte, machte es noch tausendmal schlimmer. Ich bewegte mich wieder auf sie zu. In dem Moment, als ich sie in die Arme nehmen und trösten wollte, wich sie unvermittelt ein Stück zurück.

»Ich verstehe nicht, warum du dich nach allem, was zwischen uns geschehen ist, so von mir distanzierst, Alex«, sagte sie beinahe im Flüsterton.

Es schwang eine Betroffenheit in ihren Worten, die mir eiskalte Schauer über den Rücken laufen ließ. Daß sie so fühlte, tat mir weh, auch wenn ich es mit meinem Verhalten im Grunde provoziert hatte. Ich hatte unaufhörlich mit ihr gespielt, ihr nie eine echte Gelegenheit gegeben, mir zu vertrauen. Ich hatte nur mit Bravour vollbracht, auf ihren Gefühlen herumzutrampeln.

»Ich . . .«, setzte ich an. »Ich weiß nicht, was ich sagen soll.« Fahrig wischte ich mir die nassen Haare aus dem Gesicht und verschränkte peinlich berührt die Arme vor dem Bauch. Ich war plötzlich in argen Erklärungsnöten. Es war nicht so, daß ich keine Gefühle für Katrin hatte, schon gar nicht, daß ich sie nicht begehrte. Letzteres ganz bestimmt nicht. Beim bloßen Gedanken an die vergangene Nacht beschleunigte sich mein Puls. Aber da blieb diese brennende Sehnsucht in mir. Eine taube Stelle auf meiner Seele, die nur in Nicos Gegenwart zu neuem Leben erwachte.

Katrin verschränkte jetzt ebenfalls die Arme vor der Brust. Sie legte erwartungsvoll den Kopf schräg. Die Konfrontation spitzte sich allmählich zu. Je länger wir uns nun anstarrten, desto nervöser wurde ich.

Ich konnte in meinem Kopf keinen einzigen klaren Satz formulieren. Alle Gedanken wurden abgelenkt durch unzählige wilde Gefühle, die sich wirr durcheinander mischten. Ich versuchte mich wieder zu fangen, denn mich überkam plötzlich die Befürchtung, ich könnte anfangen zu weinen. Das alles war viel zuviel für mich.

»Wenn dir das jetzt so nahe geht, warum kannst du dich dann nicht auf mich einlassen?« fragte sie, nicht bösartig oder wütend. Sie sprach mit sanfter Stimme, aber ihr aufrichtig verständnisloser Blick öffnete in mir alle Schranken. Überhastet wandte ich mich ab und versuchte fast fluchtartig, die Dusche zu verlassen. Bevor ich dazu kam, einen Fuß nach draußen zu setzten, hielt sie mich am Arm zurück.

Ich fühlte, wie mir die erste Träne langsam über das Gesicht lief, ohne daß ich dagegen ankämpfen konnte. Sie hatte mich getroffen, und das tief. Jetzt war alles zuviel, mir war nach wegrennen, und ich wünschte mir nichts sehnlicher, als daß Katrin mich endlich losließ. Ihre Hand schien geradezu auf meiner Haut zu brennen.

»Ich ...«, stammelte ich und wußte doch nichts zu sagen. Es gab auch nichts zu sagen. Mir fehlten die Argumente, ich sah ja selbst keinen vernünftigen Grund für mein gegensätzliches Verhalten. »Ich ...«, setzte ich erneut an.

Sie blickte mich erwartungsvoll an. Sie schien ehrlich daran interessiert zu sein, mich zu begreifen.

»Ich muß hier raus!« brach es aus mir hervor, und ich befreite mich ruckartig aus ihrem lockeren Griff. Unaufhaltsam stürzte ich aus der Dusche. Das war zuviel. Ich hatte zu viele Erwartungen und Sehnsüchte gesehen, die ich alle nicht erfüllen konnte und doch so gern erfüllen wollte. Aber ich konnte nicht einmal meine Erwartungen an mich selbst erfüllen.

Ich machte drei hastige Schritte quer durch das Badezimmer, wickelte mir das Handtuch um und kam mir schlagartig ziemlich albern vor. Ich hielt abrupt inne, eine Hand bereits auf der Türklinke. Vor was rannte ich denn eigentlich weg? Ich war erwachsen und konnte doch nicht einfach so abhauen. »Ach verdammt!« brüllte ich zu meiner eigenen Überraschung und drehte mich entschlossen wieder um.

Katrin stand dicht hinter mir mitten im Badezimmer und sah mich aus großen Augen an. Sie hatte mir anscheinend folgen wollen.

Ich versuchte so gleichmäßig wie möglich ein- und auszuatmen, um mich wieder zu beruhigen. Es gab gar keinen Grund, jetzt so durchzudrehen, redete ich mir selbst gut zu.

»Also, das ist mir auch noch nicht passiert. Ich meine, du bist die erste, die so die Flucht vor mir ergriffen hat«, sagte sie verwirrt, während sie nach einem Handtuch tastete.

Diese Beschreibung meines Verhaltens machte die Angelegenheit nicht gerade weniger peinlich für mich, doch das hatte ich mir wohl selbst zuzuschreiben. »Tut mir leid. Ich habe total überreagiert«, entgegnete ich verlegen und versuchte ihr möglichst nicht in die Augen zu sehen. Überreagiert war sogar noch eine ziemliche Untertreibung. Ich hatte absolut die Kontrolle verloren.

»Schon gut«, sagte sie beruhigend. »Du zitterst ja«, bemerkte sie und bewegte sich langsam auf mich zu. Besorgt sah sie mich aus ihren blauen Augen an und strich mir vorsichtig eine Strähne aus dem Gesicht.

Schlagartig legt sich meine Aufregung. »Ich hoffe, du hältst mich jetzt nicht für total durchgeknallt«, war das nächste, das mir in den Sinn kam, während mir immer noch das Wasser von der Stirn tropfte.

»Nein, so leicht mache ich es mir schon nicht«, sagte sie und schenkte mir seufzend ein kleines Lächeln. Das war nach meinem skurrilen Auftritt wirklich nicht selbstverständlich.

»Bist du mir böse? Ich meine, so sollte man niemanden stehenlassen«, kommentierte ich kleinlaut. Es war offensichtlich, daß ich mich absolut danebenbenommen hatte. Langsam bekam ich darin so richtig Übung.

»Das einzige, was ich dir wirklich übelnehme, ist, daß du mein Badezimmer unter Wasser gesetzt hast«, stöhnte sie mit einer zum Fußboden deutenden Kopfbewegung.

Ich folgte ihrem Blick und betrachtete das verdächtige Glänzen auf den dunklen Fliesen. Auch ihre Uniform sah ziemlich durchnäßt aus.

»Willst du mit mir frühstücken? Dann könnten wir endlich mal vernünftig miteinander reden«, lud sie mich ein, bevor ich etwas zu meiner Entschuldigungen sagen konnte.

Ich nickte zustimmend und griff nach meinen Sachen auf der

Kommode. Wir verließen zusammen das Badezimmer. Katrin legte eine Hand auf meine rechte Schulter und lenkte mich ins Schlafzimmer. Ich stand zunächst unschlüssig im Raum und sah ihr dabei zu, wie sie ihre Uniform in einen Wäschesack stopfte.

»So wie ich das sehe, könntest du dir unter Umständen meine Unterwäsche ausleihen«, bot sie mir mit einem dezenten Seitenblick an.

Ich traute mich nicht, auch nur einen einzigen Muskel zu bewegen.

Sie hatte meine Verunsicherung bemerkt und lächelte mir jetzt aufmunternd zu. »Bedien dich. In der Schublade«, sagte sie und deutet amüsiert zu ihrem Kleiderschrank.

Ich überlegte kurz, ob ich mich vielleicht wirklich nicht so zieren sollte. Zumindest stünde dann mein grandioser Fluchtversuch nicht länger im Vordergrund. Also ließ ich mich nicht noch ein drittes Mal bitten und ging rüber zu ihrem Schrank. Dort ließ ich mich in die Hocke sinken und stellte fest, daß mein Selbstbewußtsein langsam zurückkehrte, denn ich suchte mir gezielt ihre schönste Wäsche aus. Obwohl Katrin eigentlich *nur* schöne Unterwäsche besaß, wie ich feststellen durfte.

Als sie es bemerkte, grinste sie noch breiter. »Und da heißt es immer, Lesben seien nicht eitel«, schmunzelte sie, half mir aber trotzdem dabei, den BH zu verschließen.

»Ich habe das nie gesagt«, entgegnete ich.

»So, so. Ist da jetzt wenigstens auch noch was für mich drin?« fragte sie und spähte mir vorsichtig über die Schulter. Das bereitete ihr keine Probleme, schließlich überragte sie mich um einige Zentimeter. Obwohl ich wenige Minuten zuvor noch schwer geschockt und die Situation ziemlich prekär gewesen war, fiel die Anspannung nun völlig von mir ab.

Wir begannen uns gegenseitig anzuziehen, mit der gleichen Hingabe, die wir in der letzten Nacht aufs Ausziehen verwendet hatten. Wir berührten sanft jeden Millimeter freier Haut, küßten uns vorsichtig. Ich genoß Katrins Zärtlichkeiten und ließ mich darin versinken. Es war ganz anders als noch gestern oder gerade eben unter der Dusche. Jede Geste war zwar ein wenig erotisch, aber eigentlich ging es nur um Nähe. Katrin streichelte mich und vertrieb so die letzten Gedanken an die Eskalation im Badezimmer.

Wir ließen uns viel Zeit füreinander, und ich fühlte mich allmählich wieder wohl in meiner Haut. Schließlich war ich beinahe enttäuscht, als wir komplett angezogen voreinander standen. Am liebsten hätte ich noch länger ihre zarte Haut berührt.

»Brötchen?« flüsterte sie in mein Ohr, während ich mich in ihre Arme kuschelte und mein Gesicht in ihrer Halsbeuge vergrub.

Ich nickte zaghaft, und sie gab mir einen kleinen, aufmunternden Klaps auf den Po. Seufzend lösten wir uns voneinander und verließen das Schlafzimmer.

»Setz dich aufs Sofa.« Sie schickte mich direkt weiter ins Wohnzimmer, während sie in Richtung Küche verschwand.

Ich ließ mich auf die weichen Kissen sinken. Die Ereignisse des Tages hatten mich völlig verwirrt, und dabei war ich gerade erst vor gut einer Stunde aufgewacht.

Wir waren uns ziemlich nahe gekommen, und das auf einer Ebene, die ich nicht mehr eindeutig zuordnen konnte. Aber es war auf eine besondere Art schön.

Katrin balancierte gekonnt ein voll beladenes Tablett ins Zimmer und ließ sich dicht neben mir nieder. Auch sie schien wieder gutgelaunt zu sein.

»Frische Brötchen?« fragte ich mit Blick auf die Auswahl.

Sie nickte. »Habe ich vorhin mitgebracht«, erklärte sie und stellte vor mir einen kleinen Teller mit einem Messer darauf ab.

»Woher wußtest du, daß ich noch hier sein würde?« hakte ich nach. Es wäre zumindest theoretisch möglich gewesen, daß ich mich doch in die Uni aufgemacht hatte.

»War so ein Gefühl, außerdem haut man nicht einfach so ab«, sagte sie vergnügt und zwinkerte mir zu, während sie ein Brötchen halbierte und zunächst mit Frischkäse und dann mit Marmelade bestrich.

Ich wurde wieder verlegen, lächelte aber auch. Wenigstens bewies mir das, daß sie die Sache nicht allzu tragisch nahm. Mich beschlich dennoch der Gedanke, daß ich die Geschichte wohl noch in Jahren von ihr unter die Nase gerieben bekommen würde.

Das Lächeln zierte noch einen kurzen Moment ihr Gesicht,

bevor es wieder erstarb. Statt dessen legte sich ein schwerer Ernst über uns. Wir hatten miteinander reden wollen.

»Als ich gestern von Anne erfahren habe, daß dein Herz möglicherweise schon einer anderen gehört, habe ich es erst nicht glauben wollen«, begann sie zaghaft.

»Anne! Deine Exfreundin hat es dir erzählt?« fuhr ich wutentbrannt auf. Dieser eine Name hatte in mir eine Welle der Empörung ausgelöst, die mich fast rasend machte. Diese Person erdreistete sich auf eine Weise, mein Leben zu infiltrieren, die ich mir nicht mehr länger gefallen lassen wollte.

»Glaube mir, ich hätte es auch lieber von dir erfahren«, versicherte sie mir. Dann drückte sie einen Finger sanft gegen meinen Hals, so daß kurz der Schmerz wieder aufflammte. »Eigentlich hatte ich sie nur deswegen zur Rede stellen wollen.« Sie nahm die Hand wieder zurück.

Natürlich, wie hatte ich bloß davon ausgehen können, daß Katrin untätig bleiben und die Dinge ihren Lauf nehmen lassen würde? »Es überwältigt mich, daß du dich so sehr um mich sorgst«, gestand ich ihr. Der Zorn auf Anne hatte sich gelegt, an seine Stelle trat große Sympathie.

»Weißt du, ich habe dich sehr gern«, sagte sie und offenbarte damit auch den Grund für ihre Fürsorge. »Außerdem war ich schockiert, daß ich mich so sehr in Anne getäuscht hatte«, fügte sie betreten hinzu.

Ich konnte aus ihren Worten heraushören, daß ihr die Scherben von der zerbrochenen Beziehung mit Anne noch einmal tiefe Schnitte zugefügt haben mußten, als ich ihr von dem Angriff auf mich erzählt hatte. Behutsam legte ich ihr meine Hand auf den Oberschenkel und hoffte sehr, sie damit ein bißchen trösten zu können.

Sie griff danach und sah mich fest an. »Jetzt laß uns mal Klartext reden, Alex«, sagte sie und schluckte. »Ich weiß nicht, wer sie ist, aber ich merke, daß deine Gedanken bei ihr sind«, ergänzte sie, und die Schwere ihrer Worte legte sich übergangslos auf meine Brust.

»Nico ist irgendwie besonders«, stellte ich etwas bedrückt fest und sah sie unsicher an.

Sie nickte akzeptierend und seufzte. »Nico heißt sie also«,

kommentierte sie wortkarg. Es war eine nüchterne Informationsaufnahme, ohne Hadern. Ihr Daumen fuhr liebevoll über mein Handgelenk, wie sie es schon mal mit den kleinen Knöcheln getan hatte.

Ein kleiner Schauer lief mir über den Rücken. Was ich eben gesagt hatte, mußte sie verletzt haben, trotzdem schenkte sie mir in diesem Moment noch ihre Zärtlichkeit. Ich hatte alles andere verdient, aber sicherlich nicht das.

Dann nahm sie langsam wieder die Hand von meiner. »Dreiecksgeschichten sind nichts für mich«, sagte sie. Bevor ich begriff, was sie mir damit sagen wollte, fügte sie mit einer winzigen Spur Sarkasmus hinzu: »Und für dich schon gar nicht.«

Daß ich seit Tagen im Ausnahmezustand lebte, änderte nichts an dem Schmerz, den ich plötzlich fühlte. Dieser Schnitt war richtig, er war vernünftig, und er wurde meinem Gewissen gerecht. Trotzdem blieb der fahle Beigeschmack, einen lieben Menschen verletzt und vielleicht dadurch auch verloren zu haben. »Ich will nicht, daß das mit uns plötzlich wertlos wird«, äußerte ich ergriffen meine Befürchtung.

»Das ist es nicht, und das wird es nicht. Aber auf dieser Basis geht das mit uns nicht mehr, sonst werden wir uns gegenseitig irgendwann zum Alptraum«, antwortete sie bestimmt.

»Also können wir Freundinnen sein?« fragte ich hoffnungsvoll, auch wenn mir klar war, daß das durchaus schwierig werden konnte.

»Die besten. Ich will bloß nicht als deine Affäre enden«, erwiderte sie.

»Du warst zu jeder Sekunde mehr für mich«, begehrte ich auf. Es ging mir nie nur um Sex. Nicht nur, daß wir dafür viel zu wenig davon gehabt hatten. Meine Gefühle für Katrin gingen viel tiefer.

»Und du für mich«, sagte sie mit Nachdruck. Sie strich mir versöhnlich über das Knie.

Ich war erleichtert, daß sie meiner Versicherung offenbar Glauben schenkte. »Du weißt, daß ich immer für dich da bin?« fragte ich aus einem inneren Impuls heraus und legte den Arm um sie.

»Hör bloß auf, sonst heul ich noch«, verlangte sie und wischte sich mit dem Handrücken eine einzelne Träne aus dem Augenwinkel, während sie sich doch bereitwillig von mir festhalten ließ.

Sie war sonst so eine starke Frauen und jetzt ihre Tränen zu sehen, rührte mich ebenso wie es sonst unschuldige Kindertränen taten. Während wir weiterhin auf der Couch saßen, kuschelten, dabei die Mischung aus neuen und bereits vertrauten Gefühlen genossen und endlich etwas frühstückten, drehte sich meine kopfstehende Welt wieder in die richtige Richtung zurück.

Katrin unterdrückte zwischenzeitlich immer wieder mühsam ein Gähnen.

»Legst du dich noch mal hin?« fragte ich, als wir beide schon etwas länger unser Frühstück beendet hatten. Der Schlafentzug war ihr deutlich anzumerken.

Sie nickte. »Ich glaube schon. Du und meine vermaledeite Exfreundin ... Ihr habt mich ganz schön geschlaucht«, erklärte Katrin mir mit einem winzigen vorwurfsvollen Seitenblick auf mich.

»Anne hat dir doch nichts getan, oder?« fragte ich besorgt. Inzwischen traute ich der Frau alles zu.

Katrin schüttelte zu meiner großen Erleichterung sofort den Kopf. »Nein, und sie wird sich in Zukunft auch von dir fernhalten. Aber daß sie sich so verhalten hat, das belastet mich trotzdem. Immerhin haben wir eine lange Zeit miteinander verbracht«, gab sie bereitwillig Auskunft. Dann machte sie eine wegwerfende Handbewegung. »Reden wir nicht weiter von ihr«, bestimmte sie und strich dann prüfend über meinen Hals. »Es sei denn, du hast dich doch noch dazu entschlossen, sie ...« Sie wollte ganz offensichtlich wieder auf das Thema Anzeige zu sprechen kommen, hielt aber inne, als sie mein energisches Kopfschütteln bemerkte.

»Das ändert auch nichts mehr«, entgegnete ich, und sie nickte schließlich zustimmend. Ich wollte die Angelegenheit begraben und vergessen. Ich erhaschte einen kurzen Blick auf die Uhr. Es war inzwischen später Nachmittag.

»Du willst nach Hause?« erkundigte sie sich. Sie mußte meinen verstohlenen Blick bemerkt haben.

»Ja, ich habe da auch noch so einiges zu klären. Eine meiner Mitbewohnerinnen geht momentan auf die Barrikaden.« Ich erläuterte kurz, daß ich noch ein Krisengespräch mit Paula vor mit hatte.

Katrin schmunzelte, während sie mich zu Tür begleitete. »Dir bleibt im Moment wohl nicht allzuviel erspart«, stellte sie trocken fest und reichte mir meine Jacke.

Ich zuckte schwermütig mit den Schultern. »Wann sehen wir uns wieder?« fragte ich, anstatt ihr eine Antwort zu geben.

»Ich denke bald«, sagte sie und sah mir beim Anziehen zu.

Einen Moment lang stand ich, in der Jacke verpackt, vor ihr und wußte nicht recht, was ich tun sollte. »Tschüß, ich freu mich«, entschloß ich mich schließlich zu sagen und gab ihr zum Abschied einen kleinen Kuß auf die Wange.

»Verschwinde schon«, flüsterte sie mir liebevoll zu und gab mir einen leichten Schubs Richtung Tür. Ich grinste nur und machte mich auf den Weg.

Kapitel 13

Ich näherte mich dem Hauseingang. Es war noch lange nicht dunkel, aber die Dämmerung hatte bereits eingesetzt. Mit jedem Schritt, mit dem ich mich dem Haus und der kleinen Passage im Schatten der vorstehenden Balkone näherte, verspürte ich eine wachsende Beklemmung. Anne würde mir sicherlich nicht noch einmal hier auflauern. Trotzdem fühlte ich mich unwohl in meiner Haut.

Schneller als gewohnt hastete ich die drei Treppen hinauf. Wie auf der Flucht vor der Erinnerung. Die würde ich noch lange nicht begraben und vergessen haben.

Als ich die Wohnung betrat, spürte ich sofort, daß eine angespannte Stimmung in der Luft lag. Ich hörte, wie sich meine Mitbewohnerinnen aufgeregt in der Küche unterhielten. Sie stritten nicht, aber sie diskutierten lautstark. Das verstärkte mein ungutes Gefühl.

»Hallo«, rief ich zur Begrüßung um die Ecke, noch in der Hoffnung, etwas falsch interpretiert zu haben. Dabei schmiß ich unachtsam meine Jacke über einen Garderobenbügel. Ordentlich konnte ich zu einem späteren Zeitpunkt noch werden.

»Alex!« kam es erregt zurück. Paula war fürchterlich aufgebracht, was meinem Unbehagen weitere Nahrung gab. Nur allzugut konnte ich mich noch an unsere letzte Auseinandersetzung erinnern.

Gestern morgen hatte ich mich, als es ernst werden sollte, unrühmlich aus dem Staub gemacht. Anscheinend war sie gerade stinkwütend und brannte nur darauf, mich in die Finger zu bekommen. Ich dagegen konnte auf eine weitere Konfrontation getrost verzichten. Ich setzte dazu an, ohne Umwege in meinem Zimmer zu verschwinden. Ich wollte den Schlüssel umdrehen, die Musik an- und meine Gedanken abschalten.

»Kommst du jetzt endlich mal zu uns in die Küche? Es ist wichtig«, rief auf einmal auch Franzi. So fordernd war sie selten.

»Was ist denn los?« fragte ich angespannt und spähte vorsichtig um die Ecke. Es roch verdächtig nach einer Krisensitzung.

Thea hatte sich auf der Fensterbank eingerichtet, während Paula, Franzi und Sanny zusammen um den Küchentisch saßen. Daß Sanny hier war, verwunderte mich nach den jüngsten Ereignissen nicht sonderlich. Ihr Erscheinen war nach dem verheißungsvollen Brief nur eine Frage der Zeit gewesen. Allerdings verunsicherten mich die besorgten Mienen der Anwesenden um so mehr.

Wie ein frischverliebtes Paar benahmen sich Franzi und Sanny auch nicht gerade. Normalerweise knutschte man doch wild rum oder kuschelte wenigstens miteinander. Aber hier herrschte Grabesstimmung. Selbst Thea war ungewöhnlich angespannt, wo sie doch sonst nichts so leicht aus der Fassung brachte.

»Marion ist los«, antwortete mir Franzi und biß wütend in eine unschuldige Salzstange. Das Knabberzeug auf dem Tisch paßte überhaupt nicht zur frostigen Atmosphäre.

»Aha«, konnte ich nur machen und trat langsam zu ihnen in den Raum.

Paula musterte mich währenddessen beinahe ausdruckslos. Ich zog mir einen freien Stuhl heran und setzte mich zu Thea an die Fensterbank. Was mochte das Biest Marion nur ausgeheckt haben? Allein ihr Name genügte, um mich zu verstimmen. Mit jeder verstreichenden Sekunde stieg mein Groll auf das intrigante Miststück.

»Du hattest recht, Marion ist sehr wohl in die gesamte Angelegenheit verwickelt«, eröffnete mir Sanny.

Daß Marion ihre Finger im Spiel hatte, verwunderte mich nicht. Ich wollte viel dringender wissen, was denn überhaupt vorgefallen war. Warum ließen die sich denn alles aus der Nase ziehen? »Und wie, wenn ich fragen darf?« fragte ich und hoffte endlich mehr zu erfahren. Es machte mich ganz nervös, noch nicht im Bilde zu sein.

»Ich wollte heute nachmittag mit Marion sprechen und sie nach ihrer Meinung zu den Ereignissen in den letzten Tagen befragen«, begann Sanny endlich zu erklären. »Aber als ich dort ankam, hatte sie bereits Besuch: Ingrid!« sagte sie bedeutungsschwer.

Klarer wurde mir deswegen immer noch nichts. Ich kannte überhaupt keine Ingrid. Vor meinem inneren Auge flackerte absurderweise die Vorstellung von einer großen blonden Schwedin im IKEA-Pullover auf. »Ingrid? Die kenne ich nicht«, entgegnete ich verwirrt. Das alles wurde plötzlich immer dubioser.

»Du mußt sie auch nicht kennen. Aber ich habe sie kennengelernt«, sagte Franzi sarkastisch. Sie lehnte immer noch lässig in ihrem Stuhl, aber in ihren Augen blitzte es verdächtig. Der Ausdruck auf ihrem Gesicht sprach Bände.

Jetzt fiel bei mir endlich der Groschen: Ingrid war keine Schwedin im IKEA-Pullover, sondern die Dunkelhaarige, die Franzi gedroht hatte. Langsam setzten sich die wirren Informationen zu einem schlüssigen Bild zusammen. »Ingrid ist die, mit der du in der Uni aneinandergeraten bist?« schlußfolgerte ich.

Franzi nickte breit grinsend und bestätigte damit endgültig meine Vermutung. Ich konnte gut nachvollziehen, welchen Nutzen Marion aus der Angelegenheit zog. Franzi war für sie ein lästiges Hindernis auf dem Weg in Sannys Herz. Aber warum mischte sich diese Ingrid ein?

»Und woher wißt ihr das alles?« verlangte ich eine vollständige Erklärung. Die eben erfahrenen Neuigkeiten ließen bei mir noch einige Fragen offen. Was in Marions Wohnung abgelaufen war, interessierte mich immer brennender.

»Weil sie schließlich alles zugegeben haben. Aber laß mich doch mal der Reihe nach erzählen«, sagte Sanny.

Ich nickte und versuchte meine Neugierde etwas zu bremsen, denn unnötige Aufgeregtheit würde uns hier nicht weiterbringen.

»Als ich die beiden zusammen sah, wollte ich noch glauben, daß es sich um eine nette, ungezwungene Teerunde handelte. Sie saßen gemütlich auf der Couch und unterhielten sich. Ihr wißt schon ...«, begann sie zu berichten und fuchtelte konfus mit den Händen herum. Sie hatte anscheinend beschlossen, diesen Teil ein wenig abzukürzen und sofort zum Wesentlichen zu kommen. »Nichts Weltbewegendes eben. Allerdings durfte ich bald erfahren, daß ich mich getäuscht hatte. Denn die beiden versuchten mir nach kurzem Geplänkel doch wirklich weiszumachen, sie hätten Franzi gestern mit einer anderen gesehen.« Bei den letzten Worten war Sanny ziemlich laut geworden. Ihre Rage war verständlich, denn es handelte sich dabei offensichtlich um eine dreiste Lüge.

»Vollkommener Unsinn«, bestätigte Franzi und legte beruhigend ihre Hand auf Sannys Oberschenkel.

»Natürlich ist das Unsinn. Wir waren schließlich den ganzen Abend zusammen«, fauchte sie immer noch erhitzt und gab Franzi einen kleinen Stoß gegen den Arm. Dann blickte sie wieder mich an. »Aber daß sich mein Verdacht so bestätigen mußte ...«, haderte sie mit sich selbst.

Fast war ich überrascht, wie temperamentvoll die so liebreizend aussehende Sanny doch sein konnte. Ganz ähnlich wie Franzi. Da hatten sich zwei Dampfkochtöpfe gefunden.

»Aber das Schärfste kommt erst noch«, mischte sich Thea ein. Das war ungewöhnlich, normalerweise hielt sie sich dezent zurück.

»Ja«, fuhr Sanny fort und gestikulierte wieder wie wild mit den Armen herum. »Ich habe sie natürlich zur Rede gestellt.

Dabei bin ich anscheinend ziemlich laut geworden. Deswegen ist sie auch aus dem Nebenzimmer gekommen.«

Mir lief es eiskalt den Rücken herunter. »Wer?« fragte ich energisch. Ich hatte schon eine Vorahnung, keine gute.

»Anne. Mit dem Handy am Ohr und tief gerunzelter Stirn stand sie plötzlich in der Tür zum Wohnzimmer. Sie mußte die ganze Zeit nebenan telefonieren haben«, bestätigte Sanny das, was ich erwartet und befürchtet hatte.

Das alles war also tatsächlich eine gemeine Intrige, die die drei gemeinsam eingefädelt hatten. Ich konnte mir zwar immer noch nicht ausmalen, welche Beweggründe diese Ingrid hatte, doch daß Marion und Anne ein starkes Interesse daran hatten, derartig Unruhe zu stiften, war mir schon im vorhinein klar gewesen. »Und was ist dann passiert?« Ich mußte auch noch den Rest der Geschichte erfahren. Irgendwie schien mir das noch nicht alles gewesen zu sein.

»Ingrid hat schließlich zugegeben, daß sie Franzi in der Uni bedroht hat. Marion und sie hätten es nur getan, um mich zu beschützen. Pah!« machte Sanny verärgert und schlug mit der flachen Hand auf den Tisch. Vereinzelte Erdnüsse wurden heftig aus einer der Snackschalen geschleudert. »Ich hab Marion danach direkt darauf angesprochen, ob sie es nicht viel eher aus Eifersucht getan hat«, ereiferte sie sich und schob verdächtig die Unterlippe vor. Es mußte sie sehr verletzt haben, von ihrer Freundin so hintergangen worden zu sein.

»Und?« hakte ich nach, aber eigentlich war die Antwort bereits klar. Es konnte nur die eine geben.

Sanny zuckte mit den Schultern. »Sie hat es schließlich eingestanden. Sie hätte das alles nur aus Liebe zu mir gemacht und blablabla.« Sie war richtig in Fahrt. Den letzten Satz hatte sie mit einer verstellt weinerlichen Stimme wiedergegeben, was den Vorfällen eine ungewollt komische Note gab.

Mir fiel dazu nur ein einziger Satz ein: Und bist du nicht willig, so brauch' ich Gewalt. »Aber ich verstehe immer noch nicht, was das Ganze mit Ingrid zu tun hat«, mußte ich gestehen. Hatte sie sich am Ende nur aus Loyalität gegenüber Marion eingemischt? Wohl kaum.

»Das ist eine etwas heikle Geschichte«, seufzte Franzi und

fuhr sich mit beiden Händen durchs Haar. Beinahe betreten schaute sie jetzt drein, als hätte sie ein fürchterlich schlechtes Gewissen. Aber wie konnte das sein, wenn doch eigentlich die anderen die Bösewichte waren?

»Natürlich ist die ganze Angelegenheit an sich schon heikel. Wie kommt es jetzt dazu, daß du so betroffen reagierst?« konstatierte ich und griff nach den Erdnüssen.

»Der Grund heißt Tina Franke«, stellte Thea trocken fest. Sie musterte Franzi eindeutig tadelnd.

Tina. Tina Franke. Ich konnte mich beim besten Willen nicht daran erinnern, diesen Namen schon jemals gehört zu haben. Oder doch? Na klar. Sanny und Marion hatten in der Buchhandlung von einer Tina gesprochen. Konnte es diese Tina sein?

»Damals wußte ich noch gar nicht, daß sie Franke mit Nachnamen heißt«, murmelte Franzi beschämt vor sich hin. Es mußte schon eine ältere Geschichte sein.

»Wer ist diese Tina?« wollte ich wissen und ließ die Nüsse wieder aus den Fingern gleiten.

Als ich behutsam das Salz abstreifte, redete wieder Thea: »Du kennst sie, Alex.«

Während Thea eine Kunstpause einlegte, in der sie auffordernd zu Franzi blickte, war ich mir immer noch nicht sicher, ob ich sie nun kannte.

Auch Sanny blickte erwartungsvoll zu ihrer Freundin. Sie hatte die Arme locker vor dem Bauch verschränkt und wartete darauf, daß sie endlich die Angelegenheit aufklärte.

Franzi räusperte sich übertrieben. »Dein Aufeinandertreffen mit ihr gestaltete sich in etwa so, Alex: Eine hübsche Brünette stürzt aus unserer Wohnungstür, reißt dich dabei fast um, während du nichts Böses ahnend nach Hause kommst«, schilderte Franzi einen Vorfall aus der Vergangenheit, der mir sehr wohl noch im Gedächtnis war.

Ich werde diesen verstörten Blick niemals vergessen. Verstörte Augen – genauso rehbraun wie das wellige Haar – die mich nur am Rande registrierten. Eine junge Frau auf der Flucht vor der Kaltblütigkeit einer verbitterten Mathematikstudentin. Ich erinnerte mich auch sofort wieder an Theas Stimme, die Franzi fragte, was sie denn zu dieser Brünetten gesagt hatte. Franzi hatte gelassen mit den Schultern gezuckt und erklärt, daß sie ihr nur gesagt hatte, daß sie sich anziehen und verschwinden soll, weil sie keinen Bock auf Gefühlsduselei hat. Es war das einzige Mal, daß ich gesehen hatte, wie Thea jemanden ohrfeigte. Und zwar so heftig, daß es einen Knall gab und Franzis Kopf unsanft zur Seite flog. Franzi hatte die Ohrfeige wortlos hingenommen. Ihr war vollkommen klar gewesen, was sie angerichtet hatte.

Jetzt fuhr sie sich gedankenverloren über dieselbe Wange. »Jetzt begreife ich es langsam«, warf ich in die Runde. »Ingrid ist ihre neue Freundin?« schickte ich die Frage nur sicherheitshalber hinterher.

Sanny nickte.

»Ich weiß, wie ekelhaft das von mir war. Aber ich habe mich doch geändert«, begehrte Franzi auf. Manchmal verfolgten einen die Sünden der Vergangenheit hartnäckig lange, sinnierte ich betroffen.

»Das wissen wir doch«, beruhigte Thea sie von der Fensterbank her und seufzte.

»Vielleicht sollte ich mich bei Gelegenheit entschuldigen?« kam es kleinlaut von der sonst so selbstbewußten Franzi.

Ich kniff ein Auge zusammen und nickte schwer.

»Wenn es dir wirklich leid tut, wäre es wahrscheinlich eine Erleichterung«, mischte sich zum ersten Mal auch Paula in das Gespräch mit ein. Sie hatte das Geschehen bisher stumm verfolgt.

Bei dem Wort ›entschuldigen‹ war ich ungewollt zusammengezuckt. Ich war mir mittlerweile nicht mehr so ganz sicher, ob ich mich bei Paula zu entschuldigen hatte oder umgekehrt. Das war eine schwierige Frage. Genauso wie die, wer wen wann ignoriert hatte. Ein klärendes Gespräch war schließlich nicht umsonst bisher nicht zustandegekommen. Ich warf ihr einen scheuen Blick zu. Sie sah nicht weniger scheu zurück. Warum mußte der erste Schritt nur immer so schwierig sein?

»Ich muß mit euch noch über etwas reden«, unterbrach Sanny diesen kritischen Moment. »Oder viel eher mit dir, Alex.«

Das war nicht nur für mich überraschend. Auch meine drei Mitbewohnerinnen richteten ihre Aufmerksamkeit verwirrt auf Sanny.

»Es geht, wie du dir vielleicht denken kannst, um Anne«, begann sie zögerlich.

Was auch immer sie zu sagen hatte, es mußte ein ziemlicher Brocken sein. Annes Rolle in dieser Intrige war noch mit keinem Wort erwähnt worden, und auch wenn ich jeden Tag schmerzlich durch meinen Hals an ihre Methoden erinnert wurde, befürchtete ich, gleich eine noch bösere Überraschung zu erleben. »Will sie mich das nächste Mal richtig erwürgen?« reagierte ich mit einem gewissen Trotz. Dieser Mensch wurde mir immer mehr zuwider.

Sanny sah einen Augenblick verlegen zur Seite. Sie überlegte kurz. »Franzi hat mir davon erzählt, was dir passiert ist. Das tut mir aufrichtig leid«, sagte sie dann in bedrücktem Ton. Sie seufzte, bevor sie dann ihren Blick wieder auf mich richtete. »Aber da ist etwas, das ich wissen muß: Hast du im Moment mit zwei Frauen gleichzeitig was?« fragte sie schüchtern, als wäre sie sich ihrer Informationen nicht ganz sicher.

»Nicht mehr«, war meine nüchterne Antwort, die irgendwie schmerzte, aber auch Erleichterung in mir auslöste. Ich hatte wieder die Kontrolle über mein Liebesleben zurückgewonnen.

»Also erfahren wir jetzt endlich, wo du die letzten beiden Nächte verbracht hast?« fragte Franzi gewohnt direkt. Sie hätte auch fragen können, welche Endscheidung ich letztendlich getroffen hatte. Aber wie hätte sie auch ahnen können, daß das eine mit dem anderen nicht übereinstimmte?

»Ich war bei Katrin, aber das alles ist vollkommen kompliziert«, antwortete ich widerwillig und versuchte eine geeignete Erklärung für die extremen Wechselbänder zu finden, die meine Gefühlswelt erschüttert hatten.

»Also ist es vorbei mit dieser Nico?« warf Sanny auf einmal in den Raum.

Zuerst wollte ich noch auf die Frage antworten, aber dann überkam mich ein schrecklich beunruhigender Gedanke, der augenblicklich meinen Puls in die Höhe trieb. Erschrocken atmete ich die Luft, die ich zum Sprechen geholt hatte, wieder aus. »Woher kennst du ihren Namen?« fragte ich und merkte, wie meine Hände zu zittern begannen. Ich erinnerte mich erst jetzt wieder daran, daß Anne gedroht hatte, mir auf die Finger zu sehen. Das hieß, sie mußte von Nico wissen – wie sonst hatte sie Katrin von ihr erzählen können?

»Anne hat von ihr gesprochen«, bestätige Sanny meine Befürchtung. Anne kannte Nicos Namen, sie wußte, wer sie war.

»Du wirst ja ganz blaß, Alex«, stellte Thea besorgt fest. Sie beugte sich ein Stück vor und griff nach meiner Schulter. »Was ist denn los?« erkundigte sie sich fürsorglich.

»Was hat sie noch gesagt?« keuchte ich, ohne auf Thea einzugehen. Wenn Anne es gewagt haben sollte, in Nicos Nähe zu kommen, würde sie dafür büßen.

»Sie hat erzählt, daß sie bei beiden Frauen reinen Tisch gemacht hat«, erzählte Sanny.

Meine Bestürzung war grenzenlos. Anne konnte also nicht nur körperlich brutal sein, sie konnte mir auch auf anderem, viel subtilerem Wege das Leben zur Hölle machen. Sie hatte Nico sicherlich kein Haar gekrümmt. Es ging ihr nicht um Nico. Es ging ihr einzig und allein um mich. »Großer Gott«, entfuhr es mir, und ich nahm resigniert den Kopf zwischen die Hände.

»Was ist passiert? Ich dachte, du bist jetzt mit Katrin zusammen«, sagte Franzi erschrocken.

»Nein, verdammt!« Ich hatte meine gesamte Wut in einen Schrei gelegt. Ich war zornig, ich war erschüttert und verletzt zugleich.

Thea zog unsicher ihre Hand von meiner Schulter zurück.

»Aber du hast mit Katrin geschlafen?« kam die quälende Frage von Paula. Sie mußte es gespürt haben.

Aggressiv sah ich zu ihr auf. »Ist das wichtig?« knurrte ich zurück.

Paula zuckte mit den Schultern. »Es ist nur in der Hinsicht wichtig, daß ich danach entscheide, ob ich dich für ein Schwein halte oder nicht. Falls du es getan haben solltest, ist dein jetziges Verhalten eine große Lachnummer«, gab sie ebenso kratzbürstig zurück.

Für den letzten Satz hätte ich sie ermorden können. »Verdammt noch mal. Meine Welt bricht hier zusammen, und ihr stellt blöde Fragen!« schrie ich sie an. Ich hatte den letzten Funken Selbstbeherrschung verloren. Aus dem anfänglich leichten Zittern erwuchs nun ein wütendes Beben. Ich wollte Nico nicht verlieren.

»Also hast du mit ihr geschlafen«, stellte Thea fest. Es lag nicht einmal eine Wertung darin, aber die Aussage allein genügte, um mich vom Stuhl zu reißen.

Ich ballte die Fäuste. »Was wißt ihr schon von Liebe«, herrschte ich sie und Paula an. Aber was wußte ich schon von Liebe? Ich hatte Nico hintergangen, ich hatte sie betrogen, ich hatte sie schlicht und ergreifend nicht verdient.

»Ich weiß, daß ich niemals ein so heimtückisches Spiel mit jemandem spielen würde, den ich wirklich liebe«, fauchte Paula zurück. Eine Träne lief ihr über die Wange.

Sie gab mir zu verstehen, daß ich ihr das Herz noch einmal brach, indem ich Nico verletzt hatte. Entrüstet starrte ich sie an.

»Ich werde dir das nie verzeihen, und Nico sicher auch nicht«, versicherte sie ganz leise, jede Silbe im Schmerz gesprochen.

Plötzlich wußte ich, daß ich mir selbst das niemals vergeben würde. »Das Schlimme ist, daß ich das weiß«, murmelte ich vor mich hin und entkrampfte langsam meine Hände, auf denen schon die Adern hervortraten.

Alle vermieden es betreten, mich anzuschauen. In der Küche herrschte tiefes Schweigen.

So wie die Stille sich über die Küche legte, breitete sich in mir kalte Leere aus. Ich hatte alles zerstört, jegliche Basis für eine Liebe vernichtet, die ich doch so sehr wollte. Mein Schweigen hatte das erste Band zerschlagen. Zum ersten Menschen, dem ich wieder bedingungslos vertraute, war ich nicht aufrichtig. Es war fast grotesk, mein Körper, ein unschlagbarer Rivale, der den Weg zurück verhinderte. Eine unverzeihliche Nacht würde für immer zwischen uns stehen. Während die anderen bedrückt auf eine Reaktion von mir warteten, drehte ich mich auf dem Absatz um.

»Wohin gehst du?« hörte ich Franzi fragen. Ihr Tonfall war sanft, voll unausgesprochener Ahnung.

»Ich gehe zu ihr und gebe ihr Herz zurück«, versuchte ich zu umschreiben, was ich vorhatte. Auch wenn dabei mein eigenes Herz in tausend Teile zerbrechen würde.

»Bist du dir auch sicher, daß du weißt, was du da tust?« fragte Thea zutiefst erschrocken.

Ich nickte schmerzlich und bewegte mich mit unsicheren Schritten auf die Tür zu. Jeder Meter war schon jetzt eine einzige Qual für meine Seele.

»Ich glaube nicht, daß du das weißt«, hörte ich unerwartet Paulas Stimme hinter mir. Ich blickte mich überrascht nach ihr um. Sie hatte mich doch eben noch für mein Verhalten beschimpft und verachtet. Jetzt lag eindeutig angstvolle Sorge in ihrem Blick. Es schien, als wolle sie mir bedeuten, daß ich im Begriff war, einen schweren Fehler zu machen.

Aber ich war bereit, jeden Preis für meine Schuld zu bezahlen. Ohne ein weiteres Wort setzte ich meinen Weg fort und verließ das Haus. In meinem Rücken spürte ich die besorgten Blicke meiner drei Freundinnen.

In den letzten Minuten hatte sich ein beklemmendes Gefühl in mir breitgemacht. Fast apathisch nahm ich die Stufen zu Nicos Wohnung, immer kurz davor kehrtzumachen. Die Sehnsucht nach ihr war ungebrochen, aber dieses Mal wurde sie von einer unbändig wachsenden Furcht begleitet.

Als ich schließlich in ihr Gesicht sehen konnte, wußte ich, daß meine Furcht nicht unbegründet war. Ich ging wortlos die letzten Meter auf sie zu. Ihre Miene sprach Bände.

»Warum bist du bloß hier?« fragte sie und musterte mich mit traurigem Blick.

Wie gelähmt stand ich vor ihr und fühlte mich unglaublich elend. Sie sah schlecht aus. Unter ihren Augen verliefen tiefe dunkle Ringe. Wahrscheinlich hatte sie die letzte Nacht nicht geschlafen, sondern sich irgendwo betrunken. Und das wegen mir. Was hatte ich ihr nur angetan? Sie litt, und daß ich jetzt hier vor ihr stand, macht es keineswegs besser.

Am liebsten hätte ich mich umgedreht und wäre davongelaufen. Ich fühlte mich wie ein Monster. Ich war nicht eiskalt, sondern lebte mit all dem Gefühl, das ich in mir finden konnte. Ich liebte mit jeder Faser meines Herzens. Und mit all diesen Emotionen hatte ich es geschafft, sie so sehr zu verletzen, sie zu treffen, wie ich es kaltblütig niemals gekonnt hätte.

»Ich will mit dir darüber reden«, rang ich mich zu einer Antwort durch.

Sie lächelte traurig. »Reden? Worüber? Du hast in der Vergangenheit so viel geredet, und wahrscheinlich war kein einziges Wort davon wahr«, bemerkte sie bitter und lehnte sich haltsuchend gegen den Türrahmen.

Ich hatte geahnt, daß sie es mir sicherlich nicht einfach machen würde. Ich versuchte mich zu rechtfertigen: »Es ist nicht so, wie du denkst. Ich meine, ich wollte doch nicht –«

»Ach hör doch auf!« schrie sie mich mit berechtigtem Zorn an und schnitt mir damit das Wort ab.

Ich konnte ihr den Ärger auf mich nicht verdenken. Sie hatte recht. Es war genauso gewesen, wie sie dachte: Ich hatte mit ihr gespielt und sie dazu noch betrogen. Ich seufzte tief. »Darf ich dir wenigstens erklären, wie alles kam?« bat ich und hoffte, sie würde mich anhören.

Sie blickte mich wie versteinert schweigend an.

»Bitte, Nico«, fügte ich verzweifelt hinzu, aber sie regte sich immer noch nicht. Vielleicht hatte ich diese Chance wirklich nicht mehr verdient. So vieles war zwischen uns schiefgegangen, und ich hatte das alles nicht gewollt.

Als ich schon glaubte, sie würde mich gleich wegschicken, ging ein sichtlicher Ruck durch ihren Körper. »Also gut, komm rein«, willigte sie zu meiner großen Erleichterung überraschend ein und gab den Weg in die Wohnung frei.

»Danke«, war alles, was ich sagen konnte, während ich eintrat. Unschlüssig blieb ich im Flur stehen und wartete, bis sie die Tür hinter uns zugezogen hatte. Einerseits sehnte ich mich nach dieser Aussprache, aber ich fürchtete mich auch davor.

Sie drehte sich zu mir um und musterte mich erneut eindringlich.

Ich hatte keine Ahnung, was sie bloß denken mochte, fühlte mich aber von ihrem ernsten Blick unangenehm durchschaut.

»Komm mit«, forderte sie abrupt und schob mich ein Stück den Gang entlang. »Laura ist mit ihrem Besuch im Wohnzimmer. Wir gehen zu mir«, erklärte sie und deutete auf eine Tür am Ende des Ganges.

So energisch kannte ich sie bisher nicht. Mich beschlich das ungute Gefühl, daß ich mich vielleicht noch auf etwas gefaßt machen mußte. Jedenfalls schien sie momentan nicht in einer versöhnlichen Stimmung zu sein.

Ich widersetzte mich ihr nicht und betrat schweigend den Raum. Nicos Zimmer. Mir fielen im ersten Moment nur die unzähligen Bücher auf, die überall verstreut lagen. Es schienen beinahe alle Sparten vertreten zu sein. Fachliteratur und anspruchsvollere Werke las sie sicherlich für ihr Studium, aber ich sah auch Krimis, Liebesromane und Science Fiction. Sie hatte eine offenbar komplette Shakespearesammlung, es gab Gedichtbände von Goethe, und auf dem Nachttisch lag ein aufgeschlagener Böll.

»Okay«, hörte ich ihre Stimme dicht hinter mir und wandte den Blick wieder von den Büchern ab. Nico hielt die Arme fest vor der Brust verschränkt und sah mich erwartungsvoll und gleichzeitig argwöhnisch an.

»Du liest wohl viel.« Ich war in Gedanken noch immer bei den Büchern gewesen und zuckte nun innerlich bei diesem Kommentar; ich kam mir unglaublich dämlich vor. Etwas Blöderes hätte ich jetzt wohl kaum sagen können.

Nicos Aufmerksamkeit ruhte ungerührt auf mir. »Ist das alles, was du zu sagen hast?« fragte sie nach kurzem Abwarten und verzog das Gesicht.

Ich registrierte allmählich, daß ich einige Sekunden wie zu einer Salzsäule erstarrt stumm dagestanden hatte. Fahrig strich ich mir eine Haarsträhne aus dem Gesicht. »Nein, natürlich nicht«, beeilte ich mich zu sagen und wurde noch einen Tick nervöser. Was ich jetzt antwortete, entschied wohlmöglich darüber, ob sie mich sofort wieder hinausschmeißen würde. »Hör zu, ich habe mich unmöglich benommen. Ich habe dir nicht die Wahrheit gesagt, dir wichtige Dinge verschwiegen. Ich . . . hab wohl alles verkehrt gemacht«, brach ich schließlich ab und sah zu Boden. Mir fiel nichts mehr ein, ich war plötzlich wie blockiert.

Nicos Blick hatte sich bei allem, was ich gesagt hatte, nur noch verfinstert.

Mir wurde immer deutlicher, daß sie mir niemals würde verzeihen können. »Wieso bin ich eigentlich noch hier? Das ändert ja doch nichts. Du wirst mir das nie verzeihen«, murmelte ich vor mich hin. Plötzlich wurde mir alles zuviel. Es hatte keinen Zweck, hier zu sein, vielleicht machte es alles nur noch schlimmer. Sollte Nico mich bloß hassen. Vielleicht würde ihr das sogar dabei helfen, mit ihrem Schmerz umzugehen. In meinem Kopf herrschte jetzt nur noch ein Gedanke: Ich mußte weg, sofort! Ich streckte abrupt meine Hand nach der Türklinke aus und wollte so schnell wie nur möglich die Wohnung verlassen.

Nico griff nach meinem Arm und hielt ihn fest.

»Laß mich los, ich kann das nicht«, entfuhr es mir angespannt. Ich tat aber nichts, um mich von ihr zu lösen, sondern verharrte wie angewurzelt.

»Warum rennst du bloß immer vor all deinen Problemen weg, Alex?«, fragte sie mich und blickte mir tief in die Augen.

Neben der Härte, die bis eben noch dominiert hatte, konnte ich plötzlich auch wieder etwas Weicheres, Sanfteres erkennen. Sie war nicht mehr nur wütend und verletzt. Sie schien zu versuchen mich zu verstehen, alles doch nicht mit so viel Unausgesprochenem zwischen uns enden zu lassen.

»Mein Gott, wenn ich das nur wüßte«, stieß ich hervor und griff mir mit der anderen Hand an die Stirn. So mit der eigenen Schwäche konfrontiert, fühlte ich mich miserabel. Ich hatte das Gefühl, ich müßte auf der Stelle zusammenbrechen. Als wäre soeben das letzte bißchen Energie aus meinem Körper gewichen.

»Dann sag mir, was du empfindest, warum du dich so benimmst und was ich davon halten soll«, verlangte Nico ruhig und ließ meinen Arm wieder los. Sie berührte mich sanft an der Schulter und führte mich die wenigen Schritte zu ihrem Bett, wo wir uns auf die Kante setzten.

Die Situation hatte sich schlagartig geändert. Plötzlich war wieder jene vertraute Intimität zwischen uns. Die Nähe, die in unseren Küssen lag und sich auch sonst in jeder unserer Gesten fand.

Ich ließ mich in dieses Gefühl fallen und versuchte selbst, alles zu begreifen. »Nico, ich verstehe nicht, warum ich das getan habe, bei allem, was ich für dich fühle. Ich hab nur aus dem Moment heraus gehandelt, getrieben von der Furcht, dir weh zu tun. Und genau das ist am Ende geschehen«, erklärte ich ihr, was in mir vorging. Tränen begannen mir über das Gesicht zu laufen. Ich unterdrückte sie nicht, sondern ließ es einfach geschehen. Ich hatte nicht nur Nico und Katrin weh getan, ich hatte auch mich selbst verletzt.

Nico zog sanft meinen Kopf auf ihren Schoß und streichelte mir behutsam durchs Haar.

Die Berührung löste einen leichten Schauer in mir aus. Ich merkte, wie sich die feinen Härchen in meinem Nacken aufrichteten. Warum tat sie das jetzt? Warum stieß sie mich nicht fort?

»Ach Alex«, seufzte sie leise.

Ich regte mich nicht. Ich fühlte mich wohl unter ihren Händen, genoß die Wärme ihres Körpers und das zärtliche Streicheln.

»Wie sollen andere nur mit dieser Situation klarkommen, wenn du es nicht einmal selbst kannst«, kommentierte sie ruhig und fuhr mir weiter durchs Haar.

Genau das hatte ich mich auch immer und immer wieder gefragt. »Ich weiß nicht«, murmelte ich selbstvergessen vor mich hin.

Sie ließ zaghaft ihre Hand auf meinen Rücken, zwischen meine Schultern gleiten.

Mein ganzer Körper fühlte sich schwer an, müde und ausgelaugt. Ich hatte in der letzten Nacht kaum geschlafen und mich unter Katrins Händen verloren. Jetzt lag ich hier, dicht an Nico gekuschelt, und mein Herz schlug unter ihrer Berührung noch viel wilder. Ich drehte meinen Kopf ein Stück, um in ihr Gesicht sehen zu können. Sie wirkte ernst, aber auch etwas verträumt.

Als sie meine Aufmerksamkeit bemerkte, lächelte sie mich zögerlich an. Ihr Strahlen war wie die Wasseroberfläche des Meers unter der Sonne. Ich wollte mich einfach nur hineinfallen lassen und abtauchen. Ich strich ihr eine Haarsträhne aus dem Gesicht, um noch ein bißchen mehr von ihren Augen sehen zu können.

»Du malträtierst meine Gefühlswelt«, offenbarte sie mir und nahm widerwillig ihre Hand von meinem Rücken. Wir mußten reden, nicht kuscheln.

Trotzdem lehnte ich mich an ihren Bauch und lauschte dem leichten Auf und Ab ihrer Atmung. So lag ich da und war vollkommen damit zufrieden, in ihrer Nähe sein zu dürfen. Ein Blick genügte, eine Geste, eine einzige Berührung, um mich selig zu stimmen. »Warum entziehst du dich mir dann nicht?« fragte ich sie.

Nico atmete spürbar intensiver aus und ein. »Weil ich dich liebe«, antwortete sie schließlich. Ohne große Erklärungen, ohne langes Philosophieren, hatte sie nur diesen einen Satz gesagt, der doch alles ausdrückte. So klar der Gedanke, so tief das Gefühl mitten in ihr und mir.

»Du liebst mich«, wiederholte ich und blickte zu ihr hin.

Sie nickte und richtete sich wieder etwas weiter auf. »Ich habe mich die ganze letzte Nacht gefragt, warum ich dich bloß lieben muß. Ich konnte darauf keine Antwort finden. Ich weiß nur, daß ich nicht damit aufhören kann. Auch jetzt nicht, wo du hier liegst und mir immer noch keine Antworten gibst. Mir nicht sagen kannst, was ich so gern hören möchte«, sagte sie so ernst, daß es mir kalt den Rücken hinunterlief.

Sie liebte mich so bedingungslos, und ich war nicht in der Lage, ihr auch nur einen Bruchteil meiner Gefühle zu zeigen. Ich fühlte mich wie ein Eisklotz, der zu sehr und zu lange mit sich selbst beschäftigt gewesen war, als daß es noch gut sein konnte. Langsam schob ich meine Hand zu ihrer herüber und griff nach ihren Fingern. Ich spürte, wie mein sanfter Druck erwidert wurde. »Ich bin eine Idiotin«, murmelte ich und versuchte sie dabei nicht direkt anzusehen. Ich schämte mich entsetzlich.

»Dafür aber eine sehr charmante«, schmunzelte sie. »Jedenfalls gefällst du mir so verlegen«, setzte sie hinzu.

Ich spürte, wie ich rot anlief.

Amüsiert sah sie mich schräg von der Seite an und genoß es, mich so peinlich berührt zu sehen.

Ich wollte sie in diesem Moment küssen, einfach nur küssen. Aber ich unterdrückte den Impuls. Das ging nicht, auf keinen Fall. Nicht nach allem, was ich ihr angetan hatte. Ich hatte mit Katrin geschlafen, sie betrogen. Ich hatte diesen wundervollen Menschen nicht verdient.

»Was hast du?« fragte sie mich.

Ich schüttelte abwehrend den Kopf. »Es tut mir leid«, murmelte ich und richtete mich auf. Ich saß ihr auf der Bettkante gegenüber. »Aber wir können uns erst mal einige Zeit nicht sehen«, preßte ich zwischen den Lippen hervor.

Ihr Blick wurde ernst. »Verstehe«, sagte sie bitter und nickte.

»Es hat nichts mit dir zu tun, du bist wundervoll«, erklärte ich. »Aber ich sehe keinen anderen Weg.«

Sie zog die Schultern eng zusammen. Dabei wirkte sie zerbrechlich und fürchterlich einsam. »Ich muß das dann ja wohl so akzeptieren«, sagte sie und drehte sich ein Stück weg von mir.

Es ging wieder alles schief. Sie zog die falschen Schlüsse. Es lag doch nicht an ihr, *ich* hatte es kaputtgemacht. »Nico, es ist nicht, daß ich dich nicht liebe. Aber ich habe mit ihr geschlafen, verstehst du. Das hätte nicht passieren dürfen, ich hasse mich dafür«, wagte ich einen letzten verzweifelten Versuch und war damit zum ersten Mal wirklich ehrlich zu ihr.

Nico zuckte zusammen, ohne sich mir zuzuwenden. Sie hatte es nicht gewußt, nicht einmal vermutet. Die grausame Wahrheit traf sie wie ein Schlag ins Gesicht. Es war die letzte Bestätigung dafür, daß ich weder ein guter Mensch war, noch sie in irgendeiner Form verdient hatte.

»Ich glaube, ich gehe jetzt besser«, sagte ich aufgelöst.

Sie sah mich noch immer nicht an. »Ich glaube auch«, hörte ich sie sagen. Ich wußte intuitiv, daß sie mich nicht nach draußen begleiten würde.

»Bis irgendwann«, verabschiedete ich mich und spürte, wie mir langsam eine eiserne Hand die Kehle zudrückte.

Die Traurigkeit, die schon lange irgendwo in mir gelauerte hatte, war aus ihrem Versteck gekrochen und hatte mich eiskalt von hinten angesprungen. Ich kämpfte mit den Tränen, unterdrückte sie gewaltsam, während ich es in Nicos Augenwinkeln verdächtig schimmern sah. Ich gab mir einen Ruck, wollte aufstehen, statt dessen schloß ich sie fest in meine Arme. Ich fühlte ihre Tränen an meinem Hals, ihren Körper schwach und reglos an meinem. »Du bist wirklich wundervoll«, bestätigte ich ihr noch einmal, dann ließ ich sie los und sprang auf. Ich drehte mich nicht um, sondern verließ augenblicklich ihr Zimmer und die Wohnung.

Im Treppenhaus kamen die Tränen, die schließlich doch den Kampf gegen mich gewonnen hatten. Ich heulte wie ein Schloßhund, während ich immer zwei Stufen auf einmal nahm, und hörte erst wieder damit auf, als ich schließlich schon fast zu Haus war.

Kapitel 14

Ich wußte, daß meine Augen verräterisch rot und geschwollen waren, und ich wußte, daß sie danach fragen würden. Mein erster Gang war trotzdem der zum Telefon. Ich mußte mit jemandem sprechen, aber auf keinen Fall mit meinen drei Mitbewohnerinnen. Ihre Meinung kannte ich zu Genüge. Also wählte ich die Telefonnummer, mit der alles angefangen hatte.

»Brant«, vernahm ich nach dreimaligem Klingeln aus dem Hörer.

»Hallo, hier ist Alex«, meldete ich mich und versuchte mir zunächst nichts anmerken zu lassen. Ich wollte ihr nicht die Ohren vollheulen. Das wäre mehr als unfair gewesen.

»Hallo«, sagte Katrin. »Alles in Ordnung mit dir?« Mein Versuch war kläglich fehlgeschlagen, natürlich hatte sie mir sofort angemerkt, daß etwas nicht stimmte.

»Na ja«, wich ich ihrer Frage aus. Ich wollte nicht gleich wieder anfangen zu lügen. »Ich hatte einen scheußlichen Abend«, beichtete ich schließlich.

»Es hat mit Nico zu tun, oder?« stellte sie fest. Sie brauchte nicht weiter nach meinem Befinden zu fragen. Ohne daß ich Nicos Namen erwähnt hatte, ahnte sie schon, was mit mir los war. Das machte es mir leichter, darüber zu sprechen.

»Anne hat ihr von uns erzählt«, begann ich leise mit dem Auslöser für die Katastrophe. Ich wollte sie zwar nicht vor den Kopf stoßen, aber Katrin hatte auch ein Recht darauf zu erfahren, wie weit ihre Exfreundin gegangen war.

Wütend sog sie die Luft ein. »Ich beginne mich langsam zu fragen, ob ich sie wirklich jemals gekannt habe«, murmelte sie undeutlich in den Hörer. »Dieser Rachefeldzug ist ja regelrecht abstoßend.«

»Vielleicht wird sie es irgendwann bereuen«, entgegnete ich beschwichtigend, ohne selbst so recht daran zu glauben.

»Was ist zwischen Nico und dir geschehen?« wechselte sie jetzt das Thema. Sie klang ehrlich besorgt. Jede andere wäre sicherlich vor Eifersucht im Dreieck gesprungen. Sie jedoch verhielt sich wie immer ganz besonnen und brachte mir die gewohnte Offenheit entgegen.

»Ich habe Nico die ganze Wahrheit gesagt«, berichtete ich und erinnerte mich augenblicklich an ihre Reaktion. Sie war so traurig, so verletzt gewesen.

»Du hast ihr also von letzter Nacht erzählt?« fragte Katrin.

War es wirklich erst letzte Nacht passiert? Wir waren uns so nah gewesen, aber es kam mir bereits so lang vergangen, so weit entfernt vor. »Ich wollte nicht noch einmal den gleichen Fehler begehen«, erklärte ich mich.

»Es ist nicht leicht zu ertragen, von einem geliebten Menschen betrogen zu werden«, sinnierte Katrin seufzend.

»Denkst du gerade an dich selbst?« fragte ich in die bedeutungsvolle schwere Stille in der Leitung hinein.

»Nein, ich denke nur, daß die Liebe ein teuflischer Begleiter sein kann«, lachte sie und wischte die melancholische Stimmung beiseite.

Der Teufel war gerade hemmungslos dabei, mich auf seinen spitzen Dreizack zu spießen. »Ich bewundere dich. Wie kannst du das nur so hinnehmen?« fragte ich sie.

»Weil auf jeden Winter ein neuer Frühling folgt«, entgegnete sie.

»Ich verstehe schon. Das Leben ist eine Einbahnstraße mit absolutem Halteverbot. Es geht immer nur nach vorn«, versuchte ich zu interpretieren.

Sie lachte. »So weit wollte ich jetzt nicht gehen. Es lohnt sich manchmal, auf jemanden zu warten«, gab sie amüsiert zurück.

Ich sagte nichts. Ich bezweifelte, daß Nico jemals wieder etwas mit mir zu tun haben wollte.

»Sei mir nicht böse, aber ich muß langsam Schluß machen. Ich habe Nachtschicht«, kündigte Katrin an.

Ich bemerkte erst jetzt, daß ich in meiner Nachdenklichkeit eine Weile lang nicht geantwortet hatte. »Eigentlich wollte ich dir gar nicht so in den Ohren liegen, Katrin. Ich habe dich wegen etwas anderem angerufen«, versuchte ich jetzt noch möglichst schnell auf den Punkt zu kommen.

»Ist schon gut. Was gibt es denn?« fragte sie gutmütig, als ob wir wirklich auf dem Weg waren, beste Freundinnen zu werden.

»Erinnerst du dich an Theas Ausstellung? Sie hat dich neulich abend eingeladen. Ich wollte bloß fragen, ob du noch kommen möchtest«, begann ich und schob nach: »Ich würde mich freuen, dich zu sehen.«

»Gern. Um ehrlich zu sein, bin ich sogar ziemlich gespannt, was mich da erwartet. Deine Freundin scheint etwas freakig zu sein«, sagte sie amüsiert.

Ich verkniff mir einen Kommentar. Sie würde noch früh genug herausfinden, wie freakig Thea wirklich sein konnte.

»Wir gehen alle zusammen dort hin. Du könntest bei uns vorbeikommen, so um 18 Uhr?« schlug ich vor.

»Klingt gut. Ich werde pünktlich sein«, versprach sie.

Ich bezweifelte nicht, daß sie überpünktlich vor meiner Tür stehen würde. So gut kannte ich sie jetzt schon.

»Apropos pünktlich. Ich muß los. Ich wünsch' dir was, Alex«, sagte sie. Anscheinend hatte sie gerade einen Blick auf die Uhr geworfen.

»Ich dir auch«, entgegnete ich und wollte schon auflegen.

»Warte!« hielt sie mich durch einen Ruf ins Telefon zurück. »Wegen Nico: Ich bin mir sicher, daß da das letzte Wort noch nicht gesprochen ist. Wir können morgen gern noch einmal über die Sache reden«, bot sie an.

Ich brachte nur ein »Hmm« heraus.

»Nacht, Alex«, sagte Katrin, jetzt auch entschieden leiser.

Ich war mir auf einmal sicher, daß in dieser Nacht nicht nur ich an einem entsetzlichen Liebesschmerz litt. Mit mir weinten sicherlich Katrin und Nico. »Gute Nacht«, verabschiedete ich mich von Katrin und legte betreten den Hörer auf die Gabel. Obwohl wir eigentlich ein sehr gutes Gespräch miteinander geführt hatten, blieb bei mir ein schaler Beigeschmack zurück. Ein

Herz ist etwas, das viel zu leicht bricht.

Ich versuchte angestrengt, wieder den Kopf freizubekommen, und wandte mich in Richtung Küche. Es war absolut keine Überraschung, daß sich mal wieder alle dort versammelt hatten. Fragend blickten mich meine Freundinnen an. Sie hatten natürlich nur ganz nebenbei und unabsichtlich mein Telefonat belauscht. Eine Sekunde lang schaute ich einfach nur zurück. Es war ein komisches Gefühl, so angestarrt zu werden.

»Was ist?« wollte ich schließlich wissen.

»Nichts«, entgegnete Thea einen spürbaren Augenblick zu schnell, während Franzi hastig den Kopf schüttelte und Paula abwehrend mit der linken Hand herumfuchtelte.

Ich stemmte die Hände in die Hüfte. »Und das soll ich euch glauben?« fragte ich angesäuert.

»Ich weiß gar nicht, was du hast. Du möchtest doch sonst auch, daß wir uns aus deinen Angelegenheiten heraushalten«, behauptete Thea mit einem derart süffisanten Unterton, daß ich ihr hätte an die Kehle springen können.

»Also hört mal«, fauchte ich, »wenn ihr schon meine Telefonate belauscht, dann werde ich doch wenigstens noch erfahren dürfen, warum ihr mich danach so komisch anschaut.«

Franzi zuckte vielsagend mit den Schultern und legte die Stirn in angestrengte Falten, was wirklich äußerst merkwürdig aussah. »Deine Augen sehen so rot aus. Hast du geheult?« fragte sie gewohnt direkt und antwortete irgendwie gleichzeitig indirekt auf meine Frage. Sie merkten also, daß mich das alles mehr berührte und beschäftigte, als ich zugeben wollte. Und sie hatten damit recht.

»Also ... Ich ... Na ja ... Vielleicht ein bißchen«, stammelte ich, aber alle drei hatten ganz genau die Ohren gespitzt. Am liebsten wäre ich im Boden versunken. Ich fühlte mich ertappt, obwohl es sie doch eigentlich gar nichts anging.

»Dir geht es mies damit?« mutmaßte Thea, immer noch mit diesem Unterton, der mich zum Kochen brachte.

»Blödsinn«, knurrte ich und sog lautstark die Luft ein. Diese Küchenpsychologie konnte ich jetzt überhaupt nicht vertragen. Die Situation war fürchterlich, aber ich wollte das jetzt nicht ausdiskutieren.

»Verdrängen bringt nichts. Das müßtest du doch langsam mal begriffen haben. Stell dich deinen Gefühlen, dann kannst du dich auch deinen Problemen stellen«, bemerkte Paula klug, ohne dabei bewußt eine Spitze gegen mich zu setzen. Sie wirkte ganz entspannt, trotz des Streits zwischen uns, der immer noch nicht richtig geklärt war. Aber anscheinend hatte sie die Auseinandersetzung bereits ziemlich gut verdaut.

Ihre Äußerung tat mir trotzdem weh. Ich schwieg einen Moment. Sicher lag sie mit ihrer Philosophie vollkommen richtig.

»Was hat sie denn dazu gesagt?« fragte Thea in die Stille.

»Du meinst sicher nicht Katrin und das Telefonat«, stellte ich mehr an mich selbst gerichtet fest. »Nico hat gesagt, sie müsse es akzeptieren«, erklärte ich und erinnerte mich an den bitteren Moment. Nicos Reaktion war mir noch allzugut in Erinnerung. Stark war sie gewesen. Sie hatte mir keine Szene gemacht, sondern mich ziehen lassen, obwohl sie sich doch genau das Gegenteil gewünscht hatte.

Thea flüsterte so etwas wie »Du großer Gott« vor sich hin. Ich ignorierte es lieber.

»Und wenn alles so glatt gegangen ist, warum hast du dann geweint?« pikste Franzi gezielt in die offene Wunde.

Was sollte ich dazu schon sagen? Vor allem, da sich gerade eine Übelkeit in mir ausbreitete, die mich fast umhaute. »Weil es mich tiefer berührt, als ich wahrhaben möchte«, wagte ich einen Erklärungsversuch. Ich traute mich nicht, direkt zuzugeben, daß ich sie liebte. In meinem Kopf schrie ein kleines, wild tobendes Männchen, wie bescheuert ich doch war.

»Glaubst du nicht, daß du ein bißchen um Nico kämpfen solltest?« fragte Franzi.

Sie hatte recht. Am liebsten hätte ich sofort den Säbel geschultert und mich in die tobende Schlacht gestürzt. Trotzdem schüttelte ich vehement den Kopf. »Es steht mir nicht zu, um sie zu kämpfen. Nicht nach dem, was ich getan habe. Sie soll mich lieber hassen und sich eine andere suchen«, entgegnete ich.

»Du kannst dein Herz doch nicht so rigoros ignorieren«, warf mir Paula vor.

»Doch. Gerade weil sie mir so viel bedeutet«, erwiderte ich und zog es vor, jetzt die Küche zu verlassen. Das Gespräch würde sonst nur im Streit enden.

»Wo gehst du hin?« rief mir Thea hinterher.

»Ins Bett«, gab ich zurück und sah über die Schulter. »Weinen darf ich doch noch allein. Oder muß ich dafür in den Keller gehen?« Mit diesem schroffen Kommentar ließ ich meine Mitbewohnerinnen endgültig in der Küche zurück.

Kapitel 15

Meine Nacht war unruhig. Mein Innenleben glich, wie mittlerweile auch die Wohnung, einem Schlachtfeld. Paula hatte sich bereits vor dem großen Rummel verzogen. Sie wollte eine Freundin besuchen.

Inzwischen hielt ich das für eine äußerst kluge Entscheidung. In der WG war gerade der Teufel los, und je näher Theas Premiere rückte, desto schlimmer wurde es. Zu allem Übel klingelte es jetzt auch noch. Während ich noch nicht richtig angezogen aus meinem Zimmer stolperte, schrien sich meine verbliebenen Mitbewohnerinnen lauthals an.

Katrin war natürlich überpünktlich und ich mächtig in der Klemme. Unten klingelte der ordentlichste Mensch, den ich kannte, und ich hatte weder meine Hose an noch einen Überblick.

»Könnt ihr mal einen Moment damit aufhören«, meckerte ich Thea und Franzi an, während ich am Badezimmer vorbei zur Wohnungstür flog. Die beiden diskutierten unaufhörlich weiter. Es klingelte bereits zum zweiten Mal, als ich endlich auf den Knopf drückte, um die Haustür zu öffnen.

Ohne mir etwas dabei zu denken, riß ich schnell die Wohnungstür auf und wollte sie eigentlich nur für Katrin angelehnt lassen. Ich hatte fest daran geglaubt, noch ein paar Sekunden zu haben, um wenigstens meine Garderobe zu vervollständigen. Jetzt blickte ich in die vertrauten blauen Augen.

»Unten war offen«, erklärte Katrin und sah verlegen an mir runter.

Ich brauchte einen Augenblick, um meine Überraschung zu überwinden. »Komm rein, es geht gerade etwas chaotisch zu«, entschied ich mich dann zu sagen. Also hatte diese Hektik doch noch eine gute Seite – sie ließ mir keine Zeit dafür, mich für meine unvollständige Garderobe zu schämen. Aber warum sollte ich das auch? Wir hatten uns schließlich schon mehrfach deutlich nackter gesehen.

Katrin setzte zu einem amüsierten Grinsen an. Daß es hier drunter und drüber ging, war unschwer zu erkennen. Bevor ich noch etwas sagen konnte, ertönte ein erneuter Schrei aus dem Bad. Anscheinend schien gerade jemand einen hysterischen Anfall zu bekommen. Katrin blickte überrascht an mir vorbei zur Badezimmertür und runzelte die Stirn. Auch ich drehte mich entnervt um.

»Ich kann da so nicht hingehen!« kreischte Thea.

Franzi wirbelte jetzt auf den Flur. Auch sie war bisher nur halb angezogen und gerade dabei, ihr Hemd zuzuknöpfen. »Mensch, Thea. Das ist eine Abendveranstaltung. Und auf der wirst nun mal du im Mittelpunkt stehen. Also hab dich nicht so«, knurrte sie. Sie drehte sich zu uns um und starrte Katrin an. Dabei setzte sie sofort ein unverschämtes Grinsen auf und zwinkerte anzüglich. Auch eine Art, mit der eigenen Nacktheit umzugehen. Daß sie sich gelegentlich für unwiderstehlich hielt, war ja nichts Neues. Sie steckte ihren Kopf zu Thea ins Badezimmer. »Außerdem weiß ich gar nicht, was du hast. Du siehst doch toll aus«, versuchte sie sie zu überzeugen.

»Aber ich fühle mich so verkleidet in diesen schicken Klamotten. Am Ende fragt mich heute abend noch jemand, ob ich eine Managerin bin«, kam es aus dem Badezimmer zurück. Für Thea war diese Vorstellung ebenso schlimm, wie für eine katholische Nonne gehalten zu werden.

»Ich kenne da so einige, die sich deswegen vor Freude kaum noch halten könnten«, mischte sich jetzt Katrin ein.

Franzi drehte sich wieder zu uns um. »Da hast du es«, rief sie und deutete mit einer triumphierenden Handbewegung in unsere Richtung.

»Alex soll kommen. Ich brauche unbedingt ihre Meinung. Wenn Paula schon nicht hier ist ...«, rief Thea aus dem Badezimmer.

Franzi schaute empört. »Meine Meinung zählt also nicht?« fragte sie beleidigt.

»Nicht in Sachen Mode«, kam es prompt zurück, und ich schob mich schnell an der verärgerten Franzi vorbei, bevor die noch etwas entgegnen konnte.

So elegant hatte ich Thea wirklich noch nie gesehen. Nicht einmal, als sie zu der Hochzeit ihres Bruders eingeladen war, hatte sie so gut ausgesehen.

»Wo hast du das denn her?« entfuhr es mir blöde, aber ich konnte mir beim besten Willen nicht vorstellen, daß sie dieses Cocktailkleid in ihrem eigenen Kleiderschrank gefunden hatte.

»Seht Ihr. Es ist grauenvoll!« kreischte sie auf.

»Nein, nein, nein«, sagte ich und hob beschwichtigend die Hände. »Das war doch nicht so gemeint. Du siehst wirklich wunderschön aus. Gar nicht wie eine Managerin, sondern eher wie ein Model.« Vom letzteren hoffte ich inständig, daß es Thea besänftigen würde.

Sie schaute mich skeptisch an. »Wirklich?« fragte sie mißtrauisch.

»Wirklich«, wiederholte ich nickend.

Thea atmete tief durch. Sie hatte sich anscheinend beruhigt. »Na schön«, seufzte sie und klatschte in die Hände. Dann fiel ihr Blick wieder auf mich. »Wie siehst du eigentlich aus? Du weißt aber schon, daß wir in einer halben Stunde da sein müssen«, erinnerte sie mich mit einem Blick auf meine nackten Beine.

»Eigentlich nicht, ich dachte, es fängt erst um 20 Uhr an«, entgegnete ich und sah ebenfalls an mir herunter. Dann drehte ich mich auf dem Absatz herum. Meine derzeitige Lage war geradezu desolat. Ganz besonders, weil ich nicht wußte, wo meine verdammte Hose abgeblieben war. »Ich bin gleich so weit«, murmelte ich und wirbelte in Richtung meines Zimmers. Da fiel mir ein, daß ich Katrin auf dem Gang hatte stehen lassen und drehte mich zu ihr um.

Sie hatte sich mittlerweile auf ein Gespräch mit Franzi eingelassen. Als sie meinen Blick bemerkte, lächelte sie und sagte zu Franzi: »Entschuldige, aber den Anblick lasse ich mir nicht entgehen.« Sie tätschelte ihr entschuldigend die Schulter und folgte mir.

Franzi suchte gerade hektisch ihre Schuhe aus dem Schuhregal heraus. »Normalerweise ist sie ordentlich«, rief sie Katrin hinterher, als sie endlich verstanden hatte, auf was sie anspielte. Eine nett gemeinte Lüge.

Ich hatte nie geplant, Katrin in meinem Zimmer zu empfangen. Ich entschied mich dazu, voranzugehen und mich auf meinen Schrank zu stürzen. Zwar wäre mir der Zustand meines Zimmers dadurch nicht weniger unangenehm, aber vielleicht bekam Katrin so zumindest nicht ganz so viel davon mit.

Einige Klamotten lagen wild verstreut auf dem Boden herum – das Resultat meiner bisherigen Versuche, besagte Hose zu finden. Allerdings hatte ich keine Entschuldigung dafür parat, daß mein Bett zerwühlt, die Lehrbücher wild auf dem Schreibtisch verteilt und der Wecker mitsamt Steckdose aus der Wand gerissen war.

Ich öffnete energisch die Türen und durchsuchte erneut den Schrank. Katrin setzte sich hinter mir aufs Bett. Ich versuchte so cool wie nur möglich zu bleiben. Endlich hatte ich das verdammte Ding gefunden.

»Eure Küche ist ... Wow ...«, begann sie plötzlich. Ich drehte mich doch um, obwohl ich mir vorgenommen hatte, sie möglichst erst Weihnachten in drei Jahren wieder anzusehen.

»Das war Thea«, grinste ich entschuldigend, während ich mich weiter anzog. »Wir waren auch ganz schön geschockt. Jedenfalls hast du jetzt einen kleinen Vorgeschmack auf das, was uns heute abend erwartet«, sagte ich schmunzelnd.

Katrin ließ ihren Blick umherschweifen.

»Tut mir leid, daß es so furchtbar unordentlich ist«, sagte ich also doch noch etwas zu dem Chaos.

»Keine Sorge, ich mag dich schon so, wie du bist«, beschwichtigte Katrin mich und tat mir den Gefallen, nicht länger in jede Ecke zu sehen. Statt dessen fixierte sie nun mich. »Wie geht es dir heute?« fragte sie.

Meine Mitbewohnerinnen hatten mich, mehr oder minder eingeschnappt, nicht nach meinem Befinden gefragt. Kein Wunder, nach meinem zickigen Abgang von gestern.

Ich seufzte und setzte mich zu Katrin aufs Bett. »Um ehrlich zu sein, geht es mir miserabel. Ich hätte den ganzen Tag lang heulen können«, gestand ich ihr.

Sie nickte wissend. »Liebeskummer ist was Fieses«, sagte sie und legte mir vertraulich eine Hand auf den Oberschenkel. Während wir so dasaßen, wurde abrupt die Tür aufgerissen.

»Oh«, ertönte es aus der Richtung, und wir drehten uns beide um.

Wenn ich in den letzten Tagen eines gelernt hatte, dann daß niemand mehr anklopfte und man grundsätzlich im blödesten Moment gestört wurde. Privatsphäre in einer WG war anscheinend eine Legende.

Sanny stand in der Tür und schaute überrumpelt und auch ziemlich verlegen drein. Ihre Wangen überzog bereits eine zarte Röte. »Ich wollte nicht stören, aber wenn ihr euch nicht beeilt und bald fertig seid, bekommt dort draußen noch jemand einen Anfall«, erklärte sie und deutete in den Flur. Es wäre ja nicht der erste heute.

»Ja, natürlich. Ich bin gleich so weit«, sagte ich und Katrin löste ihre Hand wieder von mir.

»Gut, äh, dann bis gleich«, sagte Sanny, drehte sich auf der Stelle um und verließ das Zimmer.

Katrin und ich sahen uns an. Sie runzelte die Stirn, dann lachten wir beide gleichzeitig los. Sanny war dieser Zwischenfall reichlich peinlich gewesen. Anscheinend hatte sie einen falschen Eindruck gewonnen, aber ich war nicht gewillt, ihr hinterherzurennen. Das war schon einmal ins Auge gegangen.

»Lach nicht so viel, wir müssen los«, forderte mich Katrin auf und gab mir einen Knuff mit dem Ellenbogen.

»Ich mach' ja schon«, rief ich und beeilte mich mit den Schuhen.

Katrin hielt mir derweil schon die Tür auf. »Komisch, aber so sind wir fast noch ein besseres Team«, stellte sie fest, als ich an ihr vorbeigehen wollte. Keine der anderen konnte uns gehört haben.

Ich hielt nochmals kurz inne. »Finde ich auch«, bestätigte ich mit einem dankbaren Blick, dann spurteten wir zu den anderen.

Draußen auf dem Gang standen alle schon in den Startlöchern. Allerdings fehlte immer noch Paula. Normalerweise benötigte sie vor derartigen Veranstaltungen Stunden im Badezimmer. Daß sie noch kurz vor knapp erscheinen würde, war also unwahrscheinlich. »Kommt Paula nicht?« fragte ich verwundert.

»Doch, doch. Aber sie wollte direkt zur Ausstellung«, klärte Franzi mich auf und sah prüfend zur Uhr. »Also, wenn wir jetzt losgehen, sind wir kurz vor dem offiziellen Beginn an der Galerie«, ließ sie verlauten.

Das war dem sowieso schon übernervösen Zustand von Thea nicht sonderlich zuträglich. »Na, dann nichts wie los. Alex du fährst«, krächzte sie bestimmend.

»Ich kann auch fahren«, bot sich Katrin an. Thea hatte keine Einwände. Hauptsache, sie kam möglichst schnell zur Stadtgalerie. Ohne weitere Diskussionen stürmten wir gemeinsam das Treppenhaus hinunter.

Tatsächlich schafften wir es noch, kurz vor Beginn der Ausstellung einzutreffen. Wir schritten eilig die wenigen Treppenstufen zum Eingang der Stadtgalerie hinauf.

Thea wurde bereits sehnsüchtig von einem äußerst korpulenten Mann am Einlaß erwartet. »Ach, da sind Sie ja, Frau Ladenbrück. Meine Teure, wir waren schon in Sorge um Sie«, sagte er und tätschelte Theas Hand.

Dieser Mann erinnerte mich spontan an eine fettleibige Operndiva. Er stellte sich uns mit dem Namen Dr. Laurentius Baumann vor. Damit war also geklärt, daß er der Herr vom Ministerium war, der diese Veranstaltung ins Leben gerufen hatte.

»Aber eine so großartige Künstlerin wie Sie verpaßt natürlich nicht die eigene Premiere«, lachte er. Sein Blick glitt an Thea herauf und wieder herunter. »Sie sehen übrigens bezaubernd aus«, flötete er und grinste eine Spur zu breit.

Das konnte man vom ihm dagegen nicht behaupten. Er trug ein, aufgrund seines enormen Leibesumfanges, schlecht sitzendes Jackett und an den Hemdsärmeln auffällige Manschettenknöpfe. Seine wurstigen Finger waren mit großen Ringen bestückt.

Ich wußte nicht, ob ich laut loslachen oder mich doch lieber übergeben sollte. Dieser aalglatte, großspurige Mensch war beinahe schon wieder komisch.

Jetzt wandte er seine Aufmerksamkeit uns anderen zu. »Ich bin sicher, Sie werden heute abend Großartiges sehen. Schätzen Sie sich glücklich, diese Frau kennen zu dürfen«, trompetete er und setzte dem Ganzen damit die Krone auf.

Baumann wechselte noch einige Worte mit uns, bevor er bedauernd kundtat, Thea kurz entführen zu müssen. Die Ausstellung sollte eröffnet werden. Er ging zusammen mit ihr zu einer Gruppe aufgeregt erscheinender Menschen, die nicht so recht in ihre feine Abendgarderobe passen wollten. Das mußte eindeutig Theas Künstlergruppe sein. Sie winkte auffällig einem attraktiven Südländer zu.

»Hat ganz schön dick aufgetragen, der Fettwanst«, flüsterte Franzi in mein Ohr, während wir gebannt zusahen, wie Baumann vor ein Mikrophon trat. Ich hätte es niemals laut ausgesprochen, aber gedacht hatte ich genau dasselbe. Insbesondere weil er mich in Verbindung mit dem Mikro auch noch schwer an einen der Wildecker Herzbuben erinnerte.

Ich nickte amüsiert, während ich mich weiterhin fragte, wie um alles in der Welt dieser Mann an Thea und ihre Kollegen geraten sein konnte.

Baumann ereiferte sich im üblichen Blabla, um dann nach einigen Minuten die Gäste dazu aufzufordern, die Ausstellung zu bestaunen.

Ich schritt zusammen mit Katrin die Werke ab. Ich war überrascht. Zwar konnte ich keinen besonderen Gefallen an den einzelnen Exponaten finden, doch zeugten sie von hoher technischer Fertigkeit und Finesse und waren mitunter geradezu ausdrucksstark.

Paula war immer noch nicht aufgekreuzt. Insgeheim hegte ich den Verdacht, daß sie sich dieser Veranstaltung gänzlich entziehen wollte.

»Wie findet ihr es?« fragte Sanny, die zusammen mit Franzi neben Katrin und mir zu stehen kam. Gebannt schauten wir vier auf eines der Bilder.

»Interessant«, sagte Katrin sehr diplomatisch, da gerade ein älteres Ehepaar an uns vorbeizog.

»Wenn ihr mich fragt, das Beste hier sind die Häppchen«, flüsterte Franzi und erntete dafür von Sanny einen kleinen Stoß in die Rippen.

»Na, wie gefällt es euch?« fragte Thea frohlockend, als auch sie schließlich zu uns stieß. Sie war aufgedreht. Natürlich, die anderen Gäste waren nicht solche Kunstbanausen wie ihre vermaledeiten Freundinnen und lobten die Arbeiten pausenlos in den höchsten Tönen.

»Phantastisch! Die Ausstellung ist ein voller Erfolg«, beeilte ich mich zu sagen, bevor Franzi noch den Mund aufmachte und Thea den Abend verdarb. So richtig gelogen war es auch nicht. Wie gesagt, die anderen Besucher schienen sehr interessiert zu sein.

»Ja, aber wo bleibt denn nur Paula?« fragte Thea und sah sich nach allen Seiten um.

»Sie wird bestimmt gleich kommen«, versicherte Franzi und tätschelte beruhigend ihre Hand.

»Ah, meine Lieben«, trompetete es hinter uns. Es war natürlich Baumann, der mit weit ausgebreiteten Armen auf uns zukam. Er zog Thea an sich und klopfte ihr auf die Schulter. »Großartig, großartig«, freute er sich und sah zu mir rüber.

Gleich würde er auf mich einquatschen oder – noch schlimmer – mich vielleicht auch noch an sich reißen und antatschen. Nein, das wollte ich auf keinen Fall. Ich drehte mich um und zog Katrin ein Stück mit mir mit. Wir schritten um eines der Ausstellungsstücke herum. »Tut mir leid, aber ich kann diesen mopsigen Lautsprecher nicht ertragen«, entschuldigte ich mich bei ihr.

»Ich glaube, damit bist du nicht allein«, stimmte sie mir zu. Dann stoppte sie abrupt und hielt mich zurück. Ihr Blick fiel an mir vorbei in den Ausstellungsraum.

»Was ist mit dir?« fragte ich und versuchte ihrem Blick zu folgen. Dann sah ich sie auch. Erschrocken begann ich: »Da ist ja –«

»Brigitte«, entfuhr es Katrin, bevor ich meinen Satz zu Ende bringen konnte.

Ich hatte jemand ganz anderen gesehen. Am Eingang schlängelte sich Paula durch die Besuchermassen. Zusammen mit Nico. Was hatte das zu bedeuten? Warum war sie mit ihr hier? Also würden sich Katrin und Nico heute zwangsläufig begegnen. Bei diesem Gedanken fühlte ich mich hundsmiserabel.

Ich stellte fest, daß Katrin so elend aussah, wie ich mich fühlte. »Ist das dein One-Night-Stand?« fragte ich blöde.

Sie nickte verkrampft. »Ja, und sie hat uns gesehen«, murmelte sie. Es klang gequält.

Paula und Nico hatten uns inzwischen entdeckt. Beide blickten mich an. Ich konnte den Ausdruck in ihren Augen nicht deuten, aber mir wurde schlagartig unwohl.

»Katrin!« kreischte jemand und kam auf uns zugestürmt. Es war eine junge Frau, blond, schlank, aber nicht besonders groß: Brigitte.

Katrin wollte sich wegdrehen und die Flucht ergreifen, aber die hinter uns stehenden Gäste versperrten ihr den Weg.

»Katrin«, ertönte es nochmals, dann hatte Brigitte uns erreicht. Sie ließ sich ohne zu zögern um Katrins Hals fallen.

Der war das absolut nicht recht. Sie versuchte sich sofort aus ihrer Umarmung zu lösen.

Auch Nico und Paula waren nur noch wenige Meter von uns entfernt. In Paulas Gesicht lag eine Entschlossenheit, die mich erschreckte. Irgend etwas sagte mir, daß gleich etwas passieren würde.

»Laß mich los«, hörte ich Katrin schimpfen. Sie funkelte Brigitte böse an.

Währenddessen hatte sich nun Paula direkt vor mir aufgebaut. Keine Begrüßung, sie holte nur tief Luft.

»Ah, da bist du ja!« hörte ich Thea fröhlich rufen. Sie hatte gerade eben Paula entdeckt. »Ach du meine Güte«, bemerkte sie danach schockiert, als sie auch Nico registriert zu haben schien. Sie wurde augenblicklich aschfahl.

Paula interessierte sich dagegen überhaupt nicht für sie. »Alex, es tut mir leid, aber ich glaube immer noch, daß du gerade den Fehler deines Lebens begehst. Ich muß das hier tun«, begann sie total ernst.

Ich erstarrte. Mich überkam das ungute Gefühl, daß hier gleich nicht nur einfach etwas passieren, sondern der Teufel los sein würde.

»Bist du noch ganz bei Trost. Laß mich los«, knurrte Katrin zornig und drückte Brigitte schließlich unsanft von sich weg.

»Paula, können wir das nicht besser später zu Hause klären? Das ist hier wirklich nicht der richtige Ort dafür«, versuchte ich verzweifelt die Situation zu retten. Thea sollte ihren großen Abend genießen dürfen. Ich bemerkte, wie Katrin aus den Augenwinkeln zu uns sah, während sie immer noch mißtrauisch Brigitte taxierte.

»Alex, ich mache das hier, weil ich nicht mit ansehen kann, wie zwei Menschen ihr Glück wegwerfen. Wenn du auf dieser Welt für jemanden bestimmt bist, dann ist das einzig und allein Nico«, sagte Paula überzeugt.

Katrin hatte bei Nicos Namen aufgehorcht. Auch Nico wußte, wen sie vor sich hatte. Ich sah, wie sich die beiden anblickten. Es lag keine Feindseligkeit darin, nur das pure Interesse aneinander. Die Aufmerksamkeit der umstehenden Gäste hatten wir schon lange auf uns gezogen. Ich versuchte sie krampfhaft zu ignorieren.

»Warum machst du das ausgerechnet jetzt, Paula? Dieser Abend gehört Thea«, hörte ich nun Franzi fragen. Sie war neben uns aufgetaucht. Und sie war nicht allein. Ihr folgte nicht nur Sanny, sondern auch Marion und Anne waren da. Aber mir blieb keine Zeit, mich zu fragen, was dieses Gespann hier zu suchen hatte.

»Was soll das heißen, Katrin? Ich dachte, du liebst *mich*«, fuhr Brigitte abrupt auf. Sie näherte sich nun wieder Katrin.

»Verdammt noch mal, Brigitte. Wann kapierst du es endlich? Ich liebe dich nicht. Ich habe dich nie geliebt, und das werde ich mit Sicherheit auch niemals tun«, fauchte Katrin völlig entnervt. Sie war sicherlich nicht der Typ, der andere Menschen vor den Kopf stieß, aber Brigitte hatte den Bogen überspannt. Jetzt hielt sie verstört inne, als könne oder wolle sie das Gehörte nicht wahrhaben.

»Du fehlst mir«, sagte Nico und sah mich aus trüben Augen an. Eine leise Traurigkeit lag in ihrer Stimme. Dieser Satz war ihr sicher nicht leicht gefallen. Ich konnte in ihrem Gesichtsausdruck erkennen, daß es ihr schwerfiel, mir zu verzeihen und es war bestimmt noch viel schwerer für sie, mir wieder zu vertrauen. Es war da ein Schmerz in ihrem Blick, der von ganz tief innen kommen mußte.

»Aber wieso? Ich liebe dich doch«, stammelte Brigitte, sie schien mit der Welt am Ende zu sein. Sie sah unsicher von Katrin zu mir und wieder zurück.

»Wenn hier jemand Katrin liebt und zwar über alles, dann bin das ich«, meinte plötzlich Anne eindringlich. »Und ich bin bereit, um sie zu kämpfen.« Dabei sah sie mich vernichtend an. Ihre Reaktion war keine sonderlich große Überraschung.

Nico fixierte Anne mit ihrem Blick. Ihr war die Erschütterung deutlich anzusehen. Sie hatte Anne erkannt, und genau im selben Moment mußte sie begriffen haben, aus welchen Beweggründen sie ihr den Tip gegeben hatte: aus Eifersucht und Rache.

Katrin beschäftigte sich nicht weiter mit Brigitte. Bis eben hatte ihr Blick auf Nico geruht, bei deren Geständnis zunächst ein kleiner, kaum merklicher Ruck durch ihren Körper gefahren war. Ihr fehlte ich sicherlich auch. Weil sie mich immer noch lieben mußte. Jetzt starrte sie in Annes Richtung. Sie hatte gewußt, wie es um die Gefühle ihrer Exfreundin stand. Es erneut zu hören, schien sie allerdings regelrecht zu erzürnen. Ihre Mundwinkel zuckten, als ob sie sich äußerst schwer zurückhalten konnte, etwas Vernichtendes zu sagen.

»Wenn hier schon alle von Liebe reden«, setzte jetzt auch noch Marion an, »dann will ich auch was sagen. Sanny, du bist seit Jahren die einzige Frau, an die ich denken kann. Ich weiß, ich habe Fehler gemacht, was Franzi betrifft, aber ich wußte mir nicht mehr anders zu helfen. Du siehst mich einfach nicht.« Sie war kurz davor, zu weinen. Zum ersten Mal hatte ich so etwas ähnliches wie Mitleid mit ihr.

»Kinder, Kinder. Der Sekt scheint euch zu Kopf gestiegen zu sein. Was ist denn das hier für eine Aufregung?« Baumann kam beunruhigt und mit wild fuchtelnden Armen auf uns zu. Ein Eklat auf seiner Ausstellungseröffnung war das letzte, was er gebrauchen konnte.

»Ich habe nicht gewußt, daß das mit ihr für dich so bedeutungslos war«, gestand Anne mit einer verächtlichen Kopfbewegung zu Brigitte. Jetzt, da sich ihr die Chance bot, mit Katrin über die Fehler der Vergangenheit zu reden, interessierte sie sich erst gar nicht für den heraneilenden Baumann.

»Was soll das heißen, Marion? Du liebst mich schon seit Jahren?« stellte Sanny erschrocken fest. Vielleicht hatte sie bereits geahnt, daß es so sein mußte. Für gewöhnlich hat man ja ein Gespür dafür. Aber die wahre Bedeutung dieser Tatsache schien ihr erst jetzt bewußt zu werden. Denn eines war klar: Wenn sich die Gefühle veränderten – und wenn dies auch nur einseitig passiert –, so würde sich zwangsläufig auch die Beziehung zwischen den beiden verändern.

»Warum hast du dich eingemischt, Paula? Das hättest du nicht tun dürfen. Alex muß ihr Leben selbst in den Griff bekommen«, ermahnte Thea ihre Freundin.

Franzi machte derweil einen Schritt vor Sanny und näher an Marion heran. »Du intrigantes Miststück. Sanny ist *meine* Freundin«, fauchte sie ihr Gegenüber an und wirkte derart bedrohlich, daß Baumann mit einem letzten großen Satz dazwischenpreschte. Franzi schien nach diesen ganzen Intrigen endgültig der Kragen zu platzen.

»Aber, aber, die Damen. Beruhigen Sie sich doch bitte wieder«, verlangte Baumann und sah dabei unglaublich lächerlich aus, denn sein voluminöser Körper war ein einziges Wabbeln. Ich bezweifelte, daß ihm überhaupt jemand Beachtung schenkte.

»Das ist, weil du mir nie richtig zugehört hast. Und gesehen hast du immer nur das, was du sehen wolltest, Anne«, sagte Katrin bitter zu ihrer Exfreundin. »Das machst du übrigens auch heute noch. Alex und ich, wir sind kein Paar.« Diese Eröffnung ließ Anne verblüfft den Mund öffnen, ohne daß sie ein einziges Wort herausbrachte.

Brigitte war mittlerweile in Tränen ausgebrochen. Anscheinend hatte sie verstanden, daß Katrin sie wirklich und endgültig nicht liebte, und diese Realität traf sie mit der Wucht eines Kometeneinschlags.

»Ich muß mich einfach einmischen. Ansonsten stürzt sich Alex noch in ihr Unglück«, knurrte Paula nun an Thea gewandt zurück. Anscheinend paßte es ihr überhaupt nicht, daß sie von ihr zurechtgewiesen wurde. »Jedenfalls stehe ich nicht so untätig herum wie du«, machte sie weiter und deutete in energischer Schuldzuweisung auf Thea.

»Keine Sorge. Ich habe mittlerweile verstanden, daß sie dich liebt und nicht mich. Ich werde euch in Ruhe lassen«, beschwichtigte Marion nun Sanny an der anderen Front und winkte ab. »Ich wollte dir nur sagen, wie einmalig du bist. Das war alles«, sagte sie. Es war fast eine romantische Liebeserklärung, nur das Ambiente war gänzlich ungeeignet.

Nico wollte offenbar die Situation entschärfen und begann: »Paula, ich möchte wirklich nicht, daß du wegen mir Ärger mit deinen Freundinnen –«

»Das ist uns klar, Nico«, fiel ihr Franzi wütend ins Wort, »aber unsere kleine, besonders exzentrische Mitbewohnerin kann das nicht verstehen«, wütete sie nun, kurz abgelenkt, wieder in die andere Richtung, während sie nach einer Möglichkeit suchte, sich an Baumann vorbeizudrängen.

»Bedeute ich dir wirklich nichts mehr, Katrin?« fragte jetzt Anne. »Anders kann ich zumindest nicht begreifen, daß du nun doch nicht mit dieser Alex zusammen bist.«

Brigitte war zu Boden gesunken und schluchzte hemmungslos zu Katrins Füßen.

»Sanny, ich will dich nicht verlieren. Du bist meine beste Freundin. Gib mir bitte noch eine Chance«, flehte Marion Sanny an.

»Ich und exzentrisch? Wer hat denn hundert Frauen abgeschleppt? Und du brauchst dich erst gar nicht so aufzuspielen, Thea. So frigide wie du bist, kriegst du eh nie eine ab!« platzte es nun aus Paula heraus, und sie holte zu einem vernichtenden Rundumschlag aus. »Außerdem ist deine Kunst der größte Mist, den ich je gesehen habe!«

In Theas Gesicht regte sich nicht viel, aber ich merkte genau, daß sie das sehr tief getroffen haben mußte. Die Kunst war schließlich der Inhalt ihres Lebens. Sie war der Grund, warum sie jeden Morgen aufstand und sich unzählige Nächte um die Ohren schlug.

»Du hast dich überhaupt nicht verändert, Anne. Glaubst du tatsächlich, ich könnte noch das winzigste Gefühl für dich in mir übrig haben, nachdem du Alex in den letzten Tagen das Leben zur Hölle gemacht hast? Ich will nichts mehr mit dir zu tun haben«, antwortete Katrin erbost. Das war eine klare Absage. Ihre einstige Liebe hatte sich in pure Verachtung gewandelt.

»Ach ja? Und wenn ich nun überhaupt nicht lesbisch bin, sondern das immer nur behauptet habe, um in eure bescheuerte WG reinzukommen?« fauchte Thea spitz zurück.

Es wurde leise. Paula und Franzi starrten sie entgeistert an. Auch ich war entsetzt. Das war alles nur Show gewesen? Natürlich, sie hatte nie Affären, flirtete nie, wenn wir zusammen in der Disco waren, aber sie war oft bei irgendwelchen Künstlerfreunden, manchmal ganze Wochenenden lang. Wie hatte ich nur so blind sein können?

»Was soll das heißen, Thea?« fragte Franzi wie gelähmt. Sie konnte es auch nicht fassen, nichts davon bemerkt zu haben.

»Das ist jetzt nicht dein Ernst, Thea«, sagte auch Paula.

Thea nickte nur.

»Ich weiß nicht, ob ich dir noch einmal vertrauen kann«, zweifelte Sanny an Marions Versprechen. Sie war hin und her gerissen.

»Das meinst du doch nicht ernst. Ich kann dich nicht einfach vergessen. Es muß dir doch genauso gehen. Wir haben so viele Jahre miteinander verbracht«, klagte Anne, und ich konnte ihren ganzen Schmerz heraushören. Diese Liebe hatte auch Narben auf ihrer Seele hinterlassen, nicht nur auf Katrins.

»Ich kann dich auch nicht vergessen«, sagte Marion, aber mit Blick auf Sanny. Auch in ihr sah ich die tiefe Enttäuschung.

»Du!« brüllte Franzi Marion an und stürzte sich an Baumann vorbei. »Halt dich bloß von ihr fern«, verlangte sie aufgebracht.

»Hör endlich damit auf, so laut, so aufbrausend und so ekelhaft von dir überzeugt zu sein«, beklagte sich Marion und deutete hilflos auf Franzi.

Diese schäumte jetzt vor Wut. Ihr gesamter angestauter Zorn schien sich auf einmal entladen zu wollen.

»Schatz, hör auf!« rief Sanny und versuchte ihre Freundin zurückzuhalten, aber vergeblich.

In einem Sekundenbruchteil hatte Franzi ausgeholt und Marion einen satten Schlag mit der rechten Faust verpaßt. Marion taumelte und ging schließlich zu Boden. Sie hielt sich das Gesicht, während Blut zwischen ihren Fingern hindurchströmte. Franzi mußte ihr die Nase gebrochen haben. Sie war eindeutig zu weit gegangen. »Und wenn du nicht auch gleich so enden willst, dann halt lieber den Mund, Paula«, drohte sie jetzt auch noch unserer Freundin.

Thea starrte wie versteinert in die Runde, während Baumann mit einem heiseren »Mein Gott!« schwer zu Boden plumpste.

»Franzi, nicht doch«, sagte Katrin besorgt. In ihr kam jetzt die Polizeibeamtin zum Vorschein.

»Und du auch!« drohte Franzi nun in ihre Richtung weiter.

»Ist denn hier kein Arzt?« fragte Nico hektisch, mit Blick auf Marion und den ohnmächtigen Baumann. Die Photographen hatten sich schon lange um uns geschart, von einem Mediziner war allerdings keine Spur.

»He, he. Na warte«, stieß nun Anne hervor und packte Franzi abrupt am Kragen. Ich hatte Sorgen, daß es noch in einer Massenschlägerei enden würde.

»Mit dir habe ich auch noch ein Hühnchen zu rupfen«, brüllte Franzi und wollte ebenfalls auf Anne losgehen.

»Das reicht jetzt!« befahl ich plötzlich mit energischer Stimme. Es war das erste, was ich seit langem gesagt hatte, aber es schien zu wirken. Franzi und Anne hielten inne und schauten mich an.

»Laßt das doch. Das bringt doch nichts«, beschwichtigte Katrin die beiden und löste Annes Hände von Franzis Kragen. Die ließ sie gewähren. »Kümmer dich lieber mal um Marion und Baumann, oder hast du vergessen, daß du Medizin studierst?« schlug Katrin ihr vor.

Ich wollte meinen Ohren kaum Glauben schenken: Anne studierte Medizin? Na, da war mir ja jetzt wenigstens klar, warum sie so gut gewußt hatte, wo an meinem Hals sie zudrücken mußte. Ich schüttelte innerlich den Kopf darüber, daß eine so gewaltbereite Person Ärztin werden wollte. Und so richtig hatte mich auch ihr Verhalten heute abend noch nicht davon überzeugt, daß sie keine tiefergreifenden psychologischen Probleme hatte.

Sie nickte betroffen. Ihr Medizinstudium mußte ihr in der ganzen Aufregung entfallen sein. Sie kniete sich zu Baumann und fühlte nach seinem Puls, dann schlug sie ihm leicht gegen die Wangen, um ihn aufzuwecken.

Um uns herum herrschte Totenstille. Die gesamte Aufmerksamkeit ruhte auf uns. Wir starrten uns einige Sekunden lang einfach nur an, während Anne sich nun Marions Nase betrachtete. Nico hielt mittlerweile Baumanns Füße in die Höhe. Brigitte hatte sich wieder gefangen und schien beschlossen zu haben, am besten schnellstmöglich nach Hause zu gehen.

»Sie sollten beide ins Krankenhaus gebracht werden. Die Nase ist gebrochen«, befand Anne und sah zu Katrin auf. »Kannst du fahren?« fragte sie bittend.

Katrin nickte sofort. »Natürlich«, sagte sie betreten, dann sah sie zu mir. »Kommst du nach Hause?« fragte sie besorgt.

Ich fühlte, daß ihr nicht wohl dabei war, ausgerechnet mit Anne ins Krankenhaus zu fahren. Was eben passiert war, mußte uns alle erschreckt haben.

»Sicher«, beruhigte ich sie niedergeschlagen. Dann blickte ich zu Paula und fragte sie mit unsicherer Stimmte: »Wenn du uns mitnimmst?«

Paula sah von mir zu Thea zu Franzi, dann zu Nico und Sanny. Das war eine zuviel.

»Ich wohne nur ein paar Straßen weiter«, lenkte Nico ein. »Ich kann einfach nach Hause laufen.«

Ich schenkte ihr einen kleinen dankbaren Blick. Damit war die Frage nach der Mitfahrgelegenheit geklärt.

»Gut«, sagte Anne und half Baumann dabei, wieder auf die Beine zu kommen.

Katrin merkte, wie er schwankte, und griff ebenfalls stützend zu. Auch Marion stemmte sich in die Höhe. Sie konnte allein gehen. Katrin warf mir zum Abschied noch einen bedauernden Blick zu. »Gute Nacht«, sagte sie, dann ging sie mit den anderen nach draußen.

Kapitel 16

Nachdem der Verletztentransport den Raum verlassen hatte, sahen wir anderen uns kurz schweigend an, dann bahnten auch wir uns einen Weg durch die Menschentraube hindurch aus der Galerie. Im Freien erblickte ich noch die Rücklichter von Katrins Wagen. Unschlüssig blieben wir am Fuß der Eingangstreppe stehen.

Ein paar besonders neugierige Ausstellungsbesucher waren uns bis nach draußen gefolgt, aber das kümmerte mich schon lange nicht mehr.

»Ja ... Dann werde ich auch mal«, sagte Nico in die Stille hinein und zog die Schulterblätter zusammen. Es war empfindlich kalt in dieser Nacht, und ihre Behauptung, gleich um die Ecke zu wohnen, entsprach auch nicht ganz der Wahrheit. Es lag eine gute halbe Stunde Fußweg vor ihr.

»Ich bringe dich nach Hause«, schlug ich ihr vor. Ich wollte sie nicht allein gehen lassen. Ich wollte sie nicht schon wieder so schnell von mir fortlassen. Scheu wartete ich auf ihre Reaktion.

Kein abweisendes Wort kam über ihrer Lippen. Statt dessen herrschte gespanntes Schweigen.

»Gute Nacht«, unterbrach doch noch Thea die Stille. Nervös und fröstelnd trat sie vor dem Treppenabsatz von einem Bein auf das andere.

Meine beiden anderen Mitbewohnerinnen brachten nicht mehr als ein gemurmeltes »Nacht!« heraus.

Ein bißchen tat es mir leid, dieses Trio gerade jetzt allein nach Hause zu schicken. Sie hatten sich ganz schön zerstritten. Aber damit mußten sie heute ohne mich fertig werden.

»Tschüß, Alex«, verabschiedete sich Sanny, während die anderen drei Damen beleidigt Löcher in den Nachthimmel starrten. Ganz unerwartet berührte sie mich freundschaftlich am Arm. »Und dir auch einen guten Heimweg, vielleicht sehen wir uns ja bald mal wieder«, sagte sie zu Nico, während sie ihre Hand beruhigend über meinen Oberarm rieb. Meine Freundinnen hatten sich derweil schon auf den Weg zum Auto gemacht.

Ich hatte aufrichtiges Mitleid mit Sanny. Zusammen mit diesen eigensinnigen Dickschädeln würde es keine besonders angenehme Heimfahrt werden.

»Ja, vielleicht«, entgegnete Nico nachdenklich, worauf Sanny mit einem aufmunternden Lächeln reagierte. Thea, Paula und Franzi warteten bereits einige Meter entfernt, sich immer noch mißtrauisch taxierend. Sanny beschleunigte ihren Schritt.

Ich sah ihr so lange nach, bis sie am Auto angekommen war, dann drehte ich mich zu Nico um. Noch blasser als sonst stand sie vor mir. Ihr war eindeutig kalt. »Willst du meine Jacke?« fragte ich sanft. Ich konnte nicht mit ansehen, wie sehr sie zitterte.

Sie lächelte schief. »Dann ist ja dir kalt.«

Als hätten wir uns abgesprochen, setzten wir uns gleichzeitig in Bewegung. Während wir die ersten Meter gingen, schlüpfte ich aus meiner schlichten Windjacke und hielt sie Nico hin.

Sie schaute mich skeptisch an und zögerte.

»Nimm schon«, versuchte ich sie zu überreden. Die Kälte ließ sie noch viel zerbrechlicher als sonst wirken.

Ohne weitere Widerrede griff sie schließlich doch zu und zog die Jacke über. »Daß ich deine Klamotten trage, wird mittlerweile zur Gewohnheit«, kommentierte sie ihr neues Outfit und sah an sich herunter. »Aber ich fürchte, sie stehen mir nicht sonderlich gut«, stellte sie fest und zuckte gleichmütig mit den Schultern.

Ich konnte ein Schmunzeln nicht verhindern. Sie sah wirklich ein bißchen verloren aus in meiner Jacke, aber trotzdem liebreizend. Wie gern hätte ich ihr das gesagt. Aber es war der falsche Zeitpunkt. Andere Dinge waren jetzt viel dringender.

»Das war eben ganz schön heftig«, begann sie zögerlich, als ich eine Weile nichts herausbrachte und sie nur verträumt von der Seite betrachtete. »Das hatte ich so nicht gewollt«, sagte sie, allmählich meinen Blick erwidernd. Das Grün, das ich so sehr liebte, schimmerte unruhig zu mir herüber.

»Irgendwie ist die Situation eskaliert«, stellte ich fest. Es war wirklich fast ein wenig verrückt gewesen, wie sich plötzlich Geständnis über Geständnis aneinandergereiht hatte. »Aber dafür konntest du nichts. Anscheinend mußte heute jede etwas loswerden«, resümierte ich. Ich selbst war überraschend ruhig geblieben. Die sich plötzlich überschlagenden Ereignisse hatten mich zu sehr überrumpelt.

Nicos Blick war ernst, mal schweifte er verstohlen über mich, dann blieb er wieder streng geradeaus gerichtet. Wir näherten uns unweigerlich dem eigentlichen Thema. Augenblicklich wußte ich, daß nicht nur ich mich davor fürchtete. Aber eine mußte jetzt den ersten Schritt machen, sonst war die Chance vertan. Vielleicht sogar für immer.

Ich gab mir einen Ruck. Eigentlich mußte ich Nico doch nur sagen, was ich fühlte. Dann konnte ich nichts falsch machen. »Ich vermisse dich, Nico«, gestand ich ihr in die Nacht hinein. Jeder Tag mit ihr war so viel schöner. Das Gefühl an ihrer Seite, so warm und weich. Und aus diesem Gefühl heraus griff ich nach ihrer Hand und schloß zaghaft meine Finger darum.

Sie erwiderte sofort den sachten Druck, als hätten wir uns noch nie losgelassen.

Ich wärmte ihre kalte Hand, während wir unter dem klaren Sternenhimmel nebeneinanderher gingen. »Was geschehen ist, tut mir unendlich leid«, entschuldigte ich mich bei ihr und wußte plötzlich nicht, was ich sonst sagen sollte. Ich wußte, daß ich die Kontrolle verloren hatte. Das war gar keine Frage. Aber warum war das passiert? Ich wollte es ihr erklären und konnte es doch nicht. Obwohl ich es nicht glaubte, hoffte ich, daß ihr meine einfache Entschuldigung reichen würde.

»Du hättest mir gestern nicht von deiner Nacht mit Katrin erzählen müssen. Getan hast du es trotzdem«, sagte sie und sah mich an.

Es stimmt, ich hätte es ihr verschweigen können und vielleicht hätte sie es niemals erfahren. Unser Weg zueinander wäre sicher weniger steinig geworden; ich kämpfte jetzt noch mit den letzten Felsbrocken. Aber wie hätte aus einer Lüge Vertrauen wachsen können? »Dich zu belügen, war der größte Fehler meines Lebens. Ich werde das nicht noch einmal machen«, erklärte ich mich.

»Wieso hast du mir nicht vertraut? Wir hätten miteinander reden können«, entgegnete sie und kickte energisch einen kleinen Stein, der auf der Straße lag. Es war scheinbar nicht die Wahrheit, die ihr so sehr weh tat, der Vertrauensbruch riß viel tiefere Wunden.

»Als ich soweit war, mit dir darüber zu sprechen, war ich schon so tief in die gesamte Geschichte verstrickt, daß ich keinen Ausweg mehr gefunden habe«, antwortete ich und schluckte schwer. »Kannst du mir verzeihen?« fragte ich und versuchte so, kühn über den ersten Felsen zu springt. Ängstlich wartete ich auf eine Reaktion. Ich fürchtete mich so sehr davor, Nico zu verlieren.

Sie verlangsamte ihren Schritt, blieb schließlich ganz stehen und ließ mich los. »Ich habe dir schon lange verziehen, Alex«, offenbarte sie mir, immer noch tief verletzt. Ihre Arme verschränkten sich ineinander. »Weißt du, indem ich mich auf dich eingelassen habe, habe ich dir auch ein Stück von mir geschenkt. Ich habe dir mehr als meine Liebe geben wollen. Ich habe dir gezeigt, wer ich wirklich bin, und mich damit verwundbar gemacht.« Sie stockte in ihrer Erklärung und legte den Kopf schräg. »Aber das hast du auch getan, und deswegen habe ich geglaubt, es könnte zwischen uns gutgehen.«

Unsere Schlacht in der Küche, der Krimi auf der Couch, die Zeit im Wald, verfroren in meinem Bett, spazieren mit dem Eis – das alles waren unwiederbringliche Momente der Nähe, und ich hatte sie alle mit einem einzigen Schlag getrübt. Sie hatte es geschafft, in wenigen Tagen mehr über mich zu erfahren, als andere in Jahren. Ich wollte mich jetzt nicht wieder verschließen. Ich war viel zu neugierig auf sie, wollte nicht aufhören, uns beide zu erleben.

»Glaubst du es immer noch?« fragte ich sie und streckte wieder vorsichtig meine Hand nach ihrer aus. Ich mußte daran glauben, daß sie einen Funken Hoffnung gehabt hatte. Sonst wäre sie doch heute abend nicht zur Ausstellung gekommen. Wir mußten einfach eine Chance haben.

»Das gestern hat mich verunsichert«, gestand sie und wich meinem Blick aus. Die Erinnerung an den schrecklichen Moment schnürte auch mir einen Augenblick lang die Luft ab. Kein Wunder, daß sie so aufgewühlt war.

Ihr Körper drückte all das aus, was sie fühlte. Er war gespannt, ja fast verkrampft, dabei wirkte sie so zerbrechlich, daß es mir beinahe physisch wehtat. Ich ließ meine Finger behutsam über ihre Wange streichen.

Sie erschauerte unter der zarten Berührung.

»Sieh mich doch an«, wünschte ich mir.

In ihr bebte es. Unendlich langsam blickte sie zu mir zurück. Ein zaghaftes Fragen lag in ihren Augen.

Ich wollte ihr Antworten geben. »Immer wenn du mich mit diesen grünen Augen ansiehst, dreht sich der Boden unter mir«, eröffnete ich ihr.

»Immer wenn ich in deine Augen sehe, will ich dich küssen«, sagte sie, und ich überwand das letzte bißchen Angst in mir. Ich beugte mich vor und küßte sie. Ihre Lippen waren so unsagbar weich.

Während wir uns schüchtern küßten, rückte ich dichter an sie heran und schloß sie in meine Arme. Nie wieder wollte ich sie loslassen, und schon gar nicht wollte ich damit aufhören, sie so zu küssen. Das liebevolle grüne Glitzern in ihren Augen rief mir zu, daß ich deswegen ganz unbesorgt sein konnte.

Ruhig ließ ich meine Lider zufallen. Ich wollte nur noch fühlen, nur noch sie riechen und schmecken. Während Nico zärtlich in mein Haar griff und sich ihren Weg durch die dichten Strähnen suchte, wurde ich mir immer sicherer, daß ich Vanille schmeckte. Vanille – auf ewig meine Lieblingssorte.

Die Zeit begann allmählich, in einem ganz anderen Takt zu schlagen und alles war wieder da. Es war wie ein einziges Gefühl, ohne Grenzen. Nachdem wir uns atemlos voneinander gelöst hatten, konnte ich Nico zunächst nur anstrahlen.

»Laß uns nach Hause gehen«, schlug sie mit vom Küssen geröteten Wangen vor. Auffordernd streckte sie mir die Hand entgegen.

Warum sollte ich noch irgendwohin gehen? Ich war doch schon zu Hause – mitten in ihrem Herzen. Ihr das zu sagen, hob ich mir für ein anderes Mal auf, statt dessen ergriff ich bereitwillig ihre Hand, um sie noch einmal an mich heranzuziehen. »Ich liebe dich so sehr«, sagte ich. Dies waren weitaus wichtigere Worte. Und sie fühlten sich so befreiend schön an. Allerdings nicht ganz so überwältigend wie ihr »Ich dich auch«, denn als ich das hörte, fühlte ich mich vollends wie in einem Rausch.

Als wir zusammen zu ihr nach Hause schlenderten, fühlte ich

mich wie der glücklichste Mensch unter all den Sternen. Ich war angekommen, irgendwo bei mir selbst, bei meinen Gefühlen. Ich war ekstatisch, sie so nah bei mir zu spüren und ihren Herzschlag, ihren Atem wahrzunehmen. Endlich war alles gut. Ich durfte mein Herz mit ihr teilen. Ich genoß jeden Schritt in ihrer Nähe und ließ mich von ihr durch die Dunkelheit führen. Der Weg konnte gar nicht weit genug sein.

Wir ließen uns auch nicht los, als wir vor dem Haus ankamen. »Willst du hier übernachten?« fragte Nico vorsichtig.

Ich hätte nichts lieber getan. Ich wollte nicht fort von ihr. Aber da war der Streit zwischen meinen Mitbewohnerinnen. Sie kratzten sich womöglich gerade zu Hause die Augen aus. Ich hatte das Gefühl, jetzt für sie da sein zu müssen. Vielleicht war ich ja doch ein guter Mensch ...

»Ich würde liebend gern bleiben«, begann ich und seufzte, »aber ich muß nach Hause. Meine Freundinnen haben sich so sehr gestritten. Ich weiß nicht, wie das mit uns weitergehen wird. Mit der WG und einfach allem«, erklärte ich bedrückt und zuckte müde mit den Schultern. Mich würde heute nacht sicherlich kein harmonisches Zuhause erwarten.

»Ich verstehe«, erwiderte Nico ehrlich und drückte für einen kurzen Moment meine Hand eine Spur fester. Dann ließ sie los und schälte sich umständlich aus meiner Jacke. »Die wirst du brauchen. Es ist kalt«, lächelte sie mich an und hielt sie mir entgegen. Ich nahm die Jacke an mich.

Ich hatte den gesamten Weg über gar nicht gemerkt, wie kalt es eigentlich war. Vielleicht, weil es innerlich so sehr in mir gebrodelt hatte. Jetzt begann ich augenblicklich zu frieren, und eine dicke Gänsehaut überzog meine Arme.

»Ich ... Also ...«, sagte Nico zögerlich. Ihr wollten keine Worte zur Verabschiedung einfallen, zum ersten Mal sah ich sie sprachlos. Sie lehnte sich vor und küßte mich erneut, leidenschaftlicher als zuvor. Ich genoß diesen unglaublichen Moment und ließ mich von der Liebe einhüllen, die in ihrem Kuß lag. Kein Wunder, daß ihre Augen so funkeln konnten.

Als wir uns voneinander lösten und sie lächelte, wußte ich intuitiv, daß sie mir wieder vertraute.

»Gute Nacht, Liebling«, verabschiedete ich mich und zog mir

die Jacke über. Ich hatte nicht widerstehen können, hatte einfach ausprobieren müssen, wie es klang. Es klang gut.

»Bis morgen?« fragte sie glücklich und sah mich abwartend an. Liebling war anscheinend prima.

»Gern, am besten zum Frühstück. Wenn ich schon nicht mit dir aufwachen darf . . .«, gab ich charmant zurück.

»Dann komme ich zum Frühstück«, willigte sie ein.

Ich strahlte, gab ihr noch einen kleinen Kuß und drehte mich um, um mich auf den Nachhauseweg zu machen.

Wenn in unserer Küche Totenstille herrschte, zog ich für gewöhnlich lieber den Kopf ein und machte einen großen Bogen darum. Heute wagte ich mich trotzdem in die Höhle der Löwinnen.

Das Verhalten meiner drei Freundinnen hatte sich nicht verändert. Sie starrten sich tonlos an, ihre Körperhaltung war abwehrend. Wenn sie überhaupt schon miteinander gesprochen hatten, war es sicherlich nicht versöhnlich gewesen.

»Hallo«, wagte ich die Stille zu durchbrechen und lehnte mich gegen den Kühlschrank. Da drinnen konnte es jetzt auch nicht frostiger sein.

Paula blickte zu mir herüber, als versuchte sie, mich zu enträtseln. Vielleicht fragte sie sich, was ich mit Nico besprochen haben mochte.

»Es hat sich heute nacht für mich vieles verändert«, begann ich und meinte damit mein Gefühlsleben. Ich war noch immer wie high. Zu spät fiel mir auf, daß meine Aussage genausogut auf die momentane Situation in der WG zu beziehen war.

»Für uns alle hat sich etwas verändert«, murmelte Franzi müde vor sich hin. Sie hielt ihren Kopf in die Hände gestützt und starrte zu Boden.

»Ja, das auch«, stimmte ich ihr zu und sah von einer zur anderen. »Aber ich meinte damit ganz egoistisch mein Liebesleben«, fügte ich hinzu und wartete auf Reaktionen.

»Bist du jetzt auch hetero?« fragte Paula spitz. Sie blinzelte anklagend zu Thea, die so elend dreinblickte, als ob Heterosexualität eine unheilbare Krankheit wäre.

Von Paula hatte ich so eine Attacke am wenigsten erwartet.

Sie war schließlich von uns die mit Abstand femininste – obwohl das ja eigentlich nichts miteinander zu tun hatte, ertappte ich mich bei einem verschrobenen Gedankengang. »Nein, das nicht«, grinste ich. Noch einmal eine sexuelle Desorientierung durchmachen? Nein, danke. »Aber ich glaube, bei der Sache geht es doch überhaupt nicht um Sexualität, sondern eher um Vertrauen«, sagte ich und fixierte nun Thea. »Du hättest uns das doch sagen können. Hast du wirklich geglaubt, wir hätten damit ein Problem? Ich weiß nicht, wie es andere Lesben so halten, aber ich persönlich habe wenig Lust darauf, mich auch noch selbst auszugrenzen. Ich denke mal, Paula und Franzi auch nicht«, sagte ich zu ihr. Es hatte gar nicht so tadelnd klingen sollen, aber die Worte sprudelten unaufhaltsam aus mir heraus.

Franzi hob aufmerksam den Kopf.

»Also, ich finde den Gedanken an einen Typen in meinem Badezimmer . . . komisch«, bemerkte Paula mit einem leichten Schütteln.

»Und wenn dein Bruder zu Besuch ist, ist das natürlich was anderes«, knurrte Franzi von der Seite.

»Ich weiß nicht, warum ich es nicht früher erzählt habe. Am Anfang habe ich geglaubt, ich müsse mich verstellen, um das Zimmer zu bekommen, und dann habe ich irgendwie den Ausstieg verpaßt«, erklärte Thea und seufzte.

Ich schaute sie mitfühlend an. Wie gut ich das nachvollziehen konnte . . .

»Verzeiht ihr mir?« fragte sie unsicher.

»Natürlich«, sagten Franzi und ich synchron. Wir blickten gespannt zu Paula.

»Warum gehst du denn immer mit auf Frauenpartys?« wollte Paula wissen. Ihre Haltung wirkte sehr abwartend.

»Weil es mir Spaß macht. Ich muß doch nicht nur irgendwohin gehen, um zu flirten«, gab Thea zu verstehen.

Paula verzog wenig begeistert das Gesicht. »Wenn deine Liebhaber hier nicht Dauergäste werden, bitte schön . . .«, knurrte sie schließlich. Dann sah sie Thea endlich an. »Und das mit dem frigide, das . . . äh . . . tut mir leid«, entschuldigte sie sich, und ihr Blick wanderte zu Franzi. »Und dich halte ich auch nicht für eine kaltblütige Macholesbe«, setzte sie hinzu.

Dieses Geständnis mußte sie sehr viel Überwindung gekostet haben. Paula mochte es nicht besonders, ihre Fehler einzugestehen, geschweige denn sich dafür zu entschuldigen.

Thea nickte wohlwollend, und auch Franzi schien die Entschuldigung zu akzeptieren.

Vorsichtig legte ich Paula eine Hand auf die Schulter. »Danke. Wegen Nico meine ich.« Meine Mitbewohnerinnen wirkten nicht verwundert über meine indirekte Bekanntmachung.

»Also habt ihr euch ausgesprochen?« fragte Thea wenig überrascht.

»Ja«, antwortete ich und spürte, wie meine Mundwinkel sich unweigerlich nach oben schoben.

»Tja, irgendwann versteht auch die Letzte den feinen Unterschied zwischen Liebe und Verliebtheit«, murmelte Thea vor sich hin, nicht ohne Schmunzeln. Natürlich taten sie jetzt alle so, als wäre ihnen das schon im voraus klar gewesen. »Allerdings hätte ich in den letzten Tagen um keinen Preis der Welt in deiner Haut stecken wollen«, gab sie dann doch zu. Ihnen war also auch klar, daß die eigenen Gefühle nicht immer leicht zu verstehen sind.

»Ich glaube, heute nacht wollte sicherlich keine mit einer anderen das Leben tauschen«, mutmaßte Paula. Wahrscheinlich hatte sie recht.

»Glaubt ihr, sie zeigt mich an?« fragte Franzi in die Runde. Natürlich dachte sie dabei an Marion.

»Kann gut sein«, sagte ich besorgt. »Immerhin hast du ihr die Nase gebrochen«, fuhr ich fort.

»Ich weiß nicht, warum ich das getan habe. Aber ich war plötzlich so wütend auf sie. Da ist es einfach passiert. Sanny ist auch sauer«, stöhnte Franzi verzweifelt. Bei klarem Verstand hätte sie sich bestimmt anders verhalten.

»Wo ist sie eigentlich?« fragte ich. Sanny war nicht hier. Ich hatte fest damit gerechnet, sie ebenfalls hier anzutreffen.

»Sie wollte nach Hause. Nachdenken«, erklärte Franzi trübsinnig.

»Mach dir nicht so viele Sorgen, morgen liebt sie dich wieder«, erwiderte Paula zuversichtlich.

Franzi warf ihr einen skeptischen Blick zu. Dennoch war sie

für diesen Optimismus dankbar.

»Glaubt ihr, wir stehen morgen in der Zeitung?« fragte Thea in die Runde.

»Mit Sicherheit«, sagte ich. »Wenn Photographen Photos schießen, ist das ein eindeutiges Zeichen. Falls also heute nacht nicht zufällig die Queen oder der Papst stirbt, werden wir morgen früh bestimmt Schlagzeilen machen.«

»Wir haben das Käseblatt ja abonniert. Morgen früh wissen wir mehr«, sagte Paula und stand auf. »Aber jetzt möchte ich lieber schlafen gehen«, verkündete sie gähnend.

Wir folgten ihr aus der Küche. Es war mittlerweile fast drei – höchste Zeit, endlich ins Bett zu kommen.

Kapitel 17

Wir waren das Titelthema im Regionalteil. Die Überschrift lautete: *Eklat in der Stadtgalerie*. Im Artikel stand etwas von Lesbendrama mit gewalttätiger Auseinandersetzung. Ein Photo zeigte den ohnmächtigen Baumann und die blutende Marion. Wahrscheinlich war Baumanns Ruf jetzt nicht weniger ruiniert als Theas. Auch Katrin mußte sich Gedanken machen. Irgendwie hatten diese Reporter herausgefunden, daß sie bei der Kripo war, und auch das breitgetreten. Alles sehr unschön, und noch dazu reißerisch aufgebauscht.

Paula hatte vor Wut gekocht. Sie war gleich nach dem Lesen des Artikels davongerauscht, um mit ihrem Onkel – einem Anwalt in einer Topkanzlei – zu besprechen, welche rechtlichen Schritte wir einleiten konnten.

Katrin war spontan zum Frühstück vorbeigekommen, um uns zu berichten, was gestern abend im Krankenhaus noch passiert war. Sanny war auch gekommen. Sie und Franzi saßen sich mittlerweile am Küchentisch gegenüber und frühstückten vergnügt. Paula hatte mit der Annahme, daß der kleine Streit zwischen den beiden nicht lange anhalten würde, absolut richtig gelegen. Nach einer kurzen Aussprache fütterten sie sich jetzt gegenseitig mit Croissants.

Ich hatte mich zusammen mit Nico auf die Fensterbank verzogen. Ihr Oberkörper lehnte entspannt gegen meinem. Wir hatten unser Frühstück schon vor einer Weile beendet und beobachteten nun Katrin, die mit der Zeitung und einem Kaffee in der Hand vor uns saß.

Sie schüttelte immer noch verärgert den Kopf. »Guter Journalismus«, versuchte sie einen Witz und setzte ein Grinsen auf, das aber ziemlich gequält wirkte. Dieser vermaledeite Artikel war jedoch alles andere als lustig.

»Hat das irgendwelche Konsequenzen für dich auf der Arbeit?« erkundigte sich Thea bei ihr. Sie lief den ganzen Morgen schon ungewohnt nervös auf und ab. Im Moment wartete sie nämlich sehnsüchtig auf ihren Freund Marlon, den sie uns gern vorstellen wollte. Ihr Liebster war also tatsächlich einer ihrer Künstlerkollegen.

»Ich glaube nicht, daß mich jemand dafür verantwortlich macht«, begann Katrin, während sie die Seiten zusammenfaltete, »und ich deswegen vielleicht suspendiert werden könnte. Meine Kollegen wissen auch, daß ich lesbisch bin. Das ist schon nicht so schlimm für mich persönlich. Aber es wirft ein verdammt schlechtes Licht auf die gesamte Polizei. Das ärgert mich grandios«, schimpfte sie und legte die Zeitung endgültig weg.

»Und wie geht es Marion und Baumann?« erkundigte ich mich und strich Nico verträumt über den Arm. Ich konnte mich gerade noch davon abhalten, ihr Ohr anzuknabbern.

»Baumann geht es gut. Zumindest körperlich. Ich schätze, wenn er diesen Artikel liest, bekommt er noch einen zweiten Nervenzusammenbruch«, behauptete Katrin und grinste. Sie nahm die Sache wenigstens mit Humor. Aber auch ich mußte bei der Erinnerung an den ohnmächtig werdenden Baumann unweigerlich schmunzeln. »Marions Nase ist nun mal gebrochen. Aber ich glaube, sie wird Franzi nicht anzeigen. Ich habe da einen Deal gemacht«, sagte sie sehr zuversichtlich.

Franzi horchte augenblicklich auf. Dabei verpaßte sie das herannahende Croissant, und prompt klebte ein Klecks Marmelade in ihrem Gesicht. »Was für einen Deal?« fragte sie gespannt und wischte sich über die Wange.

Katrin zog verdächtig eine Augenbraue hoch. »Ich habe Marion klargemacht, daß andernfalls auch meine vermaledeite Ex eine Strafanzeige am Hals hat. Das hat sie überzeugt«, offenbarte sie uns.

»Ist das nicht Erpressung?« wollte Sanny wissen. Allerdings rein informativ, es schwang weder Mitleid in ihrer Stimme noch wandte sie ihre Aufmerksamkeit von ihrer Liebsten ab.

Katrin wirkte ertappt. »Na ja. Vielleicht eine ganz kleine«, gestand sie und deutete mit Daumen und Zeigefinger einen winzigen Abstand an.

»Was hat Anne denn getan?« fragte Nico unvermittelt.

Ich hatte immer schön darauf geachtet, Oberteile mit hohen Kragen zu tragen, und gestern war nicht der rechte Zeitpunkt gewesen, um ihr davon zu erzählen. »Sie hat mich ein kleines bißchen gewürgt, aber reg dich deswegen nicht auf«, sagte ich zu ihr und schob den Kragen beiseite.

Sie regte sich natürlich auf und setzte dazu an, ihrer Empörung Luft verschaffen.

Katrin legte ihr schnell beschwichtigend eine Hand auf den Oberschenkel und sagte: »Nimm es ihr nicht übel. Sie wollte dich nur nicht beunruhigen.«

Nico sah noch einmal sorgenvoll zu mir, entschied sich dann aber dafür, nichts zu sagen, sondern nur liebevoll über meinen Hals zu streicheln. »Geheimniskrämerin«, flüsterte sie schließlich vorwurfsvoll in mein Ohr und küßte es. Ja, darin war ich Spitzenklasse. In diesem Augenblick klingelte es an der Tür.

»Das ist er!« rief Thea aufgeregt und legte wieder den Turbo ein. Sie wirbelte herum, um ihren Marlon hereinzulassen, allerdings kam sie recht bald enttäuscht zurück.

In ihrem Schlepptau war Paula, die überlegen dreinblickte. »Dieses Käseblatt wird sein blaues Wunder erleben«, entfuhr es ihr befriedigt. Anscheinend war das Gespräch mit ihrem Onkel sehr vielversprechend verlaufen. Dann sah sie sich in der überfüllten Küche um. »Aha, Frau Kommissarin ist auch da«, ließ sie sich zu einem überheblichen Kommentar hinreißen und schlenderte in den Raum.

Katrin blinzelte amüsiert. »Ganz genau. Jetzt haben wir auch mal die Ehre«, antwortete sie, nippte von ihrem Kaffee und hielt dann den leeren Becher in den Händen.

»Eine recht zweifelhafte, wie mir scheint«, behauptete Paula und warf einen dreisten Blick über die Schulter. Sie witterte heute morgen eindeutig Oberwasser, sicher angesichts des bevorstehenden Rechtsstreites, den sie natürlich schon als gewonnenen betrachtete.

Katrins Grinsen wurde breiter. »Du bist aber ganz schön zickig«, brachte sie es auf den Punkt.

Einen Moment lang rechnete ich fest damit, daß Paula ihr gleich die Augen auskratzen würde. Auch Franzi betrachtete gebannt die Szene.

Paula lag ganz offensichtlich bereits ein spitzer Kommentar auf der Zunge. Sie holte Luft, schluckte dann aber wieder und zuckte lächelnd mit den Schultern. »Noch Kaffee?« fragte sie statt dessen und schenkte Katrin ohne Umschweife nach.

»Danke«, sagte Katrin.

Mir kam die Angelegenheit verdächtig vor. Ich bemerkte Nicos hochgezogene Augenbraue und wußte, daß ich nicht allein in meiner Annahme war.

Thea dagegen interessierte sich überhaupt nicht dafür. Sie sah nur immer wieder ungeduldig zur Uhr.

»Wir gehen ein bißchen frische Luft schnappen«, eröffnete uns Franzi plötzlich. Sie und Sanny waren schon auf dem Sprung. Ich hielt das Ganze für eine simple Ausrede. Mir war klar, daß sie allein sein wollten, um an einem anderen Ort, ohne Zuschauerinnen, etwas privater zu werden. Sannys Wohnung bot sich dazu hervorragend an. Die beiden fraßen sich heute morgen eh schon beinahe auf. Mit Blicken und auch sonst, wenn sie zufällig die gefütterten Bissen nicht so ganz erwischten . . . Wir sahen ihnen dabei zu, wie sie ungeduldig aus der Küche stürmten. Aus dem Flur vernahmen wir dann verliebtes Gekicher.

Eine von ihnen öffnete die Tür, und wir hörten gleichzeitig eine akzentreiche Stimme fragen: »Ciao. Ist Thea da?«

»Marlon«, entfuhr es Thea erfreut.

»Ihr Typ muß also gleich heute kommen?« war dagegen Paulas knurrige Reaktion. Sie hatte anscheinend keine große Lust darauf, Marlon so schnell kennenzulernen.

Die Tür knallte wieder – was bedeutete, daß Sanny und Franzi die Wohnung endgültig verlassen hatten – und ein kleiner Südländer spähte um die Ecke. Sein Gesicht war mir von der Ausstellung her noch im Gedächtnis. Er hatte ein breites Lächeln aufgesetzt, das feine Fältchen um seine dunklen Augen zauberte.

»Hallo. Ich bin Marlon. Wie geht es euch«, grüßte er und schlenderte zu uns in den Raum. In seinen Klamotten wirkte er ein bißchen playboymäßig, aber auch sehr gepflegt. Er schüttelte uns tatsächlich allen die Hand, auch Paula ließ es sich widerwillig gefallen. Dann zog er Thea stürmisch an sich, um seiner Prinzessin einen Kuß zu geben.

Ich fragte mich, wie um alles in der der Welt ein Italiener oder vielleicht Spanier dazu kam, Marlon zu heißen. Aber er schien sympathisch zu sein.

»Zuviel Testosteron, wenn ihr mich fragt«, kommentierte Paula, während die beiden sich intensiv begrüßten.

»Das ist bei Männern für gewöhnlich der Fall«, lachte Katrin.

Paulas Blick war ebenfalls amüsiert.

Die beiden Verliebten ließen wieder voneinander ab. Thea strahlte bis über beide Ohren. Sie mußte wirklich verknallt in ihn sein.

»Wie fandet ihr die Ausstellung?« fragte sich Marlon heiter.

Wir vier sahen uns in vollem Einverständnis an. Nico und Paula hatten zwar so gut wie nichts von den Bildern zu sehen bekommen, aber ein Blick in die Küche reichte für ein Urteil vollkommen aus.

»Großartig!« Ich hatte mich entschlossen zu lügen.

Die anderen nickten zustimmend, auch wenn keine davon auch nur im geringsten überzeugt war. Manchmal war es eben taktvoller, die Unwahrheit zu sagen.

Marlons und Theas Mienen hellten sich noch mehr auf. Bemerkenswert, wie leicht wir sie hatten glücklich machen können.

»Ich zeige Marlon mal mein Zimmer«, sagte Thea und fügte hinzu: »Wenn ihr heute abend hier seid, können wir ja vielleicht was zusammen machen.« Anscheinend hatten sie also vor, etwas länger da drinnen zu bleiben.

»Mal sehen«, rief ich ihnen hinterher, als sie schon fast bei Theas Zimmer angelangt waren.

Paula drehte sich entsetzt zu uns um. »Die werden doch jetzt nicht . . . Ich meine . . .«, keuchte sie erschrocken.

Nico schmunzelte. »Sie sind erwachsen, also . . .« Sie ließ den Satz unvollendet und trug damit nichts dazu bei, Paulas Befürchtungen zu zerstreuen.

Paula zog die Luft ein und stemmte die Arme in die Hüften. »Darauf habe ich jetzt wirklich keine Lust. Ich glaube, ich muß shoppen gehen oder ins Solarium«, eröffnete sie uns. Ihr Zimmer lag neben Theas und uns allen war mehr als klar, daß sie auf keinen Fall Zuhörerin des Geschehens im Nebenzimmer werden wollte.

Ich hätte mich köstlich über sie amüsieren können, riß mich aber zusammen und kuschelte mich statt dessen nur noch dichter an Nico. »Wenn du willst, kann ich dich mit in die Stadt nehmen«, schlug Katrin Paula charmant vor.

»Da sag ich nicht nein«, entgegnete Paula angetan.

Katrin schob den Kaffeebecher zur Seite und stand auf.

Was auch immer sich da gerade zwischen den beiden anbahnte, irgendwie hoffte ich inständig, daß es gut gehen würde. Aber vielleicht mußte ich mich da gar nicht so sorgen. Schließlich heißt es doch immer: Gegensätze ziehen sich an.

»Na, dann laß uns mal los. Tschüß, ihr beiden«, verabschiedete sich Katrin und zwinkerte mir freundschaftlich zu. Ob sie wußte, auf was für eine Fahrt sie sich da einließ?

»Ciao«, imitierte Paula Marlons Tonfall und hob dabei verabschiedend die Hand. Dann zogen die zwei zusammen ab.

»Was war das denn?« fragte Nico verwundert. Wir waren jetzt die einzigen in der Küche.

»Keine Ahnung«, entgegnete ich ebenso verwundert. Ich wußte wirklich nicht, was in den Köpfen meiner lieben Mitmenschen so vorging. »Nico?« begann ich.

»Hm«, brummte sie und blinzelte mich an.

»Sag mir eines: Wie, um alles in der Welt, bist du in diesem Chat nur an Paula geraten?« Ich mußte sie das endlich fragen. Nico und Paula waren praktisch wie Hund und Katze. Es wollte nicht in meinen Kopf, warum sich ausgerechnet diese beiden zu einem Blind Date verabredet hatten.

Nico grinst ertappt. »Es war Lauras Idee«, eröffnete sie mir überraschend.

Lauras Idee? Ich schaute sie fragend stumm an.

Sie zuckte entschuldigend mit den Schultern und erklärte: »Eines Abends erzählte sie mir davon, wieviel Spaß es mache, im Internet zu chatten. Eigentlich hatte ich gar keine große Lust dazu, aber sie hat mich doch noch überredet. Schließlich saßen wir zu zweit vor ihrem PC und gerieten irgendwie in diesen Lesbenchat. Tja, und du kennst ja meine Schwester. Ehe ich mich versah, hatte sie mir diese Verabredung eingebrockt.«

Ich schüttelte belustigt den Kopf. Wir hatten uns also zum ersten Mal bei einem Blind Date getroffen, das wir beide so überhaupt nicht gewollt hatten.

»Gut, daß wir solche Chaosmenschen um uns herum haben«, kommentierte ich die verrückten Umstände, die schließlich zu unserem Kennenlernen geführt hatten.

Nico nickte lächelnd.

Ich ließ meinen Blick durch die Küche schweifen. »Jedenfalls sind wir jetzt wenigstens wieder unter uns«, stellte ich erfreut fest und nutzte prompt die Gelegenheit, um mal kurz in ihr Ohr zu beißen.

»Und was machen wir jetzt, so unter uns?« fragte Nico und fuhr mir dabei versonnen über das Schlüsselbein.

Ich hatte da schon so eine Idee. »Ich könnte dir doch noch mal was vorlesen?« bot ich ihr mit einem unschuldigen Augenaufschlag an.

Nico wirkte äußerst interessiert. »Einverstanden. Aber dieses Mal schließen wir die Zimmertür zu. In diesem Irrenhaus kann man nie ja wissen . . .«, erkannte sie ganz richtig.

Während wir ungeduldig auf mein Zimmer zusteuerten, spielte ich kurz mit dem Gedanken, mir vielleicht eine neue Bleibe zu suchen. Ich entschied mich aber dagegen. Da wußte ich allerdings noch nicht, daß ich diesen vermaledeiten Schlüssel nicht finden sollte.

ENDE DES ERSTEN BANDES

Weitere Titel der édition el!es

Catherine Fox: Achterbahn der Gefühle

Liebesroman

Jessica will heiraten und hält sich für glücklich, als sie von ihren Freundinnen eine Junggesellinnenreise geschenkt bekommt. Auf einem Reiterhof soll sie ihrem Hobby frönen und die letzten Tage Freiheit genießen. Doch mit der Entspannung ist es bald vorbei, denn sie trifft Kim, die ihren Gefühlshaushalt gehörig durcheinanderbringt. Sie gerät in einen Strudel leidenschaftlicher Gefühle, erfährt eine Zärtlichkeit, die sie nicht kannte. Sie verliebt sich in Kim, aber was wird bleiben, wenn sie wieder zu Hause im alten Trott versinkt?

Ruth Gogoll: Zwei Welten

Erotischer Liebesroman

Wer sich etwas wünscht, sollte vorsichtig sein bei der Formulierung. Nico jedenfalls war es nicht und landet inmitten einer schrecklich netten Familie im Herzen der Heterosexualität: Häuschen in der Vorstadt, Ehegatte geht morgens brav zur Arbeit, die Kinder quengeln, die Nachbarinnen tratschen ... Da taucht in dieser Heterohölle ein ganz normales (lesbisches) Paar auf, und Nico verliebt sich. Wie kann sie aber in ihre eigene Welt zurückkehren und gleichzeitig diese Liebe aus der anderen Welt bewahren?

Anthologie »Lesbisches Jugendbuch«

Kurzgeschichten

In dieser Anthologie werden die Geschichten der Gewinnerinnen aus unserem Schreibwettbewerb »Lesbisches Jugendbuch« veröffentlicht. Autorinnen im Alter bis 28 durften ihre Geschichten einsenden. Die Gewinnerinnen wurden vom Literaturteam des Jugendzentrums *anyway* (Köln) ausgewählt.

Hanna Berghoff: Du bist die Welt für mich

Liebesroman

Ein Bauernhof inmitten Deutschlands: Die Fehde zwischen den Schwestern Veronika und Franziska Perner vertieft sich, als die neue Tierärztin Dr. Jutta Adler mit frischen Ideen und Behandlungsmethoden gehörig Staub aufwirbelt. Aus Liebe (zu den Tieren und zur Tierärztin) beginnt Veronika in München Veterinärmedizin zu studieren, doch Franziska läßt nichts unversucht, um dem Liebesglück ein jähes Ende zu bereiten. Als dann noch die Zukunft des Hofes auf dem Spiel steht, muß Veronika eine schwere Entscheidung fällen . . .

Toni Lucas: Vom Tanz der Pierrots

Liebesroman

Nach einem nicht ganz freiwilligen One-night-stand wird Lea aus ihrer bequemen, langjährigen Beziehung herauskatapultiert. Sie zieht in eine Kleinstadt, die trostloser nicht sein kann. Nur ihre verheiratete Kollegin Lilia bringt Farbe in den Alltag, und nach einiger Zeit mangelt es auch an Erotik nicht. Allerdings scheinen die beiden zunächst doch nicht füreinander geschaffen – oder müssen sie erst einmal auseinandergehen, um schließlich zueinander zu finden?

Heike Fremmer: Hotel Prinzess

Liebesroman

Sofie managt ein Hotel in Hamburg, das an einen Amerikaner verkauft werden soll. Die von ihm entsendete Frau fürs Grobe ist Erica, die sich inkognito im Hotel aufhält. Sofie und Erica kommen sich näher, doch Erica verschweigt den wahren Grund ihres Aufenthaltes. Kein gutes Fundament für eine Beziehung, doch Erica hat Angst, Sofie zu verlieren, wenn die Wahrheit ans Licht kommt . . .

Julia Arden: . . . und wenn du auch die Wahrheit sprichst

Liebesroman

Michaela Dietz läßt sich engagieren, um die Tochter eines Hotelbesitzers zu überreden, das Familienunternehmen weiterzuführen. Sehr zur Freude des schlechten Gewissens blüht Tanja Kanter in Michaelas Nähe auf und – natürlich, verliebt sich in sie. Doch was passiert, wenn Tanja Michaelas wahre Gründe für die unerwartete Zuneigung erfährt? Und was sagt Michaelas langjährige Freundin Vanessa eigentlich dazu?

Ruth Gogoll: L wie Liebe

Liebesroman

Bunt und unterhaltsam: Großstadtlesben und ihre (Liebes-)Abenteuer. Da ist das ungleiche Paar Marlene und Anita, das gehörig Nachhilfe in Sachen Romantik benötigt; Carolin und Ina schweben (noch) im siebten Himmel; Chris und Sabrina stecken in einer verstaubten Beziehung fest, und schließlich können sich Rick, Thea und Melly noch nicht so recht entscheiden. Verwicklungen folgen, und schon sehr bald ist nichts mehr so, wie es anfänglich war . . .

Victoria Pearl: Endlich gefunden

Liebesroman

Krankenschwester Hanna hat sich gerade aus der unheilvollen Beziehung zu Birte gelöst, als ihr eine Fremde für einen kurzen Moment den Kopf verdreht. Zurück im Arbeitsalltag nimmt Hanna erst nach langer Zeit wieder via Internet Kontakt zu anderen Frauen auf. Die Überraschung folgt auf dem Fuß, doch ist die Traumfrau tatsächlich endlich gefunden?

Julia Arden: Vertrau mir

Roman

Anna Ravensburg lebt ruhig und zurückgezogen auf ihrem Tierhof. Mit der Idylle ist es vorbei, als Kommissarin Maike Roloff auftaucht: Zwei Pharma-Manager sind entführt worden, und Annas Vergangenheit als radikale Tierschützerin könnte bei der Aufklärung helfen. Zunächst widerstrebt es Anna, die Polizei zu unterstützen, doch bald muß Anna sich eingestehen, daß sie sich zu Maike hingezogen fühlt. Maike hingegen scheint sich nur für eines zu interessieren: Die Lösung ihres Falles.

Alexandra Liebert: Der Schlüssel zum Glück

Liebesgeschichten

Geschichten rund um das Verlieben: Ob gewollt oder ungewollt, überraschend oder nicht – Alexandra Liebert versteht es, ihre Heldinnen in kleinen, unbeschwerten Geschichten auf spannende Art zusammenzubringen. Da sucht Cathy nur nach einem Job und findet die Liebe, Lisa sucht erholsame Ferien in San Francisco – und findet die Liebe, Carmen und Maria haben sich mit dem Auto verfahren, suchen den richtigen Weg und finden: die Liebe.

Sie wollen jetzt wissen, wer noch alles die Liebe findet? Und welche Hürden dabei zu überwinden sind? Wir haben da einen kleinen Tip für Sie: Kaufen Sie doch einfach dieses Buch . . .

Alexandra Liebert: Träume aus der Ferne

Liebesgeschichten

Geschichten rund um das Verlieben: »Viele Wege führen nach Rom, aber keiner führt an den Geschichten von Alexandra Liebert vorbei – wenn frau romantische Liebesgeschichten schätzt. In ihrer ganz eigenen, feinfühligen Art beschreibt die Autorin das Suchen und schließlich auch das Finden der Liebe, die verschiedene Gesichter haben kann und darum auch auf unterschiedlichen Wegen erkämpft, erwartet oder erkannt werden will.« (Victoria Pearl)

Anna Peters: Herzköniginnen

Liebesroman

Susanne gibt eine Zeitungsanzeige auf und lernt die um einiges ältere Anna kennen. Sie beginnen eine rege Brieffreundschaft, verlieben sich, treffen sich schließlich – und werden in einer leidenschaftlichen, intensiven Beziehung glücklich.
Die Geschichte wird allein in den Briefen erzählt, die sich beide schreiben.

Ruth Gogoll: Verbotene Leidenschaft

Erotischer Liebesroman

Sich in die eigene Chefin zu verlieben, wenn diese augenscheinlich hetero ist, gehört in jedem Fall zu den Dingen, die eine Lesbe nicht tun sollte. Doch eine erwachte Leidenschaft läßt sich nicht einfach abschalten, und so gilt es, die Chefin zu bekehren – auch, wenn das mit reichlich Widrigkeiten einhergeht.

Ruth Gogoll: Wie ein Stern, der vom Himmel fällt

Erotischer Liebesroman

Weihnachtliches Plätzchenbacken gehört eigentlich in glückliche Familien. Wenn jedoch die unfreundliche Nachbarin nur für sich allein backt, dann ist das verdächtig. Und wenn diese Nachbarin zwar spröde, aber ungemein attraktiv ist und mit ihren schönen Augen lockt, dann erwacht der lesbische Jagdtrieb: Wenn schon Plätzchenbacken, dann bitte nur zu zweit ...

Ruth Gogoll: Eine Insel für zwei

Erotischer Liebesroman

Neunzehn Jahre alt und auf der Suche nach der großen Liebe: Das ist Andy, als sie Danielle kennenlernt, Besitzerin einer Werbeagentur. Danielle hält Liebe für eine Illusion. Sie lädt Andy zu einer Reise durch die Ägäis ein, doch fordert dafür einen hohen Preis.
Andy läßt sich darauf ein, weil sie Danielle liebt und hofft, daß Danielle auch lernen wird zu lieben. Fast scheint es, als hätte Andys Liebe eine Chance, doch da geschieht etwas Unvorhergesehenes ...

Tala Storm: Der lange Weg

Liebesfantasy in drei Teilen

Cay-La erwacht eines Morgens ohne Erinnerung. Sie schließt sich zunächst der schönen Kallisto an, doch als die eine Kriegerin töten will, wechselt Cay-La die Seiten. Zusammen mit der Kriegerin und ihrer Gefährtin versucht sie ihre Vergangenheit zu erfahren, die Erinnerung an sich selbst wiederzufinden. Eine nicht ungefährliche Reise ins Reich der Amazonen beginnt, denn der Zorn Kallistos begleitet sie ...

Ruth Gogoll: Ostereier

Erotischer Liebesroman

Eine Geschichte um Ostereier? Nein, eine Liebesgeschichte. Die Begegnung in einem Supermarkt kurz vor Ostern – ist sie Zufall oder Schicksal? Befördert der Einkauf von Obst und Gemüse die Liebe – oder hindert er sie an ihrer Erfüllung? Und was ist mit der geheimnisvollen Bemerkung, mit der alles begann?
Das alles sind Fragen, denen sich die beiden Protagonistinnen stellen müssen.
Werden sie eine Lösung finden?

Victoria Pearl: Sag's mit Rosen

Erotischer Liebesroman

Blümchen heißt das alte Wohnmobil, mit dem Jessie herumfährt und geradeheraus Frauen anbaggert. Leonie ist von dieser Masche nicht begeistert, doch sie kann sich Jessies Charme nicht entziehen. Eine gemeinsame Reise in dem engen Gefährt bleibt nicht ohne Folgen, aber Leonie befürchtet die baldige Trennung; wie wird Jessie sich entscheiden?